Edgar Rice Burroughs

TARZAN und die Ameisenmenschen

Edgar Rice Burroughs wurde am 1. September 1875 in Chicago geboren. In den Jahren von 1912 bis zu seinem Tode im Jahre 1950 schrieb er über 50 Romane und eine Vielzahl von Kurzgeschichten. Besondere Fähigkeiten entwickelte er beim Schreiben von Abenteuerbüchern, die aufgrund ihres chronologischen Aufbaus beliebig viele Fortsetzungen ermöglichten, wobei die Hauptfiguren gleich blieben und somit zu Seriengestalten wurden. Besonders die TARZAN-Geschichten wurden so berühmt und populär, daß sie als Vorlage für mehrere Verfilmungen dienten.

Edgar Rice Burroughs

TARZAN
und die Ameisenmenschen

KRANICHBORN VERLAG LEIPZIG

Aus dem Amerikanischen übersetzt von Franziska Willnow
Titel der Originalausgabe: TARZAN AND THE ANT MEN

1. Auflage

ISBN 3-930040-19-0

1

In einer schmutzigen dunklen Hütte im Dorf des Kannibalen Obebe am Ufer des Flusses Ugogo hockte Esteban Miranda und nagte an den Überresten eines halbgekochten Fisches. Um seinen Hals lag ein Eisenkragen, von dem eine rostige Kette von einigen Fuß Länge zu einem dicken Pfosten führte, der neben dem niedrigen Eingang tief in den Boden gerammt war. Die Hütte stand an der Dorfstraße unweit von Obebes Behausung.

Seit einem Jahr war Esteban Miranda hier wie ein Hund angekettet, und wie ein Hund kroch er manchmal durch den niedrigen Durchschlupf aus seinem Gefängnis und wärmte sich draußen in der Sonne. Nur zwei Dinge verschafften ihm Abwechslung. Zum ersten die Vorstellung, er sei Tarzan von den Affen. Er hatte sich schon so lange und mit wachsendem Erfolg als dieser ausgegeben, daß er – ein guter Schauspieler seit eh und je – diese Rolle nicht nur spielte, sondern sogar lebte und ein anderer geworden war. Fragte man ihn, so war er Tarzan von den Affen – einen anderen gab es nicht. Auch für Obebe war er Tarzan von den Affen, der Medizinmann des Dorfes vertrat indes noch immer die Ansicht, er sei ein Flußteufel, und man solle ihn versöhnlich stimmen und nicht verärgern.

Aufgrund dieser Meinungsverschiedenheit zwischen Häuptling und Medizinmann war Esteban Miranda bisher nicht in die Töpfe des Dorfes gewandert. Obebe hatte ihn verzehren wollen, da er ihn für seinen Erzfeind, den Affenmenschen, hielt. Der Medizinmann wiederum hatte die abergläubischen Dorfbewohner mit der Behauptung eingeschüchtert, ihr Gefangener sei ein Flußteufel in Tarzans Gestalt, und falls ihm ein Leid geschah, werde Unheil über das Dorf kommen. So hatte man beschlossen, den Spanier am Leben zu lassen, bis sich das eine oder andere als richtig erwies – starb Esteban eines natürlichen Todes, war er der irdische Tarzan und Häuptling Obebe demzufolge im Recht; blieb er indes am Leben oder verschwand auf geheimnisvolle Weise, konnte man die Behauptung des Medizinmannes zum Evangelium erklären.

Als Esteban ihre Sprache gelernt und erfahren hatte, aus welcher Laune des Schicksals er derart knapp den Kochtöpfen der Kannibalen entgangen war, verlor er etwas das Interesse, sich als Tarzan von den Affen auszugeben. Statt dessen ließ er geheimnisvolle Andeutungen fallen, daß er wirklich niemand anders als der Flußteufel sei. Der Medizinmann war entzückt, und jedermann außer Obebe ließ sich davon täuschen. Dieser war alt und weise und glaubte nicht an Flußteufel. Der Medizinmann ebenfalls nicht, denn auch er war alt und weise, sah in ihnen jedoch geeignete Wesen, an die seine Anhänger glauben konnten.

Esteban Mirandas andere Zerstreuung bestand in der Tasche mit Diamanten, die Kraski, der Russe, dem Affenmenschen gestohlen hatte, und die in des Spaniers Hände gefallen waren, als er Kraski ermordet hatte. Es war jene Tasche mit Diamanten, die der Mann im Tal des Diamantenpalastes in den Gewölben unter dem Diamantenturm Tarzan überreicht hatte, als dieser den Gomangani aus der Tyrannei des Bolgani befreit hatte.

Stundenlang saß Esteban Miranda in seinem schmutzigen Gefängnis und zählte und liebkoste im trüben Licht immer wieder voller Entzücken die schimmernden Steine. Tausendmal wog er jeden einzelnen in der Hand und überlegte, wieviel er wohl wert sei, und welche Wünsche er sich in den Hauptstädten der Welt damit erfüllen konnte. Vegetierte er jetzt auch in seinem eigenen Schmutz dahin und ernährte sich von einigen verdorbenen Fleischbrocken, die unsaubere Hände ihm vorwarfen, war er dennoch unermeßlich reich wie Krösus und lebte auch in seiner Vorstellung ganz wie Krösus, denn im hellen Schein der wertvollen Steine verwandelte sich seine elende Hütte in einen prunkvollen Palast. Sobald er draußen auch nur einen Schritt hörte, versteckte er den märchenhaften Schatz hastig in dem armseligen Lendenschurz, seiner einzigen Bekleidung, und wurde wieder zum Gefangenen in einer Kannibalenhütte.

Nun nach einem Jahr Einzelhaft fand er eine dritte Zerstreuung, in Gestalt von Uhha, der Tochter von Khamis, dem Medizinmann. Sie war ein hübsches und neugieriges Mädchen von vierzehn Jahren. Seit einem Jahr schon hatte sie den geheimnisvollen Gefangenen von weitem beobachtet, bis die Vertrautheit schließlich ihre Furcht überwand und sie sich ihm eines Tages näherte, als er gerade vor seiner Hütte in der Sonne lag. Esteban, der ihre halb ängstliche Annäherung verfolgt hatte, lächelte ermutigend. Er besaß im Dorf keinen einzigen Freund. Gewann er auch nur einen, war sein Los viel leichter zu ertragen, und die Freiheit lag einen Schritt näher. Uhha blieb einige Schritte vor ihm stehen. Noch war sie ein wildes und unwissendes Kind, aber sie würde eines Tages eine Frau sein, und Esteban Miranda kannte die Frauen.

„Seit einem Jahr lebe ich im Dorf des Häuptlings Obebe“, sagte er stockend in der mühevoll erlernten Sprache des Stammes. „Aber ich hätte mir nie träumen lassen, daß es innerhalb dieser Mauern eine solche Schönheit wie dich gibt. Wie heißt du denn?“

Uhha strahlte geschmeichelt und antwortete: „Ich bin Uhha, mein Vater ist Khamis, der Medizinmann.“

Nun war die Freude ganz auf Estebans Seite. Das Schicksal, das ihn lange zurückgewiesen hatte, meinte es schließlich doch gut mit ihm. Es hatte ihm jemanden gesandt, der in ihm doch so etwas wie eine Hoffnung aufkeimen ließ.

„Warum bist du bisher noch nie zu mir gekommen?“ fragte Esteban.

„Ich hatte Angst“, erwiderte Uhha einfach.

„Warum?“

„Ich hatte Angst, daß –“, sie zögerte.

„Daß ich der Flußteufel bin und dir Schaden zufüge?“ fuhr der Spanier lächelnd fort.

„Ja.“

„Hör zu, aber sag es keinem. Ich bin der Flußteufel, aber dir werde ich nichts tun“, flüsterte Esteban.

„Wenn du der Flußteufel bist, warum bleibst du dann an einen Pfahl gekettet, verwandelst dich nicht in etwas anderes und kehrst zurück in den Fluß?“ erkundigte sich Uhha.

„Das möchtest du gern wissen, stimmt's?“ fragte der Spanier, der Zeit gewinnen wollte, um sich eine überzeugende Antwort auszudenken.

„Nicht nur ich, in der letzten Zeit auch viele andere. Obebe hat diese Frage zuerst aufgeworfen, und niemand konnte es ihm erklären. Er meinte, daß du Tarzan bist, ein Feind Obebes und seines Volkes. Mein Vater Khamis sagt aber, du seist der Flußteufel und würdest dich, wenn du fliehen wolltest, in eine Schlange verwandeln und durch den Eisenring schlüpfen, den du um den Hals trägst. Die anderen fragen sich, warum du das nicht tust, und viele beginnen zu glauben, daß du gar kein Flußteufel bist", meinte das Mädchen.

„Komm näher, schöne Uhha, ich möchte dir etwas erzählen, das niemand außer uns wissen soll", flüsterte Esteban.

Das Mädchen trat näher und beugte sich zu ihm.

„Ich bin wirklich der Flußteufel, und ich komme und gehe, wann ich will. Nachts, wenn alle schlafen, streife ich im Wasser des Ugogo umher, kehre jedoch immer zurück. Ich warte und prüfe das Volk Obebes, um zu erfahren, wer meine Freunde und Feinde sind. Ich weiß schon, daß Obebe nicht mein Freund ist. Bei Khamis bin ich mir nicht sicher. Wäre er ein guter Freund, hätte er mir gutes Essen und Bier zum Trinken gebracht. Ich könnte verschwinden, wenn ich Lust dazu hätte, aber ich möchte zuerst wissen, ob es jemanden im Dorf gibt, der mich befreit. So kann ich herausfinden, wer mein bester Freund ist. Gäbe es einen solchen, Uhha, wäre ihm das Glück ewig hold, jeder Wunsch würde ihm erfüllt, und er würde sehr alt werden, denn er hätte von dem Flußteufel nichts zu befürchten, da dieser ihm immer beistehen würde. Aber hör zu, Uhha, verrate keinem, was ich dir erzählt habe! Ich werde noch etwas warten, und wenn sich in Obebes Dorf niemand findet, kehre ich zu meinem Vater und meiner Mutter, dem Ugogo, zurück und zerstöre das Volk Obebes. Niemand soll am Leben bleiben."

Das Mädchen wich erschrocken zurück. Augenscheinlich war sie sehr beeindruckt.

„Keine Angst, ich werde dir nichts tun", versicherte er ihr.

„Aber wenn du alle vernichtest?" beharrte sie.

„Dann kann ich dir natürlich nicht helfen, aber hoffen wir, daß jemand kommt, mich befreit und ich auf diese Weise erfahre, daß ich hier zumindest einen guten Freund habe. Nun lauf schon, Uhha, und vergiß nicht – erzähle niemandem, was ich dir gesagt habe."

Sie entfernte sich ein Stück und kam dann wieder zurück.

„Wann wirst du das Dorf vernichten?" fragte sie.

„In einigen Tagen."

Uhha rannte, vor Entsetzen zitternd, schnell zur Hütte ihres Vaters Khamis, des Medizinmannes. Esteban Miranda lächelte zufrieden und kroch in seine Behausung zurück, um sich an den Diamanten zu weiden.

Khamis, der Medizinmann, war nicht zu Hause, als Uhha, bleich vor Entsetzen, in die finstere Hütte kroch. Auch seine Frauen waren nicht da, sie arbeiteten mit den Kindern auf den Feldern jenseits der Palisaden, wo auch Uhha hätte sein sollen. So hatte sie Zeit zum Nachdenken, bevor sie wieder jemanden sah, so daß sie sich wieder erinnerte, was sie in der ersten Angst beinahe vergessen hatte – nämlich, niemandem etwas von den Dingen zu sagen, die er ihr erzählt hatte.

Und dabei war sie schon drauf und dran gewesen, ihrem Vater alles zu berichten!

Welch schreckliches Unglück wäre ihr dann widerfahren? Allein der Gedanke an ein solch unvorstellbar fürchterliches Schicksal ließ sie erschaudern. Wie knapp war sie dem entronnen! Aber was sollte sie tun?

Zusammengekrümmt lag sie auf einer Grasmatte und zermarterte ihr kleines Hirn, um eine Lösung des ungeheuren Problems zu finden – des ersten, das ihr in ihrem jungen Leben begegnet war und einmal nicht darin bestand, sich von der Plackerei auf dem Feld zu drücken. Auf einmal saß sie aufrecht wie versteinert, da ihr etwas eingefallen war, was der Flußteufel vorhin gesagt hatte. Warum war sie nicht früher darauf gekommen? Er hatte sich sehr deutlich ausgedrückt, und nicht nur einmal: Wenn man ihn befreite, würde er wissen, daß er zumindest einen Freund im Dorf Obebes besaß; dieser Befreier würde sehr alt werden und alles bekommen, was er sich wünschte. Nach einigen Minuten sank Uhha jedoch wieder zurück aufs Lager. Wie sollte sie, ein kleines Mädchen, den Flußteufel befreien?

„Baba, wie tötet der Flußteufel jene, die ihm Böses tun?“ fragte sie ihren Vater, als er später in die Hütte zurückkehrte.

„Er hat so viele Möglichkeiten, wie es Fische im Wasser gibt“, erwiderte Khamis. „Er könnte die Fische aus dem Fluß und das Wild aus dem Dschungel schicken, um unser Getreide zu vernichten. Dann würden wir verhungern. Er könnte des Nachts das Feuer aus dem Himmel über uns kommen lassen und so das ganze Volk Obebes töten.“

„Baba, glaubst du, daß er uns diese Dinge antun würde?“

„Er wird Khamis nichts tun, da er ihn vor Obebe geschützt hat“, erwiderte der Medizinmann.

Uhha fiel ein, daß der Flußteufel geklagt hatte, Khamis lasse ihm kein gutes Essen oder Bier bringen, sagte jedoch nichts darüber, obwohl ihr nun klar war, daß ihr Vater beim Flußteufel bei weitem keinen so guten Stand hatte, wie er glaubte. Statt dessen schlug sie einen anderen Weg ein und fragte:

„Wie kann er entkommen, wenn er dieses Eisen um den Hals hat – wer kann es ihm abnehmen?"

„Niemand außer Obebe, der das Messingstück immer bei sich trägt, mit dem sich der Ring öffnen läßt. Aber der Flußteufel braucht keine Hilfe, denn wenn die Zeit gekommen ist und er seine Freiheit haben möchte, braucht er sich nur in eine Schlange zu verwandeln und aus dem Eisen zu kriechen. Wohin gehst du, Uhha?"

„Ich besuche Obebes Tochter", rief sie ihm über die Schulter zu.

Die Häuptlingstochter zermahlte Mais, was auch Uhha gerade hätte tun sollen. Sie blickte auf und lächelte, als die Tochter des Medizinmannes nähertrat.

„Sei leise, Uhha, Obebe, mein Vater, schläft drin", mahnte sie und wies auf die Hütte. Die Besucherin setzte sich, und die beiden Mädchen schwatzten leise miteinander. Sie plauderten über ihren Schmuck, ihre Frisuren und kicherten, wenn es um die jungen Männer im Dorf ging. Sie unterhielten sich, wie es Mädchen in aller Welt tun. Währenddessen wanderten Uhhas Augen oft zum Eingang von Obebes Hütte, und dann runzelte sie weitaus nachdenklicher die Stirn, als das nichtige Gespräch erforderte.

Auf einmal fragte sie: „Wo ist der kupferne Armreif, den dir dein Onkel Anfang des letzten Monats geschenkt hat?"

Obebes Tochter zuckte mit den Schultern: „Er hat ihn mir weggenommen und der Schwester seiner jüngsten Frau geschenkt."

Uhha tat niedergeschlagen. Vielleicht hatte sie das Kupferarmband unbedingt haben wollen? Aufmerksam musterte sie ihre Freundin. Ihre Augenbrauen trafen fast aufeinander, so angestrengt dachte sie nach. Dann hellte sich ihre Miene auf.

„Wo ist das Halsband mit den vielen Perlen, das dein Vater dem Krieger weggenommen hat, den wir für das letzte Festmahl gefangen hatten! Du hast es doch nicht verloren?" rief sie aus.

„Nein, es ist in der Hütte. Es stört bei der Arbeit, und so habe ich es abgelegt", erwiderte ihre Freundin.

„Darf ich es sehen? Ich hole es auch", bat Uhha.

„Nein, dann weckst du Obebe, und er wird zornig", wand die Häuptlingstochter ein.

„Nein, ich bin ganz leise", entgegnete Uhha und kroch zum Eingang.

Ihre Freundin versuchte, sie davon abzubringen: „Ich hole es, sobald Baba wach ist." Uhha aber ließ sich nicht beirren und schlüpfte kurz darauf vorsichtig in die Hütte. Regungslos wartete sie, bis sich ihre Augen an das düstere Licht gewöhnt hatten. Obebe lag laut schnarchend auf einer Schlafmatte an der Wand. Lautlos wie Sheeta, der Leopard, kroch Uhha auf ihn zu. Ihr Herz schlug wie die Trommel der Eingeborenen, wenn der Tanz seinen Höhepunkt erreicht. Sie hatte Angst, der alte Häuptling, den sie nicht minder fürchtete als den Flußteufel, würde davon und von ihrem schnellen Atem aufwachen, doch Obebe schnarchte weiter.

Uhha stand nun dicht neben ihm. Ihre Augen hatten sich inzwischen völlig ans Halbdunkel der Hütte gewöhnt. Obebe lag halb auf der Tasche. Mit zitternder Hand versuchte sie, sie unter ihm hervorzuziehen. Der unruhige Schläfer regte sich, und Uhha fuhr angstvoll zurück. Obebe änderte seine Lage, und Uhha glaubte, er sei erwacht. Wenn die Angst sie nicht fast gelähmt hätte, wäre sie Hals über Kopf davongestürzt. Glücklicherweise konnte sie sich nicht rühren und vernahm bald darauf wieder Obebes Schnarchen. Doch hatte sie die Nerven verloren und dachte nur noch daran, wie sie unbemerkt aus der Hütte fliehen konnte. Sie warf einen letzten angstvollen Blick auf den Häuptling, um sich zu vergewissern, daß er noch schlief. Dabei entdeckte sie die Tasche. Obebe hatte sich umgedreht, und nun befand sie sich in ihrer Reichweite.

Uhha streckte die Hand danach aus, zog sie plötzlich wieder zurück und wandte sich ab. Ihr klopfte das Herz bis in den Hals. Sie schwankte, dann dachte sie an den Flußteufel und die schrecklichen Todesarten, die in seiner Macht standen. Ein weiteres Mal langte sie nach der Tasche, hob sie diesmal auf und durchsuchte sie fieberhaft. Da war der Kupferschlüssel! Er mußte es sein, es war der einzige Gegenstand, den sie noch nicht kannte. Halseisen, Kette und Schlüssel stammten von einem arabischen Sklavenhändler, den Obebe getötet und verzehrt hatte, und da einige der alten Männer im Dorf früher ähnliche Fesseln getragen hatten, fiel es ihnen nicht schwer, die Ketten ihrer eigentlichen Bestimmung zuzuführen, als es die Gelegenheit erforderte.

Hastig schloß Uhha die Tasche wieder und legte sie zu Obebe. Dann kroch sie mit dem Schlüssel in der feuchten Hand schnell hinaus.

Als an diesem Abend die Feuer gelöscht waren, die Glut mit Erde bedeckt worden war und alle sich in die Hütten zurückgezogen hatten, hörte Esteban Miranda etwas vor seiner Hütte rascheln. Er lauschte aufmerksam. Etwas näherte sich ihm kriechend.

„Wer ist da?“ fragte er mit leicht bebender Stimme.

„Pst!“ flüsterte der nächtliche Besucher. „Ich bin es, Uhha, Khamis' Tochter. Ich bin gekommen, um dich zu befreien, damit du weißt, daß du im Dorf Obebes einen guten Freund hast und uns nun in Frieden läßt.“

Miranda lächelte. Sein Versuch hatte schneller Früchte getragen, als er zu hoffen gewagt hatte, und offenbar hatte das Mädchen keiner Menschenseele etwas verraten. So hatte er es sich zwar nicht gedacht, aber was machte das schon aus, da er seinem einzigen Ziel – der Freiheit – nun so nahe war. Er hatte dem Mädchen eingeschärft, Stillschweigen zu bewahren, fest überzeugt, das sei der sicherste Weg, seine Worte im Dorf zu verbreiten, bis sie zu guter Letzt einem besonders abergläubischen Eingeborenen zu Ohren gekommen wären, der auch in der Lage war, ihn zu befreien, denn schließlich gab es nun einen Anreiz dafür.

„Und wie willst du mich befreien?“ fragte Miranda.

„Ich habe den Schlüssel zu deinem Halseisen mitgebracht!“ sagte Uhha.

„Gut! Wo ist er?“ stieß der Spanier hervor.

Uhha kroch zu ihm und reichte ihm den Schlüssel. Dann wollte sie sich davonmachen.

„Warte! Wenn ich frei bin, mußt du mich in den Dschungel führen“, forderte der Gefangene. „Um die Gunst des Flußgottes zu gewinnen, muß das derjenige, der mich befreit hat, tun.“

Uhha hatte Angst, wagte jedoch nicht zu widersprechen. Miranda werkelte einige Minuten mit dem altertümlichen Schloß, bis es dem abgenutzten Kupferstück endlich nachgab. Dann ließ er das Schloß wieder zuschnappen, nahm den Schlüssel an sich und kroch auf den Ausgang zu.

„Besorg mir Waffen“, flüsterte er dem Mädchen zu, und Uhha verschwand in der Dunkelheit. Miranda wußte, daß sie sich fürchtete, war jedoch überzeugt, daß gerade diese Angst sie zu ihm zurücktreiben würde. Er irrte nicht, nach kaum fünf Minuten kam Uhha mit einem Köcher voller Pfeile, einem Bogen und einem dicken Messer wieder zu ihm.

„Nun bring mich zum Tor“, befahl Esteban.

Uhha führte den Flüchtling, sich weitgehendst hinter den Hütten haltend, zum Dorfausgang. Es überraschte sie, daß er, ein Flußteufel, nicht wußte, wie man das Tor öffnete, denn sie hatte geglaubt, er sei allwissend, tat jedoch, wie ihr geheißen, zeigte ihm, wie der große Riegel zurückgeschoben wurde, und half ihm, das Tor einen Spalt breit zu öffnen. Dahinter befand sich eine Lichtung, die sich bis zum Fluß streckte, rechts und links ragten riesige Dschungelbäume empor. Es war sehr dunkel, und Esteban Miranda spürte plötzlich, daß seine kürzlich errungene Freiheit auch ihre Nachteile hatte. Er hatte unsagbare Angst, allein in den dunklen, geheimnisvollen Dschungel zu dringen.

Uhha wollte sich vom Tor zurückziehen. Sie hatte ihr Teil getan, um das Dorf vor der Zerstörung zu bewahren. Nun wollte sie das Tor wieder verriegeln und die Hütte ihres Vaters aufsuchen, um dort vor Angst und Aufregung zitternd darauf zu warten, daß die Flucht des Flußteufels am Morgen im Dorf bekannt wurde.

Esteban packte sie beim Arm. „Komm, hol dir deine Belohnung.“

Uhha schrak zurück und stieß hervor: „Laß mich gehen, ich habe Angst.“

Aber auch Esteban hatte Angst und sagte sich, daß die Gesellschaft dieses kleinen Negermädchens im tiefen, abgeschiedenen Dschungel besser war als gar keine. Wahrscheinlich würde er sie bei Anbruch des Tages zurückschicken, aber in dieser Nacht jagte ihm der Gedanke, mutterseelenallein in den Dschungel zu dringen, einen Schauer über den Rücken.

Uhha versuchte sich loszureißen, sie kämpfte wie ein Löwenjunges und hätte schließlich laut um Hilfe gerufen, wenn Miranda ihr nicht plötzlich den Mund zugehalten, sie einfach gepackt hätte, schnell mit ihr über die Lichtung gerannt und im Dschungel verschwunden wäre.

Hinter ihnen schliefen die Krieger Obebes, des Kannibalen, friedlich und nicht ahnend, welches Unglück unerwartet über die kleine Uhha hereingebrochen war. Vor ihnen tief im Dschungel brüllte donnernd ein Löwe.

2

Drei Leute traten von der Veranda des afrikanischen Landhauses von Lord Greystoke herab und gingen langsam zum Tor. Der Weg, zu dessen beiden Seiten Rosenbüsche wuchsen, schlängelte sich anmutig durch das gepflegte und dennoch bescheidene Anwesen, auf dem sich das ebenerdige und mit vielen Anbauten versehene Haus des Affenmenschen befand. Es waren zwei Männer und eine Frau in khakifarbener Kleidung, der ältere Mann trug einen Fliegerhelm und eine Fliegerbrille in der Hand. Er lächelte leise, als der jüngere Mann sagte:

„Wäre Mutter hier, würdest du das nicht tun, sie würde es nie zulassen."

„Ich fürchte, du hast recht, mein Sohn", erwiderte Tarzan. „Aber nur diesen einen Flug noch, und ich verspreche dir, vor ihrer Rückkehr nicht noch einmal zu starten. Du hast selbst gesagt, daß ich ein guter Schüler bin, und als richtiger Lehrer müßtest du mir eigentlich vollends vertrauen, zumal du mir gesagt hast, daß ich für einen Alleinflug tauglich bin. Nicht wahr, Meriem?" wandte er sich an die junge Frau.

Sie schüttelte den Kopf. „Ich mache mir genau solche Sorgen um dich wie mein Schatz, mon père. Du stellst immer derart riskante Dinge an, daß man denken könnte, du hieltest dich für unsterblich. Du solltest vorsichtiger sein."

Der junge Mann legte seinen Arm um seine Frau und sagte: „Meriem hat recht, du solltest vorsichtiger sein, Vater."

Tarzan zuckte mit den Schultern. „Wenn du und Mutter immer euren Willen durchsetzen würdet, wären meine Muskeln und Nerven längst verkümmert. Ich habe sie, um sie zu gebrauchen, und ich will sie gebrauchen – wann und wo ich Lust dazu habe. Wahrscheinlich bin ich sowieso bald alt und zu nichts mehr nütze, und das dann lange genug."

Ein Kind kam plötzlich aus dem Haus gerannt und lief zu seiner Mutter, dicht gefolgt von einem schwitzenden Kindermädchen.

„Mama", schrie der kleine Junge. „Darf ich? Darf ich?"

„Lassen Sie ihn", drängte Tarzan.

„Ätsch!" wandte sich der Junge triumphierend an das Kindermädchen. „Dackie darf doch!"

Draußen in der Ebene, die sich vom Landhaus bis zum entfernten Dschungel erstreckte, dessen grünes und dunkleres Buschwerk im Nordwesten mit bloßem Auge kaum noch zu erkennen war, stand ein Doppeldecker. In seinem Schatten lungerten zwei Wazirikrieger herum, die von Tarzans Sohn Korak zu Mechanikern und später zu Piloten ausgebildet worden waren. Diese Tatsache hatte Tarzan in nicht unbeträchtlicher Weise angespornt, es auch in der Flugkunst zur Perfektion zu bringen, da es seiner Meinung nach nicht anging, daß einer der weniger erfahrenen Krieger seines Stammes ihn, den Herren der Waziri, in irgendeiner Sache übertraf. Er setzte sich Helm und Fliegerbrille auf und kletterte ins Cockpit.

„Nimm mich lieber mit", drängte Korak.

Tarzan schüttelte lächelnd den Kopf.

„Dann wenigstens einen von den Jungen. Du könntest Schwierigkeiten haben und zur Landung gezwungen werden, und was wirst du dann tun, wenn du keinen Mechaniker hast?"

„Laufen", erwiderte der Affenmensch und rief an einen der Schwarzen gewandt: „Andua, wirf sie an!"

Einen Augenblick später holperte die Maschine über das Grasland, hob in einem sanften Bogen ab, zog einen Kreis, stieg dabei höher auf und flog dann schnell davon. Die sechs Menschen blickten angespannt hinterher, bis das zitternde Pünktchen vollends außer Sicht war.

„Was meinst du, wohin fliegt er?" fragte Meriem.

Korak zuckte mit den Schultern und erwiderte: „Vermutlich nirgendwohin, er unternimmt nur seinen ersten Übungsflug ohne Begleitung, aber wie ich ihn kenne, würde es mich nicht wundern zu hören, daß er es sich in den Kopf gesetzt hat, nach London zu fliegen und Mutter zu besuchen."

„Das schafft er doch gar nicht!" rief Meriem.

„Ein gewöhnlicher Mann mit seiner Erfahrung könnte es nicht, aber du mußt zugeben, daß Vater kein gewöhnlicher Mann ist."

Anderthalb Stunden flog Tarzan ohne Kursänderung und ohne zu bemerken, wie schnell die Zeit verging, und wie weit er sich bereits entfernt hatte, so sehr freute er sich, wie leicht ihm das

Steuern des Flugzeugs fiel. Ihn begeisterte diese neue Macht, die ihm die Freiheit und Beweglichkeit der Vögel verlieh, den einzigen Bewohnern des geliebten Dschungels, die ihm je Grund zum Neid gegeben hatten.

Bald machte er vor sich einen großen Talkessel aus, besser gesagt, eine Reihe von Vertiefungen, die von bewaldeten Hügeln umgeben waren. Gleich darauf erkannte er zur Linken die Flußwindungen des Ugogo; das Gebiet war ihm überraschenderweise fremd. Da fiel ihm jedoch ein, daß er sich über hundert Meilen von Zuhause entfernt hatte, und er beschloß, sofort umzukehren. Andererseits lockten ihn die geheimnisvollen Täler – er konnte nicht einfach zurückfliegen, ohne sie sich genauer angeschaut zu haben. Weshalb war er auf seinen zahlreichen Streifzügen noch nie hierher gekommen? Warum hatten ihm nicht einmal die Eingeborenen etwas davon erzählt, die in diesem Gebiet zu Hause waren? Er ging einige Meter hinunter, um die Landschaft genauer betrachten zu können. Die Vertiefungen erschienen ihm nun als Kette von flachen Kratern längst erloschener Vulkane. Er sah Wälder, Seen und Flüsse, von deren Existenz er nichts geahnt hatte, und mit einemmal fand er die Lösung des scheinbaren Rätsels, daß es in einem vertrauten Land ein derart großes Gebiet gab, von dem weder er noch die Eingeborenen der Umgebung etwas wußten. Nun verstand er – es war der sogenannte Große Dornenwald. Seit Jahren wußte er von dem undurchdringlichen Dickicht, das anscheinend eine riesige Fläche einnahm, und in das nur die kleinsten Tiere eindringen konnten. Nun stellte er fest, daß es sich dabei nur um eine relativ schmale Zone handelte, die ein schönes und bewohnbares Land umschloß, eine unüberwindbare, dornenreiche Barriere, die ihr Geheimnis für immer vor den Augen der Menschen verborgen hätte.

Tarzan beschloß, das mysteriöse, unbekannte Land zu umkreisen, bevor er die Nase seines Flugzeuges wieder Richtung Heimat lenkte. Um besser sehen zu können, ging er etwas tiefer. Unter ihm erstreckte sich ein großer Wald, dahinter lag Grasland, das an jäh aufragenden Felsen ein Ende fand. Auf einmal bemerkte er, daß er bei der Betrachtung des seltsamen, neuen Landes zu sehr an Höhe verloren hatte, und bevor er das Steuer hochreißen konnte, verfing sich das Flugzeug in der Krone eines alten Dschungelbaumes, drehte sich, kippte ab und stürzte berstend und Äste mit sich reißend durch das Laubwerk nach unten. Binnen einer Sekunde herrschte Stille.

Auf einem Waldpfad stampfte ein riesiges Wesen entlang, es war von menschenähnlicher Gestalt und hatte dennoch etwas unbestimmbar Tierhaftes an sich. Das monströse Untier ging aufrecht und hielt eine Keule in der verhornten und schwieligen Hand. Langes, zerzaustes Haar fiel auf seine Schultern; Brust, Arme und Beine waren ebenfalls behaart, jedoch nicht mehr als bei Männern der zivilisierten Völker. Ein schmaler Ledergürtel um die Taille hielt eine kurze Hose sowie zahlreiche Riemen, an deren Enden runde Steine von etwa ein bis zwei Zoll Durchmesser hingen. Jeden Stein schmückten einige kleine, grell bunte Federn. Die Riemen, ungefähr achtzehn Zoll lang, waren im Abstand von ein bis zwei Zoll am Gürtel befestigt. Das ganze bildete eine Art Rock, die Steine mit den Federn befanden sich etwa in Kniehöhe. Die großen Füße waren nackt und durch die Bewegung im Freien leicht gebräunt. Die Wirkung der Gestalt beruhte mehr auf den wuchtigen Schultern und stark entwickelten Arm- und Rückenmuskeln als auf der eigentlichen Körpergröße von etwa sechs Fuß. Das Untier war weiblich und besaß ein grob geschnittenes Gesicht mit breiter Nase, großem Mund und dicken Lippen. Die Augen unter den buschigen Augenbrauen waren von normaler Größe, die Stirn breit und niedrig. Im Laufen wedelte es mit den großen, flachen Ohren, gelegentlich zuckte es mit bestimmten Hautpartien an Kopf und Rumpf, um Fliegen zu verscheuchen, wie man es bei Pferden beobachten kann.

Die Frau bewegte sich leise, die dunklen Augen waren wachsam, während die Ohren oft für kurze Zeit innehielten, wenn sie lauschte, ob ein Feind oder eine Beute in der Nähe war.

Nun blieb sie stehen, die Ohren richteten sich nach vorn, die Nasenlöcher weiteten sich, und sie sog die Luft ein. Ein Geruch oder Geräusch, das unseren verkümmerten Sinnesorganen entgangen wäre, hatte ihre Aufmerksamkeit geweckt. Behutsam schlich sie den Waldweg entlang, bis sie hinter einer Biegung eine Gestalt erblickte, die bäuchlings auf dem Weg lag. Es war Tarzan von den Affen. Er war besinnungslos, über ihm hatten sich die zersplitterten Überreste seines Flugzeuges in dem Geäst des Baumes verkeilt, der seinen Absturz herbeigeführt hatte.

Die Frau faßte ihre Keule fester und trat näher. Ihre Miene spiegelte die Verwirrung, die sie in ihrer primitiven Denkweise angesichts des seltsamen Wesens empfand, jedoch keine Angst. Sie lief zu dem reglosen Mann, hob die Keule, hielt jedoch inne, kniete nieder und untersuchte seine Kleidung. Dann drehte sie ihn auf den Rücken und legte ihr Ohr an sein Herz. Ungeschickt betastete sie das Hemd und zerriß es plötzlich. Erneut lauschte sie an seiner Brust, diesmal auf der bloßen Haut, erhob sich und blickte witternd und lauschend um sich. Dann bückte sie sich, warf sich den Affenmenschen kurzerhand über die Schulter und ging weiter. Der Weg schlängelte sich durch schattigen Wald und führte plötzlich in freies, hügliges Grasland am Fuße einer felsigen Anhöhe. Mit ihrer Last auf der Schulter ging die Frau auf eine schmale Schlucht zu, die Regen und Wind in den hiesigen Sandstein gewaschen und mit einer phantasievollen und eigenwilligen Architektur versehen hatten. Seltsame Kuppeln und Miniaturfelsen säumten den Weg.

Eine halbe Meile hinter dem Anfang der Schlucht mündete der Pfad in ein natürliches Amphitheater, in dessen steil aufragenden Wänden sich zahlreiche Höhlen befanden, vor denen ähnliche Gestalten hockten wie sie.

Als sie das Amphitheater betrat, waren alle Augen auf sie gerichtet, denn durch die großen und feinfühligen Ohren hatten diese Kreaturen schon längst von ihrer Ankunft erfahren. Kaum erblickten sie die Frau und ihre Last, sprangen einige auf und kamen zu ihr. Alle waren weiblichen Geschlechts, von ähnlicher Statur und ebenso knapp bekleidet wie sie, unterschieden sich voneinander jedoch hinsichtlich der Proportionen und der Gesichtszüge, wie es bei jeder Rasse der Fall ist. Keine sprach oder gab irgendeinen Laut von sich, während sie mit ihrer Last auf eine Höhle zuging, dabei ihren Knüppel fester packte, hin und her schwenkte und mit gerunzelter Stirn keine ihrer Genossinnen aus dem Auge ließ.

Sie hatte ihr Ziel – die Höhle – fast schon erreicht, als eine der Frauen plötzlich nach vorn schnellte und nach Tarzan griff. Behend wie eine Katze ließ die andere daraufhin ihre Last fallen, wandte sich der tollkühnen Angreiferin zu, hob blitzschnell die Keule und versetzte ihr einen Schlag auf den Kopf, der sie zu Boden streckte. Dann blickte sie fragend um sich wie eine Löwin auf

Beutesuche, wer wohl als nächste versuchen würde, ihr die Trophäe zu entreißen. Indes begaben sich die anderen in ihre Höhlen und ließen die Besiegte ohnmächtig im heißen Sand liegen. Unbehelligt lud sich die Siegerin ihre Last wieder auf und setzte ihren Weg fort. Am Eingang ihrer Höhle ließ sie sie ohne viel Federlesens zu Boden fallen, hockte sich das Gesicht nach draußen gewendet daneben, auf daß ihr das Treiben ihrer Genossinnen nicht entging. Dann begann sie, ihren Fund aufmerksamer zu untersuchen. Tarzans Kleidung erweckte ihre Neugier oder ihr Mißfallen, denn sie fing augenblicklich an, ihn davon zu befreien. Da sie keine Erfahrungen im Umgang mit Knöpfen und Schnallen hatte, riß sie sie einfach ab. Die schweren Korduanlederstiefel bereiteten ihr einen Moment lang Schwierigkeiten, indes gaben auch deren Nähte ihren kraftvollen Bemühungen nach.

Lediglich die goldene Halskette und das diamantenbesetzte goldene Medaillon, das er von seiner Mutter hatte, rührte sie nicht an.

Einige Minuten betrachtete sie ihn, dann erhob sie sich, warf ihn sich wieder über die Schulter und lief zur Mitte des Amphitheaters, dessen größerer Teil mit niedrigen Gebäuden aus wuchtigen Steinplatten bebaut war. Die Wände waren senkrecht in die Erde gesetzt worden und hatten durch quergelegte Platten ein Dach erhalten hatten. Sie standen eng beieinander, hier und da ragten einzelne Gebäude in einem länglichen Halbkreis flügelartig nach außen, und umschlossen einen riesigen Hof.

Vor den einzelnen Zugängen befanden sich je zwei Steinplatten, eine verschloß die Öffnung, die andere lehnte von außen dagegen und stützte sie, so daß es unmöglich war, sie von innen zu öffnen.

Die Frau schleppte ihren bewußtlosen Gefangenen zu einem jener Tore, legte ihn ab, schob die Steinplatten zurück, zerrte ihn in die Dunkelheit, ließ ihn zu Boden und klatschte dreimal laut in die Hände, worauf alsbald sechs oder sieben Kinder beiderlei Geschlechts im Alter von ein bis sechzehn Jahren erschienen. Das jüngste lief ohne Schwierigkeiten und schien in der Lage zu sein, genau so für sich zu sorgen, wie es bei Sprößlingen primitiverer Lebewesen in diesem Alter der Fall ist. Die Mädchen, sogar die kleinsten von ihnen, waren mit Keulen bewaffnet, die Knaben hingegen hatten nichts, um sich zu verteidigen oder zu kämpfen.

Bei ihrem Erscheinen wies die Frau auf Tarzan, schlug sich mit der geballten Faust auf den Kopf und tippte sich mehrere Male mit dem schwieligen Daumen an die Brust. Sie machte noch mehrere andere Zeichen von solcher Ausdruckskraft, daß auch jemand, dem diese Sprache völlig unbekannt war, ihren Sinn fast hätte erraten können. Dann wandte sie sich um, trat hinaus, schob die Steinplatte vor den Eingang und schlenderte, augenscheinlich völlig teilnahmslos, an der Frau vorbei, die sie niedergeschlagen hatte und die nun endlich zu sich kam, zurück zu ihrer Höhle.

Als sie vor ihrer Höhle Platz nahm, setzte sich ihr vormaliges Opfer plötzlich aufrecht, rieb sich einen Augenblick den Kopf, blickte benommen um sich und erhob sich schwankend. Einen Moment lang taumelte und wankte sie, hatte sich bald jedoch wieder unter Kontrolle, warf der Urheberin ihres Zustandes noch einen kurzen Blick zu und ging zu ihrer eigenen Behausung. Noch bevor sie ihr Ziel erreichte, erweckten jedoch nahende Schritte ihre Aufmerksamkeit und die aller Anwesenden. Mit aufgerichteten Ohren blieb sie wie angewurzelt stehen, lauschte und blickte auf den Weg, der aus dem Tal führte. Die anderen verhielten sich ähnlich, bis ihre Neugier einige Sekunden später belohnt wurde, als ein weiteres Exemplar dieser Gattung am Eingang des Amphitheaters auftauchte. Der Ankömmling war gewaltig, noch kräftiger als jenes Wesen, das den Affenmenschen gefangen hatte – breiter und massiger, indes nur wenig größer. Auf seiner einen Schulter lag ein Antilopenkadaver, auf der anderen eine halb menschliche, halb tierhafte Kreatur, die weder der einen noch der anderen Spezies vollends zuzurechnen gewesen wäre.

Die Antilope war tot, nicht jedoch das andere Geschöpf. Kraftlos wand es sich – die ziellosen Bewegungen konnten schwerlich als Kampf bezeichnet werden –, wie es über der bloßen, braunen Schulter der Jägerin lag und halb bewußtlos oder vor Angst gelähmt Arme und Beine hängen ließ.

Die Frau, die Tarzan ins Amphitheater gebracht hatte, erhob sich. Wir werden sie als Erste Frau bezeichnen müssen, denn sie hatte keinen Namen. Ihr unterentwickeltes Hirn mit seinen verworrenen Windungen hatte ihr bisher nicht einmal das Bedürfnis nach einem eigenen Namen eingegeben, und in der Gesellschaft der anderen war sie ohnehin namenlos wie alle, so daß wir sie fortan Erste Frau nennen wollen. Jene, die von ihrer Keule darniedergestreckt wurde, ist demzufolge die Zweite Frau, und diejenige, die jetzt beutebeladen das Amphitheater betrat, die Dritte Frau. So erhob sich die Erste Frau und blickte letztere mit aufgerichteten Ohren unverwandt an. Auch die Zweite Frau stand auf, die anderen ebenfalls, und alle starrten die Dritte Frau an, die unbeirrt weiterging und ihre tückischen Genossinnen dabei nicht aus den Augen ließ. Die Dritte Frau war sehr kräftig, so daß die anderen eine Zeitlang nur dastanden und sie beobachteten. Bald jedoch trat die Erste Frau vor, warf der Zweiten Frau einen langen Blick zu, tat einen weiteren Schritt, schaute wieder zur Zweiten Frau und wies dieses Mal auf sich, die Zweite Frau und die Dritte Frau, die nun schneller ihrer Höhle zustrebte, da sie die Drohgebärden der Ersten Frau wohl verstanden hatte. Die Zweite Frau begriff ebenfalls, und gemeinsam liefen sie hinterher. Keine sprach, kein Laut entschlüpfte ihren Lippen, Lippen, die noch nie gelächelt hatten, die kein Lachen kannten und es auch nie kennenlernen würden.

Als sie sich der Dritten Frau näherten, legte diese ihre Beutestücke ab, packte ihre Keule fester und bereitete sich darauf vor, ihre Rechte zu verteidigen. Die anderen schwangen ihre Waffen und griffen an. Die übrigen Frauen bildeten lediglich die Zuschauer, ihre Hände hingen untätig herab, vielleicht einem alten Stammesbrauch gemäß, der festlegte, daß jeweils so viele angriffen, wie es Beutestücke gab, und der demjenigen das Recht auf den Wettstreit verlieh, der ihn begann. Als die Zweite Frau vorhin die Erste Frau angegriffen hatte, hatten sich alle ferngehalten, da die Zweite Frau es gewesen war, die sich als erste ernsthaft darum bemüht hatte, Tarzan in ihren Besitz zu bringen. Nun war die Dritte Frau mit zwei Beutestücken erschienen, und da die Erste und die Zweite Frau hervorgetreten waren, hielten sich die anderen zurück.

Als die drei Frauen aufeinandertrafen, schien es unvermeidlich, daß die Dritte Frau unter den Keulen der anderen zu Boden ging; indes wehrte sie beide Schläge mit der Geschicklichkeit und Schnelligkeit der geübten Kämpferin ab und trat schnell in die Höhle, nachdem sie der Ersten Frau einen furchtbaren Schlag auf den Kopf versetzt hatte, der diese reglos zu Boden sinken ließ, worauf eine kleine Lache aus Blut und Hirn von der gewaltigen

Kraft der Schlägerin und vom grausamen und unbeweinten Ende der Ersten Frau zeugte.

Nun konnte sich die Dritte Frau ganz der Zweiten Frau zuwenden, aber nachdem diese das Schicksal der anderen mitverfolgt hatte, wartete sie nicht darauf, die Angelegenheit weiter auszufechten und stürzte in Richtung ihrer Höhle davon. In der Zwischenzeit hatte das Lebewesen, das die Dritte Frau außer der Antilope erbeutet hatte, in der Auseinandersetzung eine Fluchtmöglichkeit gesehen und war heimlich in entgegengesetzter Richtung davongekrochen. Sein Bemühen hätte vielleicht Erfolg gehabt, hätte der Kampf länger gedauert, das Können und die Wildheit der Dritten Frau beschränkten den Streit jedoch auf einige Sekunden, und als sie sich nun umwandte und bemerkte, wie eines der Beutestücke das Weite suchte, setzte sie ihm nach. In diesem Augenblick fuhr die Zweite Frau herum und ergriff die Antilope, während der Flüchtling aufsprang und schnell den Weg entlanglief, der vom Amphitheater ins Tal führte.

Als er sich erhob, wurde deutlich, daß es sich um einen Mann handelte oder zumindest um ein männliches Tier, und offenbar gehörte er zu derselben eigentümlichen Gattung wie die Frau, obwohl er viel kleiner war und einen leichteren Körperbau besaß. Er war fünf Fuß hoch, auf der Oberlippe und am Kinn leicht behaart, hatte eine viel niedrigere Stirn als die Frauen und eng zusammenstehende Augen. Die Beine waren wesentlich länger und schlanker als die der Frauen, die mehr für Muskelarbeit geschaffen schienen und weniger zum schnellen Lauf. Demzufolge war von Beginn an klar, daß die Dritte Frau kaum Aussicht hatte, den Flüchtling einzuholen, und nun trat der Sinn des seltsamen Rockes aus Riemen, Steinen und Federn zutage. In Windeseile löste sie einen der Riemen vom Gürtel, nahm das Ende zwischen Daumen und Zeigefinger, schwang es wie ein Lasso und ließ es schließlich los. Pfeilschnell flog das Geschoß dem Flüchtling hinterher, der walnußgroße Stein traf den Mann am Hinterkopf, so daß dieser bewußtlos zu Boden fiel. Nun wandte sie sich der Zweiten Frau zu, die inzwischen die Antilope gepackt hatte, schwang ihre Keule und griff sie an. Die Zweite Frau besaß mehr Mut als Verstand, bereitete sich darauf vor, das gestohlene Fleisch zu verteidigen, und stellte sich mit erhobener Keule kampfbereit auf. Als die Dritte Frau, ein wahrer Muskelberg, sich auf sie stürzte, warf sie sich ihr entgegen, doch war der Schlag ihrer mächtigen Widersacherin derartig gewaltig, daß er ihre Waffe zersplitterte und ihr aus den Händen riß, und nun war sie ganz der Kreatur ausgesetzt, die sie hatte berauben wollen. Offenbar wußte sie, was sie zu erwarten hatte. Sie bat nicht kniefällig um Vergebung – nicht sie. Im sinnlosen Bemühen, sich zu verteidigen, riß sie statt dessen eine Handvoll Wurfgeschosse von ihrem Gürtel. Welch zweckloses Unterfangen! Die riesige Keule verharrte keine Sekunde, sondern schwang im hohen Bogen nach oben und ging mit einem Krachen auf ihrem Schädel nieder.

Die Dritte Frau hielt inne und blickte um sich, als frage sie: „Ist noch jemand, der mir meine Antilope oder meinen Mann wegnehmen will? Wenn ja, dann tritt hervor!" Indes hob niemand den Fehdehandschuh auf, und so drehte sich die Frau um und lief zu dem daliegenden Mann. Unsanft zerrte sie ihn hoch und schüttelte ihn. Langsam erlangte er das Bewußtsein wieder und versuchte sich zu wehren. Seine Bemühungen mißlangen, sie warf ihn sich über die Schulter, ging zurück zu ihrer Antilope, legte sich diese auf die andere Schulter und setzte den Weg zur Höhle fort, wo sie beide unsanft zu Boden fallen ließ. Im Höhleneingang entfachte sie ein Feuer, indem sie in einem ausgehöhlten Holzstück trockenen Zunder durch Reiben mit einem Feuerstäbchen zum Brennen brachte, dann briet sie sich ein großes Stück von der Antilope und verschlang es gierig. Während sie auf diese Weise beschäftigt war, erlangte der Mann das Bewußtsein wieder, setzte sich auf und blickte benommen um sich. Sogleich stieg ihm der Duft des gebratenen Fleisches in die Nase, und er deutete darauf. Die Frau reichte ihm ein grobes Steinmesser, das auf dem Höhlenboden lag, und zeigte auf das Fleisch. Der Mann nahm das Schneidewerkzeug und brutzelte sich bald darauf ein großes Stück über dem Feuer. Mit sichtlichem Genuß aß er es halb gar und halb verbrannt, während ihn die Frau beobachtete. Er war nicht sehr ansehnlich, und dennoch mochte sie ihn für hübsch befunden haben. Anders als die Frauen, die auf jeglichen Schmuck verzichteten, trug er Arm- und Fußreifen sowie ein Halsband aus Zähnen und Kristallen; im Haar, das über der Stirn zu einem kleinen Knoten gewunden war, steckten einige hölzerne Spieße von etwa zehn bis zwölf Zoll Länge und standen nach allen Richtungen seitwärts ab.

Als er sich sattgegessen hatte, erhob sich die Frau, packte ihn bei den Haaren und zerrte ihn in die Höhle. Er kratzte und biß sie, versuchte zu entkommen, war ihr jedoch nicht gewachsen.

Auf dem Boden des Amphitheaters, vor den Höhlenzugängen, lagen die Leichen der Ersten und der Zweiten Frau, umschwärmt von den schwarzen Aasfressern der Lüfte. Ska, der Geier, war beim Festessen immer der erste.

3

In der seltsamen, düsteren Behausung, in der man ihn so grob zu Boden geworfen hatte, wurde Tarzan sogleich Mittelpunkt des Interesses der jungen Alalus, die sich nun um ihn scharten, ihn eingehend untersuchten, herumdrehten, betasteten und kniffen. Schließlich nahm einer der Jungen ihm das faszinierende goldene Medaillon ab und legte es sich um den Hals. Wie die meisten weniger entwickelten Lebewesen waren sie nicht in der Lage, sich längere Zeit für etwas zu interessieren. Sie wurden Tarzans bald überdrüssig, trotteten auf den sonnigen Hof und überließen ihn sich selbst, damit er wieder zu sich kam oder starb. Ihnen war es völlig gleichgültig, ob er wieder aufwachte. Zum Glück hatten elastische Äste den Sturz durch das Blätterdach abgefedert, und der Herr des Dschungels hatte nur eine leichte Gehirnerschütterung davongetragen. Schon erlangte er langsam das Bewußtsein wieder, öffnete bald, nachdem die Alaluskinder verschwunden waren, für kurze Zeit die Augen und blickte um sich. Seine Atmung war normal, und als er die Augen erneut aufschlug, war ihm, als erwache er aus einem tiefen und gesunden Schlaf. An den Unfall erinnerte nur ein dumpfer Kopfschmerz.

Er setzte sich auf und schaute sich um. Langsam gewöhnten sich seine Augen an die Finsternis, und er stellte fest, daß er sich in einer aus großen Steinplatten zusammengesetzten Hütte befand. Die einzige Öffnung führte in einen offenbar ähnlichen, jedoch viel helleren Raum. Langsam erhob er sich, ging hinüber und erblickte eine zweite Öffnung, die ins Freie und in den hellen Sonnenschein führte. Außer schmutzigen Heuhaufen auf dem Fußboden waren beide Räume leer, nichts wies auf die Anwesenheit von Menschen hin. Von der Tür aus sah er einen schmalen Hof, eingegrenzt von hohen Steinplatten, die senkrecht in die Erde gesetzt worden waren. Dort hockten verstreut die jungen Alalus. Tarzan blickte sie entgeistert an. Was waren das für Lebewesen? Was für ein Ort war das, wo man ihn offenbar gefangen hielt? Waren dies seine Wächter oder ebenfalls Gefangene? Wie war er hierher geraten?

Verwirrt fuhr er sich in der für ihn typischen Geste mit den Fingern durch das schwarze Haar und schüttelte den Kopf. Ihm fiel ein, welches unglückliche Ende sein Flug gefunden hatte, er erinnerte sich sogar, wie er durch das Geäst des großen Baumes gestürzt war, alles weitere lag jedoch im Dunkeln. Einen Augenblick lang musterte er die Alalus, die seine Anwesenheit noch nicht bemerkt hatten und trat dann unerschrocken in den Hof wie ein furchtloser Löwe, den auch Schakale nicht abschrecken können.

Sofort scharten sie sich um ihn. Die Mädchen stießen die Jungen beiseite und traten keck zu ihm. Tarzan sprach sie an, zuerst in einem Eingeborenendialekt, dann in einem anderen. Indes schienen sie nichts zu verstehen, da sie nicht antworteten. Schließlich nahm er zur primitiven Sprache der großen Affen Zuflucht, der Sprache von Manu, der Meerkatze, dem ersten Wesen, das ihn als Kleinkind so manches gelehrt hatte, als er sich an der haarigen Brust Kalas, des Affenweibchens, genährt und dabei den kehligen Lauten der wilden Mitglieder des Stammes von Kerchak gelauscht hatte. Wieder erfolgte keine Antwort – zumindest keine hörbare, obwohl sie Hände, Schultern und Körper bewegten und mit dem Köpfen wackelten, worin der Affenmensch eine Art Zeichensprache erkannte. Doch gaben sie keine Silbe von sich, aus der man schließen konnte, daß sie sich mittels einer Lautsprache verständigten. Bald verloren sie erneut jegliches Interesse an dem Neuankömmling und trotteten wieder zu ihren Plätzen an den Wänden des Hofes, während Tarzan ihn der Länge nach abschritt, um zu sehen, ob sich irgendeine Fluchtmöglichkeit bot. Er fand eine, mit ausgestreckten Armen würde er die Oberkante im Sprung sicherlich erreichen, jedoch nicht jetzt – er mußte auf die Dunkelheit warten, damit ihn niemand dabei beobachtete. Als sich der Tag seinem Ende zuneigte, änderte sich das Verhalten der Bewohner des Hofes deutlich, sie liefen ständig in ihre Behausung, blieben einen Augenblick lauschend vor der großen Steinplatte am äußeren Eingang stehen, kehrten dann wieder zurück in den Hof, rannten jedoch weiterhin ruhelos umher. Schließlich stampfte einer laut mit dem Fuß auf, die anderen folgten seinem Beispiel, bis das regelmäßige Stampfen der nackten Füße schließlich weit über die Grenzen des engen Gefängnishofes zu hören war.

Was auch immer sie damit bezweckten – offenbar hatte es keinen Erfolg, und bald darauf hob eines der Mädchen mit wutentstelltem Gesicht die Keule, trat an eine der riesigen Felsplatten und schlug mit voller Wucht dagegen. Sofort taten es ihr die anderen Mädchen nach, während die Jungen weiterhin mit den Füßen aufstampften.

Eine Zeitlang fragte sich Tarzan nach dem Grund ihres Verhaltens, indes gab ihm sein Magen zu guter Letzt die Antwort – sie waren hungrig und wollten so auf sich aufmerksam machen. Die Art und Weise, wie sie dies taten, bestätigte Tarzans Vermutung, wonach sie nicht sprechen konnten und höchstwahrscheinlich überhaupt keine Stimme besaßen.

Das Mädchen, das zuerst mit der Keule gegen die Wand geschlagen hatte, ließ mit einemmal davon ab und wies auf Tarzan. Die anderen blickten zu ihm, dann wieder zu ihr; sie deutete auf ihren Knüppel, dann erneut auf Tarzan, und führte eine kleine Pantomime auf, eine kurze, aber nichtsdestoweniger sehr eindeutige. Sie zeigte, wie die Keule auf Tarzans Haupt niedersauste und die Hauptdarstellerin ihn gemeinsam mit den anderen verzehrte. Augenblicklich hörten alle damit auf, weiter mit den Keulen zu hämmern oder den Füßen zu stampfen, und bedachten interessiert den neuen Vorschlag. Hungrig musterten sie Tarzan. Die Erste Frau, ihre Mutter, die ihnen etwas zu essen hätte bringen sollen, war tot. Das wußten sie nicht; sie spürten nur, daß ihnen der Magen knurrte, und daß die Erste Frau ihnen seit dem Vortage keine Nahrung gebracht hatte. Sie waren keine Kannibalen. Nur im letzten Stadium des Hungers würden sie einander verzehren, wie es auch Schiffbrüchige zivilisierterer Völker getan hatten. Jedoch gehörte dieser Fremde nicht zu ihnen. Er unterschied sich von ihnen genauso wie die anderen Lebewesen, die ihnen die Erste Frau zum Essen gebracht hatte. Ihn zu verzehren war demzufolge ebenso erlaubt, als sei er eine Antilope. Auf diesen Gedanken wären die meisten von ihnen indes nicht von allein gekommen, nur das ältere Mädchen kam mit diesem Vorschlag, und auch sie wäre niemals auf so etwas verfallen, wenn genügend Futter vorhanden gewesen wäre. Sie wußte, warum er hierher gebracht worden war – als Mann der Ersten Frau, die gleich den anderen Frauen dieser primitiven Rasse sich einmal im Jahr in den Wäldern und Dschungeln ein Männchen holte. Diese lebten dort, abgesehen von den wenigen Wochen, in denen sie in den Felshöhlen gefangen gehalten und sogar von den Kindern ihrer zeitweiligen Partnerinnen verachtet und auf brutalste Weise mißhandelt wurden.

Manchmal, wenngleich selten, gelang einem von ihnen die Flucht, aber irgendwann einmal wurden sie schließlich doch freigelassen, da es einfacher war, sich im nächsten Jahr ein neues Männchen zu erbeuten, als dieses bis dahin durchzufüttern. In den Familien der halbwilden Bestien herrschte nicht die geringste Spur von Liebe. Die Kinder wurden lieblos aufgezogen, lernten ihre Väter niemals kennen und empfanden keinerlei Zuneigung füreinander oder für irgendein anderes Lebewesen. Ein gewisses Band hielt sie bei ihrer Mutter, die sie einige kurze Monate gestillt hatte, und bei der sie nach Nahrung suchten, bis sie alt genug waren, in die Wälder zu ziehen und selbst etwas zu erbeuten oder sich auf irgendeine andere Weise Nahrung zu beschaffen, die die Natur in reichem Maße bereithielt.

Irgendwann zwischen fünfzehn und siebzehn Jahren wurden die herangewachsenen Männchen freigelassen und in den Wald gejagt, danach kannten ihre Mütter sie nicht mehr. Die Mädchen hingegen wurden mit in die mütterliche Höhle genommen und begleiteten ihre Mütter auf der täglichen Jagd, bis sie ihren ersten Partner erbeuteten. Dann bezogen sie eine eigene Höhle, und das Band zwischen Mutter und Kind wurde gekappt, als hätte es niemals existiert. Im Kampf um ein Männchen konnten sie sogar zu Rivalinnen werden oder um ein Beutestück bis zum Tode kämpfen.

Die Behausungen aus Steinplatten und die Gehege, in denen die Kinder und die Männchen gehalten wurden, waren das einzige gemeinschaftliche Werk, das die Frauen je miteinander verrichteten, und auch dabei waren sie auf sich selbst angewiesen, denn die Männer wären bei der ersten günstigen Gelegenheit geflohen, hätte man sie zum Bau herangezogen. Auch die Kinder hätten nicht anders gehandelt, sobald sie kräftig genug waren, um von Nutzen zu sein, aber die großen Weibchen konnten ihre gigantischen Vorhaben auch allein verwirklichen.

Von der Natur mit einem kräftigen Körperbau und mächtigen Pranken ausgestattet, brachen sie die großen Platten aus einem dem Amphitheater zugewandten Felsen, ließen sie in das kleine

Tal gleiten, und zogen und stießen sie mehr mit Kraft als Geschick dorthin, wohin sie sie haben wollten.

Glücklicherweise mußten sie die Behausungen und Gehege selten mit neuen Anbauten versehen, da aufgrund der hohen Sterblichkeitsrate der Frauen für die heranwachsenden Mädchen normalerweise Platz genug vorhanden war. Eifersucht, Gier, Jagdunfälle und unvorhersehbare Auseinandersetzungen mit anderen Stämmen lichteten ihre Reihen in nicht unbeträchtlichem Maße. Sogar die verachtenswürdigen Männchen besiegten im Kampf um die Freiheit manchmal ihre Gegnerinnen.

Die Alalus hatten diese schreckliche Lebensweise angenommen, da sich die Rolle der Geschlechter in überspitzter Weise umgekehrt hatte. Aufgabe des Männchens war es, bei der Liebe die Initiative zu ergreifen und zuerst um die Achtung, dann um die Bewunderung des begehrten Weibchens zu kämpfen. Deren Liebe entwickelte sich erst nach all diesen anderen Gefühlen. Die zunehmende Überlegenheit der Alalusfrau führte schließlich dazu, daß sie für die Männchen keine Achtung und Bewunderung mehr aufbringen konnte und demzufolge auch keine Liebe entstand.

Da die Alalusfrau für ihren Partner keine Liebe empfand und zu einem immer mächtigeren Untier wurde, begann sie bald, dem anderen Geschlecht mit Verachtung und Brutalität zu begegnen. Im Männchen verkümmerte die Fähigkeit oder zumindest das Verlangen, sich zu verlieben – er konnte nicht ein Geschöpf lieben, das er fürchtete und haßte, oder ein solches geschlechtsloses Wesen achten und bewundern, zu dem die Alalusfrau geworden war. So floh er in die Wälder und in den Dschungel, wo die ihm überlegenen Weibchen ihn jagten, damit ihre Rasse nicht ausstarb.

Tarzan stand nun den Nachkommen dieser wilden, abartigen Kreaturen gegenüber und war sich über deren kannibalischen Absichten völlig im klaren. Während die drei Mädchen, von denen eine kaum sieben Jahre alt war, mit erhobenen Keulen vorsichtig näherkamen, beeilten sich die Männchen, aus einer der Behausungen Heu und kleine Holzstücke zu holen und ein Feuer zu entfachen, über dem sie bald die saftigen Stücke des seltsamen Lebewesens zu brutzeln gedachten, das ihnen ihre behaarte Mutter gebracht hatte.

Eines der Männchen, ein etwa sechzehnjähriger Junge, hielt sich wild gestikulierend zurück, schien zu versuchen, die Mädchen von der Ausführung ihres Planes abzubringen, und wandte sich sogar an die anderen Jungen um Unterstützung. Indes blickten diese nur kurz zu den Mädchen und fuhren in ihren Vorbereitungen für das Festmahl fort. Als die Mädchen dem Affenmenschen immer näherrückten, warf der Junge sich ihnen schließlich in den Weg, um sie aufzuhalten. Augenblicklich schwangen die drei kleinen Teufelinnen ihre Keulen und stürmten mit Mordabsichten auf ihn zu. Der Junge sprang beiseite, riß sich einige der mit Federn versehenen Steine vom Gürtel und schleuderte sie auf die Angreiferinnen. Er warf so geschickt und schnell, daß zwei der Mädchen heulend zu Boden sanken. Der dritte Stein verfehlte sein Ziel, traf einen der anderen Knaben an der Schläfe und tötete ihn sofort. Es war derjenige, der Tarzans Medaillon an sich genommen hatte, das er, scheu wie all diese Knaben, mit der Hand verdeckte, seit der Affenmensch das Bewußtsein wiedererlangt und den Hof betreten hatte.

Das ältere Mädchen ließ sich durch nichts abschrecken, knurrte wütend und machte mit wutentstelltem Gesicht einen Satz nach vorn. Der Junge griff nach einem weiteren Stein, drehte sich herum und rannte auf den Affenmenschen zu. Wahrscheinlich wußte er selber nicht, warum. Vielleicht war es das Wiederaufleben eines brachliegenden Gemeinschaftsgefühles, das ihn an Tarzans Seite führte – durchaus möglich. Vielleicht war es Tarzan selbst, dessen Zusammengehörigkeitsgefühl so stark war, daß es in dem anderen diese verkümmerte seelische Empfindung wieder erweckt hatte. Was auch immer der Grund sein mochte, der Junge stellte sich neben Tarzan, während das Mädchen die Gefahr offenbar spürte, die von ihrem plötzlich so tollkühnen Bruder ausging, und vorsichtiger wurde.

Sie deutete mit Handbewegungen an, was sie mit ihm tun würde, wenn er nicht davon abließ, sich mit seinem schwachen Willen zwischen sie und ihr kulinarisches Ziel zu stellen; doch gestikulierte er trotzig zurück und wich keinen Schritt zur Seite. Tarzan klopfte ihm auf den Rücken und lächelte. Der Junge bleckte die Zähne auf schreckliche Weise, aber offenbar wollte er nur das Lächeln des Affenmenschen erwidern. Nun war das Mädchen bei ihnen. Tarzan war sich ziemlich unschlüssig, was er tun sollte. Sein angeborener Edelmut gegenüber Frauen hielt ihn sogar in einer Notwehrsituation davor zurück, sie anzugreifen oder zu verwunden, jedoch wußte er, daß er sie töten mußte, um sich zu wehren. Während er nach einem Ausweg suchte, wappnete er sich für die verhaßte Tat, auch wenn er noch hoffte, sie bliebe ihm erspart.

Die Dritte Frau, die ihren neuen Partner von der Höhle zu dem Felsgehege führte, wo sie ihn für eine oder zwei Wochen verwahren wollte, hatte das rhythmische Stampfen und Schlagen der Keulen gehört, das von dem Gehege der Ersten Frau kam, und sofort den Grund dafür erraten. Das Wohlergehen der Nachkommenschaft der Ersten Frau betraf sie nicht persönlich, lediglich der Gemeinschaftsinstinkt hieß sie, sie freizulassen, damit sie nicht verhungerten und sich Nahrung suchen konnten – andernfalls ging der Stamm ihrer künftigen Dienste verlustig. Natürlich würde sie sie nicht selbst füttern, aber sie würde die Gefängnistore öffnen und sie herauslassen, damit sie für sich sorgen konnten, überlebten oder zugrunde gingen, wie es das Naturgesetz vorschrieb.

Damit nahm sich die Dritte Frau jedoch Zeit. Mit kräftigen Fingern zerrte sie ihren wütend knurrenden und sich sträubenden Partner an den Haaren zu ihrem felsigen Gehege, schob die eine große Steinplatte vom Eingang zurück, beförderte den Mann mit einem Fußtritt unsanft hinein, setzte die Platte wieder an Ort und Stelle und wandte sich gemächlich zum nahen Gehege der Ersten Frau. Sie öffnete die Steintür, lief durch die zwei Gemächer und betrat den Hof in dem Moment, als das älteste Mädchen auf Tarzan zulief. Die Frau blieb am Eingang stehen und schlug mit der Keule gegen die Steinwand, offensichtlich um auf sich aufmerksam zu machen. Sofort blickten alle zu ihr. Sie war die erste Erwachsene, die die Kinder der Ersten Frau nach ihrer Mutter zu Gesicht bekamen. Angstvoll wichen sie vor ihr zurück. Der Junge neben Tarzan versteckte sich hinter dem Affenmenschen. Tarzan wunderte sich nicht über ihre Furcht. Die Dritte Frau war die erste ausgewachsene Alalus, die er sah, da er zu dem Zeitpunkt, als er sich in den Händen der Ersten Frau befand, noch bewußtlos war.

Das Mädchen, das ihn mit ihrer großen Keule bedroht hatte, schien ihn vergessen zu haben und stand nun mit zornigem Gesichtsausdruck und schmalen Augen der Neuen gegenüber. Von allen Kindern schien sie sich am wenigsten zu fürchten.

Eingehend betrachtete der Affenmensch das riesige, ungeschlachte weibliche Wesen, das im Eingang des Geheges stand und ihn mit wildem Blick musterte. Auch sie sah ihn zum ersten Mal, da sie sich gerade im Wald auf Jagd befunden hatte, als die Erste Frau mit ihrer Trophäe im Amphitheater eingetroffen war. Sie hatte nicht gewußt, daß die Erste Frau außer ihren Sprößlingen noch ein männliches Wesen gefangen hielt. Hier winkte tatsächlich eine Beute. Sie würde ihn in ihr eigenes Gehege bringen. Mit diesem Gedanken und dem Wissen, daß er nicht entkommen konnte, falls er ihr nicht entwich und den Ausgang vor ihr erreichte, trat sie langsam auf ihn zu, ohne sich um die anderen Bewohner des Geheges zu kümmern.

Tarzan ahnte nicht, was sie wirklich vorhatte, sondern nahm an, sie wolle ihn angreifen, da er als Fremder eine Gefahr für ihr Heim darstellte. Er sah die mächtige Gestalt mit den enorm entwickelten Muskeln, die riesige Keule, die sie in ihrer gewaltigen Pranke hielt, und verglich sie mit seiner eigenen wehrlosen Nacktheit.

Für jemanden, der im Dschungel geboren wurde, bedeutet das Vermeiden eines sinnlosen und ungleichen Kampfes nicht, daß er feige ist. Tarzan von den Affen war nicht nur im Dschungel geboren worden und aufgewachsen; mit den Kleidern, die man ihm ausgezogen hatte, war auch, wie bisher schon so oft, die dünne und künstliche Haut der Zivilisation verschwunden. Das war jetzt ein wildes Raubtier, auf das die Alalusfrau zuschritt, ein schlaues und mächtiges Tier – eines, das wußte, wann es zu kämpfen hat und wann zu fliehen.

Tarzan blickte kurz hinter sich, wo, vor Angst zitternd, der Alalusjunge hockte. Dahinter befand sich die Rückwand des Geheges, eine große Steinplatte, die leicht nach außen geneigt war. Der Verstand des Menschen arbeitet langsam, und noch langsamer sind seine Augen im Vergleich mit denen eines Raubtiers, das in eine Falle geraten ist und nach einer Fluchtmöglichkeit sucht. Der Affenmensch reagierte derart schnell, daß er verschwunden war, bevor die Dritte Frau seine Absichten überhaupt erraten konnte. Und mit ihm verschwand der älteste Alalusjunge.

Tarzan fuhr herum, warf sich den Jungen über die Schulter,

sprang auf die Rückwand zu und kletterte geschickt wie eine Katze die glatte Wand hinauf, bis seine Finger die Oberkante erreichten, an der er sich hochziehen konnte. Ohne sich noch einmal umzublicken, ließ er den Jungen auf der anderen Seite zu Boden und sprang dann schnell hinterher, so daß sie fast gleichzeitig unten aufkamen. Dann erst schaute er sich um. Zum ersten Mal erblickte er das natürliche Amphitheater und die Höhlen, vor denen vereinzelt einige Frauen hockten. Bald würde es dunkel sein. Die Sonne versank langsam hinter der Bergkette im Westen. Tarzan sah nur einen Fluchtweg – auf der anderen Seite, wo das Amphitheater flacher war, und wo ein Pfad zum Tal und den dahinterliegenden Wald führte. Dorthin rannte er, dicht gefolgt von dem Jungen.

Sogleich entdeckte ihn eine der Frauen, hob ihre Keule, sprang auf und begann sofort, ihm hinterherzujagen. Andere folgten ihrem Beispiel, und schließlich rauschten fünf oder sechs dröhnend hinter ihm den Pfad entlang.

Der Junge kannte den Weg und lief schnell vor dem Affenmenschen her, aber so behend er auch war, er konnte es nicht mit den Muskeln aufnehmen, die ihren Besitzer so oft schon vor dem blitzartigen Angriff des wutentbrannten Numa gerettet oder ihm mit Bara, dem Reh, eine Mahlzeit verschafft hatten. Die plumpen und schwerfälligen Frauen hinter ihnen hatten keine Chance, das leichtfüßige Paar einzuholen, wobei sie dieses Verlangen überhaupt nicht verspürten, denn sie besaßen ihre Wurfgeschosse, mit denen sie fast von Kind auf trainiert hatten, so daß sie darin nahezu vollkommen waren und meist alle beweglichen und unbeweglichen Ziele trafen. Aber es dunkelte, der Pfad vollführte mehrere Biegungen, beide Flüchtlinge rannten aus Leibeskräften, und es war schwer, so genau zu zielen, daß der Getroffene ohnmächtig zu Boden sank. Natürlich war ein Geschoß für einen Flüchtling meistens tödlich, aber jeder mußte eine Chance bekommen. Der Instinkt hielt die Frauen davon ab, die Männchen zu töten, nicht jedoch, sie mit äußerster Brutalität zu behandeln. Hätte Tarzan geahnt, warum die Frauen sie verfolgten, wäre er noch schneller gerannt, und als die Steine an seinem Kopf vorbeiflogen, steigerte er sein Tempo nur geringfügig.

Bald erreichte er den Wald und verschwand, als habe er sich in Luft aufgelöst, denn nun befand er sich in seinem eigentlichen

Element. Während sie zu ebener Erde nach ihm suchten, schwang er sich gewandt durch das untere Baumgeäst und ließ dabei den Alalusjungen nicht aus den Augen, der unten auf dem Weg entlangrannte.

Da sie den Mann verloren hatten, blieben die Frauen stehen und kehrten zu ihren Höhlen zurück. Den Jungen wollten sie nicht. Ein oder zwei Jahre würden sie ihn in Ruhe im Wald umherstreifen lassen, und wenn er nicht den wilden Tieren, den Speeren oder Pfeilen der Ameisenmenschen zum Opfer fiel, würde er zum Manne heranreifen und in der Paarungszeit für jedes der großen Weibchen eine leichte Beute sein. Zumindest würde er vorläufig ein vergleichsweise sicheres und glückliches Leben führen können.

Seine Chancen zu überleben waren ziemlich gering, da er so früh in den Wald geflohen war. Hätte die Erste Frau noch gelebt, wäre er noch für mindestens ein Jahr innerhalb der sicheren Grenzen des Geheges geblieben, bis er dafür geeignet gewesen wäre, es mit den Gefahren des wilden Lebens im Wald und im Dschungel aufzunehmen. Als seine scharfen Ohren ihm mitteilten, daß die Frauen aufgegeben hatten, blieb er stehen und blickte sich nach dem seltsamen Wesen um, das ihn aus dem verhaßten Gehege befreit hatte. Aber er konnte in der Dämmerung der anbrechenden Nacht nicht weit sehen. Der Fremde war wie vom Erdboden verschwunden. Der Junge spitzte die großen Ohren und lauschte aufmerksam. Nur die schnell verhallenden Schritte der Frauen waren noch zu vernehmen. Andere, unbekannte Geräusche drangen aus dem Wald zu ihm und versetzten seinen trüben Geist in Angst und Schrecken – Geräusche, die aus dem Unterholz der Umgebung oder aus den Zweigen über ihm kamen. Auch witterte er nicht minder grauenvolle Gerüche.

Mit einemmal war es dunkel. Die undurchdringliche Finsternis legte sich wie eine schwere Last auf ihn und jagte ihm unsagbare Angst ein. Zitternd blickte er um sich, er konnte nichts erkennen, so daß er vermeinte, keine Augen zu haben; und da er keine Stimme hatte, konnte er weder rufen und seine Feinde einschüchtern noch das merkwürdige Geschöpf auf sich aufmerksam machen, das ihm geholfen und seltsamerweise so unbegreifliche Gefühle in ihm erweckt hatte – angenehme Gefühle. Er konnte es sich nicht erklären, denn dafür fehlten ihm ebenso die Worte wie für alles andere, jedoch fühlte er etwas, und dieses Gefühl erwärmte noch immer seine Brust und ließ ihn in seiner unklaren Weise wünschen, er könne einen Laut von sich geben, damit dieses fremdartige Lebewesen wieder zu ihm zurückkam, denn er war allein und fürchtete sich sehr.

Das Knacken im nahen Buschwerk jagte ihm einen noch größeren Schrecken ein. Etwas Großes bewegte sich durch die Finsternis auf ihn zu. Der Junge stand mit dem Rücken zu einem großen Baum, wagte nicht, sich zu bewegen und witterte, jedoch der Wind kam von hinten und wehte dem herankriechenden Wesen entgegen, so daß er es nicht identifizieren konnte. Sein Instinkt sagte ihm aber, daß das Tier ihn erkannt hatte und sich zweifellos an ihn heranpirschte, um ihn anzuspringen und zu verschlingen.

Er wußte nichts von Löwen, falls man nicht im Unterbewußtsein ein Bild von den verschiedensten Wesen besitzt, vor dem sich die Bewohner der Wildnis instinktiv fürchten. Nie zuvor hatte er das Gehege der Ersten Frau verlassen, und da sein Volk keine Sprache kannte, hatte ihm seine Mutter nichts von der Außenwelt erzählen können, und dennoch wußte er beim Gebrüll des Löwen, daß es ein Löwe war.

4

In einem anderen Wald, etwa zwanzig Meilen entfernt, hockten Esteban Miranda und Uhha in der Finsternis. Der Spanier zitterte und klammerte sich an das kleine Mädchen, als das donnernde Gebrüll eines anderen Löwen an sein Ohr drang.

Das Mädchen spürte, wie der große Mann neben ihr zusammenzuckte, und schrie ihn verächtlich an:

„Du bist nicht der Flußteufel. Du hast Angst. Du bist nicht einmal Tarzan, denn Khamis, mein Vater, hat mir gesagt, daß Tarzan sich vor nichts fürchtet. Laß mich gehen, ich will auf einen Baum klettern. Nur ein Feigling oder Dummkopf würde hierbleiben und warten, bis der Löwe kommt und ihn verschlingt. Laß mich gehen, sage ich!" Sie versuchte, sich aus seinem Griff zu befreien.

„Halt den Mund! Willst du den Löwen herbeilocken?" zischte er. Ihre Worte und ihr Befreiungsversuch hatten ihn aus seiner Erstarrung gerissen, er bückte sich, packte sie, hob sie auf den unteren Ast eines Baumes und schwang sich neben sie.

Bald darauf fand er etwas weiter oben einen sicheren und bequemeren Platz, und während beide auf den Tagesanbruch warteten, strich Numa, der Löwe, hustend und knurrend unter ihnen umher und brüllte gelegentlich so donnernd, daß der Dschungel erbebte.

Als es hell wurde, ließen sich die beiden auf die Erde hinab, völlig erschöpft von der schlaflosen Nacht. Das Mädchen wollte noch warten, in der Hoffnung, die Krieger Obebes würden sie einholen, der Mann jedoch sah darin überhaupt nichts Gutes und wollte so schnell wie möglich aufbrechen, um vor dem schwarzen Kannibalenhäuptling einen großen Vorsprung zu bekommen.

Er hatte sich verirrt und besaß nicht die kleinste Vorstellung, wo er nach einem begehbaren Weg zur Küste suchen sollte; indes kümmerte ihn das zur Zeit wenig, denn sein hauptsächlichster Wunsch bestand darin, Obebe zu entkommen. Also beschloß er, nordwärts zu wandern und dabei immer die Augen nach einem deutlich erkennbaren Weg nach Westen offen zu halten. Vielleicht stieß er dabei auf ein Dorf mit freundlichen Eingeborenen, die ihm auf seiner Reise zur Küste behilflich waren. Daher begaben sich die beiden so schnell wie möglich nach Norden und streiften dabei den östlichen Rand des Großen Dornenwaldes.

Unbarmherzig brannte die Sonne im menschenleeren Gehege der Ersten Frau. Nur der Leichnam des am Vortage getöteten Jugendlichen lag noch dort. Ein schwarzes Pünktchen erschien am blauen Firmament. Es wurde immer größer und nahm schließlich die Form eines Vogels an, der, die Schwingen kaum bewegend, schwerelos durch die Lüfte glitt. Er kam, immer wieder große Kreise ziehend, näher, bis er zu guter Letzt über dem Gehege der Ersten Frau schwebte und sich nach einem weiteren Bogen innerhalb der Umzäunung auf der Erde niederließ. Es war Ska, der Geier. Binnen einer Stunde war der Körper des Jugendlichen von Raubvögeln bedeckt. Der Schmaus dauerte zwei Tage und als die Vögel fortflogen, blieben nur sauber abgenagte Knochen zurück. Um den Hals eines Tieres lag eine goldene Kette mit einem diamantverzierten Medaillon. Ska versuchte, sich dieses Tands zu entledigen, der ihn beim Fliegen störte und ihn am Boden beim Gehen behinderte; da sich die Kette aber zweimal um seinen Hals geschlungen hatte, war seine Mühe vergebens. So segelte er über dem Großen Dornenwald davon, und die Edelsteine glitzerten und funkelten in der Sonne.

Tarzan von den Affen machte, nachdem er den Frauen entwischt war, auf dem Baum halt, unter dem angstgepeinigt der Sohn der Ersten Frau hockte. Als Numa angriff, langte er schnell nach unten, packte ihn am Schopf und zog ihn in Sicherheit, so daß die scharfen Krallen des Löwen unter den Füßen des Alalus sinnlos durch die Luft fuhren.

Am nächsten Tag kümmerte sich der Affenmensch um Nahrung, Waffen und Kleidung. Nackt und unbewaffnet wäre es jedem anderen als Tarzan übel ergangen, und auch der Alalusjunge hätte ohne ihn keine Chancen gehabt. Zwar fanden sie Nüsse, Obst und Eier, doch brauchte er Fleisch, und er jagte beharrlich danach, nicht nur der Nahrung wegen, sondern auch der Haut, dem Eingeweide und den Sehnen wegen, um sich die nötigsten Dinge herzustellen, die sein primitives Dasein sicherer und annehmbarer gestalten sollten.

Auf der Suche nach einer Fährte hielt er gleichzeitig nach passendem Holz für Speer, Bogen und Pfeile Ausschau, und da er die meisten Bäume kannte, bereitete ihm das keine Probleme. Doch ging der Tag bereits zur Neige, als der leichte Luftzug, der ihm ins Gesicht blies, seinem feinfühligen Geruchssinn endlich die Witterung von Bara, dem Reh, zutrug.

Er schwang sich auf einen Baum und wies den Alalus an, es ihm gleich zu tun, doch war dieser so begriffsstutzig und unbeholfen, daß sich Tarzan gezwungen sah, ihn auf einen Ast zu ziehen, wo er ihm durch Zeichen klarzumachen versuchte, daß er dort bleiben und auf die Dinge aufpassen solle, die er für die Waffen gesammelt hatte, während er allein auf Jagd gehen würde.

Er war sich nicht ganz sicher, ob der Junge ihn verstanden hatte, aber zumindest blieb er zurück, als sich Tarzan lautlos durchs Geäst schwang, der schwer zu erfassenden Spur des Wiederkäuers folgte, welcher ihm, dem Zögling von Kala, dem Affenweibchen, als Bara, das Reh, bekannt war, der eigentlich jedoch eine Antilope war. Indes sind die Eindrücke aus der Kindheit sehr stark, und an jenem längst vergangenen Tag, als er in der Hütte seines Vaters in dem natürlichen Hafen an der Westküste über der bebilderten Fibel gehockt und erkannt hatte, daß „R“ für „Reh“ stand, und gleichzeitig das Bild des hübschen Tieres bewundert hatte, das genau so aussah wie jenes aus seinem täglichen Leben, war es für ihn Bara, das Reh, geworden und immer geblieben.

Ein zivilisierter Mann ist meist nicht in der Lage, sich weit genug an das Reh heranzupirschen, um es lediglich mit Speer oder Bogen zur Strecke zu bringen. Der eingeborene Jäger hat bei diesem Spiel um Scharfsinn und Geistesgegenwart oftmals mehr Pech als Glück. Tarzan hingegen mußte mit seinen geschärften Sinnen, seinem Verstand und seinen Muskeln nicht nur diesen übertreffen, sondern auch die Antilope, wenn er sie lediglich mit den Waffen erlegen wollte, die ihm die Natur gegeben hatte.

Als Tarzan seinem Geruchssinn folgend lautlos in Richtung des Rehs durch den Dschungel eilte, sagte ihm die stärker werdende, vertraute Witterung, daß sich in der Nähe ein ganzes Rudel versammelt hatte. Dem Affenmenschen lief bei der Vorstellung des kommenden Festschmauses das Wasser im Munde zusammen, und da die Witterung immer intensiver wurde, bewegte er sich lautlos und vorsichtig wie ein großes Raubtier, bis er schließlich zu einer Lichtung gelangte, auf der ein Dutzend Antilopen grasten.

Regungslos beobachtete er von einem niedrig hängenden Ast die Herde und wartete darauf, daß eines der Tiere so nahe an ihn herankam, daß sein Angriff zumindest eine winzige Chance hatte. Für einen Jäger gehört es zum großen Spiel, oftmals stundenlang geduldig auszuharren, bis die Beute ihrem sicheren Tod in die Arme läuft. Bei einer einzigen voreiligen oder unbedachten Bewegung hetzt das furchtsame Tier in unerreichbare Ferne davon und kehrt tagelang nicht zurück.

Um das zu vermeiden, verharrte Tarzan reglos wie eine Statue und wartete auf den Augenblick, in dem eine Antilope in seine Nähe kommen sollte. Auf einmal stieg ihm eine schwache Witterung in die Nase, der Geruch von Numa, dem Löwen. Tarzan runzelte die Stirn. Er hockte windabwärts von Bara, und zwischen ihm und der Antilope war kein Löwe zu sehen. So mußte er sich auf der anderen Seite befinden, direkt im Wind. Aber warum hatten die Pflanzenfresser mit ihrem empfindsamen Geruchssinn noch nichts von dem Erzfeind wahrgenommen, wo Tarzan ihn doch witterte? Denn daß sie nichts ahnten, sah man daran, wie friedlich und ungestört sie mit wippenden Schwänzen grasten. Gelegentlich hob eines von ihnen den Kopf und blickte mit aufgerichteten Ohren um sich, ohne auch nur eine Spur von Furcht zu zeigen, die der Entdeckung von Numa unmittelbar folgen würde.

Der Affenmensch schlußfolgerte, daß einer dieser launenhaften Luftströme die Antilopen vorübergehend umgab, so daß sie sich im Windschatten befanden. Eine Zeitlang sinnierte er über diese Dinge, in der Hoffnung, daß Numa verschwinden würde, bis er zu seinem Entsetzen im Unterholz auf der anderen Seite der Lichtung ein plötzliches Krachen vernahm, das die Antilopen augenblicklich warnte und zur Flucht aufforderte. Fast gleichzeitig tauchte ein junger Löwe auf, der angesichts der Antilopen ein furchterregendes Gebrüll ausstieß und angriff. Tarzan raufte sich vor Wut und Enttäuschung die Haare. Ein dummer junger Löwe hatte ihm einen Strich durch die Rechnung gemacht und ihn seines Mahles beraubt, denn die Wiederkäuer stoben in alle Richtungen davon. Der Löwe hatte mit seinem sinnlosen Angriff nichts ausgerichtet und auch Tarzan alles verdorben. Aber Moment! Was war das? Ein erschreckter Bock, von dem einzigen Gedanken beseelt, den Krallen des angreifenden Raubtieres zu entkommen, stürmte direkt auf Tarzans Baum zu. Als er darunter war, schoß ein geschmeidiger brauner Körper kopfüber aus dem Laubwerk, stählerne Finger packten den Bock, und kräftige Zähne schlugen sich in seinen Hals. Das Gewicht des wilden Jägers drückte das Tier zu Boden, und bevor es sich aufrappeln konnte, brachen dessen mächtige Hände ihm mit einem schnellen Ruck das Genick.

Ohne zurückzuschauen warf sich der Affenmensch das tote Tier über die Schulter und schwang sich auf den nächsten Baum. Er konnte seine Zeit nicht damit vergeuden, nachzusehen, was Numa tat, denn ihm war klar, daß der Löwe mitverfolgt hatte, wie er auf Bara gesprungen war. Kaum war er in Sicherheit, sah er, wie die Raubkatze zu der Stelle lief, an der er gestanden hatte.

Numa war überrascht und brüllte den Affenmenschen wutentbrannt an, der sich oben niedergelassen hatte. Tarzan spottete lachend:

„Sohn von Dango, der Hyäne. Bleib hungrig, bis du gelernt hast, wie man jagt.“ Er schleuderte dem Löwen verächtlich einen abgebrochenen Ast ins Gesicht und verschwand mit der Beute über der Schulter im Laubwerk.

Es war noch Tag, als Tarzan bei dem Alalusjungen eintraf. Mit Hilfe des kleinen Steinmessers des Jungen schnitt er für jeden ein großes Stück aus der Antilope. Gierig drangen die kräftigen weißen Zähne des englischen Lords in das rohe Fleisch, während der Alalusjunge ihn überrascht anstarrte und sich Holz für ein Feuer suchte. Der Affenmensch beobachtete ihn amüsiert, bis der andere seine Nahrung so zubereitet hatte, wie er es für richtig erachtete – außen verkohlt, innen roh; und doch war es das gebratene Fleisch, das seinem Besitzer ein Gefühl von Überlegenheit über die niedrigeren Lebewesen vermittelte, die ihr Fleisch roh verschlangen, als sei er ein zivilisierter Feinschmecker, der in einem populären Londoner Klub lange abgehangenes Wild und verschimmelten Käse zu sich nahm.

Lächelnd dachte Tarzan daran, wie unscharf die Grenze zwischen Instinkt und Appetit gezogen ist, die den Urmenschen von dem zivilisierten Menschen unterscheidet. Einige seiner französischen Freunde, mit denen er gelegentlich gespeist hatte, zeigten sich entsetzt, als sie erfuhren, daß er gleich vielen afrikanischen Stämmen und Affen Würmer aß, nahmen aber im selben Augenblick Schnecken zu sich. Der provinzielle Amerikaner spottet über die Franzosen, die Froschschenkel verspeisen, und nagt währenddessen an einem Schweinebein. Die Eskimos trinken rohen Waltran, die Anwohner des Amazonas, sowohl die Weißen als auch die Eingeborenen, essen die Innereien von Papageien sowie Meerkatzenmägen und betrachten diese als Delikatessen. Der chinesische Kuli fragt nicht, wie oder wann das Tier, dessen Fleisch er ißt, getötet wurde, und es gibt in New York einen Mann, einen sehr geachteten und unbescholtenen Herren, der Limburger Käse mit Bartlettbirnen ißt.

Am Folgetag begann Tarzan, sich um Waffen und einen Lendenschurz zu kümmern, da nun genügend Fleisch für die nächste Zeit vorhanden war. Er wies den Alalus an, die Antilopenhaut mit dem Steinmesser abzuschaben, und machte sich mit nichts als einigen Flußkieseln als Werkzeug daran, Waffen herzustellen, mit denen er es erfolgreich mit den Alalusfrauen, größeren Raubtieren und anderen Feinden aufnehmen konnte.

Dabei beobachtete er den Alalusjungen und fragte sich, von welchem Nutzen ihm die armselige Kreatur bei der Suche nach einem Weg durch den Dornenwald sein konnte, den er durchqueren mußte, um nach Hause zu gelangen. Daß der Arme schüchtern war, hatten seine Flucht vor den Alalifrauen und die Angst vor Numa bewiesen. Die Sprachlosigkeit machte ihn zu einem ungeeigneten Gefährten, außerdem besaß er keinerlei Fähigkeiten, sieht man von bestimmten Instinkten ab, die Tarzan nicht von Nutzen sein konnten. Aber er hatte sich während des Streits im Gehege an Tarzans Seite gestellt, und obwohl er ihm bisher keine Hilfe gewesen war, hatte er sich somit das Recht erworben, daß dieser sich um ihn kümmerte. Ferner war es mehr als offensichtlich, daß er Tarzan zugetan war und bei ihm bleiben wollte.

Während Tarzan mit seinen Waffen beschäftigt war und über den Alalus nachdachte, kam ihm eine Idee – er würde für den Jungen ähnliche Waffen herstellen und ihm zeigen, wie man damit umging. Er hatte gesehen, daß die einfachen Waffen der Alalus nichts gegen Pfeil und Bogen und einen guten Speer ausrichten konnten. Genauer gesagt, konnten die Alalus nicht hoffen, mit ihren Geschossen so weit zu schießen, wie es ein guter Bogenschütze vermochte, und ihre Keulen waren gegen einen gutgezielten Speer nutzlos.

Ja, er würde dem Jungen Waffen fertigen und ihm zeigen, wie man sie benutzte, dann wäre der kleine Alalus ihm bei der Jagd oder, wenn nötig, Kampf eine Hilfe. Als er noch darüber nachdachte, hielt der Alalus plötzlich inne, legte ein Ohr an den Boden, richtete sich wieder auf, blickte zu Tarzan und wies an sein Ohr und dann auf den Erdboden. Der Affenmensch verstand, daß er lauschen sollte, wie der Junge es getan hatte, und hörte deutlich Schritte, die auf dem abgetretenen Pfad widerhallten und näherkamen.

Er packte seine Sachen zusammen, verwahrte sie mit den Resten Baras, des Rehs, hoch oben in einem sicheren Versteck, kehrte zurück und half dem Jungen auf den Baum.

Schon jetzt begann der Alalus, sich etwas geschickter auf Bäumen zu bewegen, und konnte sie schon besser erklimmen, war jedoch nach Tarzans Ansicht noch immer völlig hilflos.

Die beiden brauchten nicht lange zu warten, bis unten auf dem Pfad eine der furchteinflößenden Frauen aus dem Amphitheater entlangschritt, nach etwa zehn oder fünfzehn Schritt noch eine, dahinter eine dritte. Nicht oft traf man sie gemeinsam an, da sie Einzelgängerinnen waren und dem Alalusvolk Herdeninstinkte fremd waren. Gelegentlich jedoch brachen sie gemeinschaftlich zur Jagd auf, besonders wenn es um ein gefährliches Raubtier ging, das ihre Rechte verletzt hatte, oder wenn sie in der Paarungszeit nicht genügend Männchen im Wald gefangen hatten. Dann schlossen sich jene zusammen, die weniger Glück gehabt hatten, um die Gehege eines Nachbarstammes zu überfallen.

Die drei trotteten direkt unter dem Baum entlang, auf dem Tarzan und der Junge saßen und sie beobachteten. Die großen, flachen Ohren hingen träge herab, die dunklen Augen wanderten von einer Seite zur anderen, von Zeit zu Zeit zuckten sie schnell mit einzelnen Hautpartien, um lästige Insekten zu verscheuchen.

Die beiden im Baum verharrten regungslos, bis die drei halbwilden Frauen hinter einer Wegkrümmung verschwunden waren. Nachdem sie noch eine Weile gelauscht hatten, ließen sie sich wieder zu Boden und setzten ihre unterbrochenen Arbeiten fort. Der Affenmensch lächelte, als er sich dieses letzte Ereignis noch einmal vor Augen hielt – Tarzan von den Affen, der Herr des Dschungels, versteckte sich beim Anblick von drei Frauen in den Bäumen! Aber was für Frauen waren das! Bisher wußte er wenig über sie und ihre Gewohnheiten, aber das wenige hatte ihn vollends überzeugt, daß sie äußerst schreckliche Gegner waren, und daß er unbewaffnet nichts gegen ihre großen Keulen und schnellen Geschosse ausrichten konnte.

Die Tage vergingen; der Affenmensch und sein stiller Gefährte vollendeten die Waffen, mit denen es leichter sein würde, sich Nahrung zu beschaffen. Der Junge arbeitete mechanisch, folgte genau den Anweisungen seines Herren, und schließlich war ihre Ausrüstung vollständig. Von da an begaben sie sich gemeinsam auf die Jagd, und der Mann lehrte den Jugendlichen den Gebrauch von Bogen, Speer, und dem langen Grasseil, das seit seiner Kindheit zur Bewaffnung des Affenmenschen gehört hatte.

Während dieser Zeit ging mit dem Alalusjungen eine große Veränderung vor. Zuerst hatte er sich immer verstohlen durch den Wald geschlängelt, war oft stehengeblieben, hatte den Weg überblickt und sich offensichtlich vor jedem Lebewesen gefürchtet, das auf den schattigen Waldpfaden umherstreifte. Er hatte große Angst vor den wilden Frauen seines Stammes. Nun aber war dies alles wie durch Zauber verschwunden. Langsam beherrschte er Bogen und Speer; mit großem Interesse und gewisser Ehrfurcht und Achtung hatte er beobachtet, wie Tarzan unterwegs viele große und kleine Tiere zur Strecke brachte. Einmal hatte er miterlebt, wie Tarzan Sabor, die Löwin, mit einem einzigen Speerstoß tötete, als sie den Affenmenschen auf einer Lichtung fern von rettenden Bäumen überrascht hatte. Schließlich kam auch sein Tag. Sie befanden sich auf der Jagd, als der Alalus eine kleine Herde wilder Schweine aufscheuchte und zwei mit seinen Pfeilen erlegte. Die anderen Tiere stoben in alle Richtungen davon, und als einer der Keiler den Alalus erblickte, stürmte er auf ihn zu. Der Junge wollte schon fliehen, wie es ihm der jahrhundertealte Instinkt eingab, denn das Alalusmännchen floh immer vor der Gefahr, und da sie sich ständig vor Raubtieren und den eigenen Frauen in Sicherheit bringen mußten, waren sie sehr schnell geworden, so schnell, daß kein gefährlicher Feind sie einzuholen vermochte. Nur mit List konnte ein Alalusmännchen eingefangen werden. Beinahe hätte er vor dem Keiler die Flucht ergriffen, aber ein plötzlicher Gedanke hielt ihn zurück – er bog den Arm mit dem Speer zurück, wie es ihm der Affenmensch beigebracht hatte, und schleuderte das Geschoß mit voller Wucht, sein ganzes Gewicht einsetzend, nach vorn. Der Eber stürmte direkt auf ihn zu. Der Speer drang in seine linke Schulter ein und durchbohrte das Herz. Dann sank er auf der Stelle zu Boden.

Ein neuer Ausdruck trat ins Gesicht und in die Augen des Alalus. Er sah nicht länger gehetzt aus und schlich nicht mehr, furchtsam um sich blickend, durch den Wald. Nun lief er aufrecht, unverzagt und mit furchtloser Miene, und schien ein Zusammentreffen mit den Weibchen förmlich herbeizusehnen, statt es zu fürchten. Er war die Personifizierung revoltierenden Mannestums. Jahrhundertelange geringschätzige Behandlung sowie Mißbrauch durch die Frauen hatten ihn zermürbt. Sicherlich dachte er nie in dieser Weise darüber nach, aber die Tatsache bleibt bestehen, und Tarzan war klar, daß die erste Frau, die das Pech hatte, auf diesen Jungen zu stoßen, die Überraschung ihres Lebens erfahren würde.

Während Tarzan und der Alalus in dem seltsamen Land innerhalb des Großen Dornenwaldes umherwanderten und der Affenmensch einen Fluchtweg suchte, streiften Esteban Miranda und Uhha, die Tochter Khamis, des Zaubermannes, auf der Suche nach einem Weg nach Westen und zur Küste, den äußeren Saum des Waldes entlang.

5

Der Alalusjunge war Tarzan bedingungslos ergeben. Da dieser inzwischen die einfache Zeichensprache seines Schützlings erlernt hatte, konnten sie sich ausreichend verständigen. Der Junge gewann durch den ständigen Umgang mit den neuen Waffen mehr Selbstvertrauen und wurde unabhängiger, so daß sie sich bei der Jagd immer öfter trennten und sich auf diese Weise eine vollere Speisekammer sicherten.

Eines Tages machte Tarzan dabei eine seltsame Entdeckung. Er war der Fährte Baras, des Rehs, gefolgt, als diese mit einemmal von der einer großen Alalusfrau gekreuzt wurde. Offenbar versuchte jemand, ihm seine Beute wegzunehmen. Der wilde Instinkt des Dschungeltieres gewann in dem nur mit einem Lendenschurz bekleideten Affenmenschen die Oberhand. Das Wesen, dessen Oberlippe sich jetzt kräuselte und zwei glänzende Reißzähne zur Schau stellte, war nicht der elegante Lord Greystoke aus London – es war der halb wilde Primat auf Jagd, dem gerade die Beute geraubt wird.

Er kletterte nach oben und stürmte durch das Geäst in Richtung der Alalusfrau. Bevor er sie jedoch zu Gesicht bekam, nahm er eine weitere Witterung auf – eine neue, fremdartige und verwirrende. Es mußten Menschen sein, indes war der Geruch ungewöhnlich und in gewissem Maße unbekannt. Noch nie zuvor hatte er etwas Derartiges erlebt. Der Geruch war schwach, und trotzdem spürte er, daß sein Ursprung nicht mehr weit entfernt war, bis er leise, wohlklingende Stimmen vernahm, deren Klang und Höhe Aufregung verrieten. Tarzan bewegte sich nun vorsichtiger und hatte Bara, das Reh, völlig vergessen.

Als er näherkam, wurde ihm klar, daß die Urheber sich in heller Panik befanden, bis er schließlich zu einer weiten, in der Ferne von einem Gebirge begrenzten Ebene gelangte. Was er keine hundert Yards vor sich erblickte, ließ ihn daran zweifeln, ob er seinen Augen trauen könne. Die einzige bekannte Gestalt war die einer riesigen Alalusfrau, umringt von einer Unzahl zwergenhafter Männer – winziger, weißhäutiger Krieger, die auf etwas ritten, was eine Art der Königsantilope zu sein schien, wie man sie an der Westküste Afrikas antreffen kann. Sie waren mit Speeren und Schwertern bewaffnet und schlugen wiederholt gegen die riesigen Beine der Alalusfrau, die den Rückzug zum Wald angetreten hatte, den Angreifern teuflische Tritte versetzte und mit ihrer gewaltigen Keule Hiebe austeilte.

Schnell wurde Tarzan klar, daß sie die Frau zu lähmen versuchten, denn dann konnten sie sie leicht überwältigen. Aber obwohl es mindestens einhundert sein mußten, schienen ihre Chancen gering zu sein, da diese mit einem einzigen Tritt ihres mächtigen Fußes mindestens ein Dutzend Angreifer zermalmen konnte. Schon über die Hälfte des Trupps war außer Gefecht gesetzt, ihre Körper lagen verstreut inmitten der Reittiere auf dem Kampfplatz und kündeten vom bisherigen Verlauf der Schlacht.

Der Mut der Überlebenden erfüllte Tarzan dennoch mit Bewunderung, als er beobachtete, wie sie sich in dem hartnäckigen Versuch, ihre Gegnerin zu Fall zu bringen, in den fast sicheren Tod stürzten, und auf einmal erkannte er den Grund, oder vielmehr den wahrscheinlichen Grund, weshalb sie ihr Leben derart sinnlos opferten – die Alalusfrau hielt in der linken Hand einen der winzigen Krieger. Die anderen wollten ihn offenbar befreien und kämpften deswegen weiterhin auf verlorenem Posten.

Bewunderte Tarzan die Krieger, dann nicht minder ihre mutigen und beweglichen Reittiere. Bisher hatte er immer geglaubt, die Königsantilope, die kleinste bekannte Vertreterin der Antilopenfamilie, sei das scheueste aller Tiere, nicht jedoch ihre Cousinen. Sie waren nur ein wenig größer, maßen bis zum Widerrist etwa fünfzehn Zoll und unterschieden sich dem Äußeren nach kaum von ihr, sprangen indes unter der Führung ihrer Reiter kühn in unmittelbare Nähe der riesigen Füße und der großen, herabsausenden Keule. Die Männer hatten sie fest unter Kontrolle und führten sie so geschickt, daß man hätte glauben können, die Muskeln der Tiere seien mit den Gehirngängen des Reiters verbunden. Sie setzten vor, wieder zurück und berührten dabei kaum den Erdboden, bis sie sich wieder in Sicherheit befanden. Mit einem Satz sprangen sie zehn oder zwölf Fuß weit, so daß Tarzan nicht nur über ihre Beweglichkeit staunen mußte, sondern auch über die fast unglaubliche Reitkunst der Krieger, die sich derart perfekt auf diesen springenden, umherhüpfenden, sich drehenden und tänzelnden Tieren im Sattel halten konnten.

Es war ein schöner und begeisternder Anblick, und wie unwirklich er ihm zuerst auch erschienen war, erkannte er bald, daß er es mit einem richtigen Zwergenvolk zu tun hatte – nicht mit Angehörigen jenes schwarzen Stammes, der jedem Afrikaforscher mehr oder weniger bekannt ist, sondern mit einer anderenorts längst ausgestorbenen weißhäutigen Zwergenrasse, über die man gelegentlich etwas in uralten Schriftstücken von Reisenden und Forschern sowie in Mythen und Legenden finden kann.

Dieser Kampf fesselte ihn, und während er zuerst unbeteiligt zugeschaut hatte, spürte er bald, wie sich seine Sympathien den winzigen Kriegern zuwandten, und als offensichtlich wurde, daß der Alalusfrau mit ihrem Gefangenen die Flucht gelingen würde, beschloß er, einzugreifen.

Als er aus der Deckung des Waldes trat, erblickten ihn die winzigen Krieger als erste. Offensichtlich hielten sie ihn für einen weiteren feindlichen Riesen, denn sie schrien verzweifelt auf und fielen zum ersten Mal zurück, seit Tarzan den ungleichen Kampf verfolgt hatte. Tarzan wollte ihnen seine Absichten klar machen, bevor sie sich auf ihn stürzten, und lief schnell auf die Frau zu, die ihm bei seinem Anblick durch Zeichen bedeutete, er solle ihr helfen, die übrigen Zwerge zu erledigen. Sie war es gewohnt, daß die Männchen sie fürchteten und ihr gehorchten, wenn sie sich in ihrer Gewalt befanden. Vielleicht wunderte sie sich auch ein wenig über die Kühnheit dieses Männchens, denn normalerweise rannten alle vor ihr weg; indes benötigte sie dringend seine Hilfe, und mehr interessierte sie jetzt nicht.

Als Tarzan herangekommen war, befahl er ihr in der Zeichensprache, die er von dem Jungen gelernt hatte, den Gefangenen freizulassen, zu verschwinden und die kleinen Menschen nicht mehr zu belästigen. Als Antwort zog sie eine häßliche Grimasse, hob die Keule und lief ihm entgegen. Der Affenmensch setzte einen Pfeil an den Bogen und gab ihr durch Zeichen zu verstehen: „Kehre um! Kehre um, oder ich töte dich. Geh und laß den kleinen Mann herunter!“

Wütend knurrend beschleunigte sie ihren Schritt. Tarzan hob den Pfeil in Augenhöhe und zog ihn zurück, bis sich der Bogen krümmte. Die Zwerge hatten verstanden, daß dieser fremde

Riese zumindest in diesem Moment ihr Verbündeter war, saßen auf und warteten auf den Ausgang des Duells. Der Affenmensch hoffte, die Frau werde ihm gehorchen, bevor er sie töten mußte, jedoch ein flüchtiger Blick auf ihr Gesicht zeigte ihm, daß sie ihre Absicht durchsetzen würde, die darin bestand, auch diesen überheblichen Störenfried zu erledigen.

Sie stürmte auf ihn zu und war ihm schon zu nahe gekommen, als daß er noch länger warten konnte, er sandte den Pfeil ab. Dieser drang tief in ihr wildes Herz, und als sie nach vorn stolperte, sprang Tarzan auf sie zu und entriß ihr den Krieger, damit sie nicht auf den Winzling fiel und ihn zerdrückte. Die anderen Soldaten mißverstanden seine Absicht und stürzten laut schreiend mit gezückten Waffen vorwärts, doch bevor sie bei ihm waren, hatte er den Mann abgesetzt und freigelassen.

Augenblicklich änderte sich die Haltung der angreifenden Zwerge, aus Kriegsgeschrei wurden Freudenbekundungen. Sie zügelten ihre Reittiere vor dem Krieger, den Tarzan befreit hatte, einige saßen ab, knieten nieder und hoben seine Hand an ihre Lippen. Da wurde dem Affenmenschen klar, daß er jemanden von höherem Rang befreit hatte, vielleicht ihren Anführer, und nun war er gespannt, wie sie sich ihm gegenüber verhalten würden. Mit einem Ausdruck amüsierter Nachsicht auf dem sonst so grimmigen Gesicht betrachtete er sie, wie jemand das interessante Treiben eines Ameisenhaufens verfolgen mochte.

Während sie die wunderbare Errettung ihres Kameraden feierten, konnte Tarzan sie sich genauer anschauen. Der größte von ihnen maß etwa achtzehn Zoll, ihre eigentlich weiße Hautfarbe war durch die Bewegung im Freien eine Spur dunkler als die seine, wobei sie dennoch zweifellos Weiße waren; ihre Gesichtszüge waren regelmäßig und wohlproportioniert, so daß man sie nach den gegenwärtigen Maßstäben als hübsch bezeichnet hätte. Natürlich gab es Unterschiede und Ausnahmen; im großen und ganzen jedoch waren es gutaussehende Männer. Alle waren bartlos, es schien unter ihnen keine älteren Männer zu geben, und der, den Tarzan aus den Händen der Alalusfrau befreit hatte, war offensichtlich wesentlich jünger als jene, die nun abgesessen waren und ihm huldigten.

Als Tarzan sie beobachtete, bat der junge Mann die anderen, sich zu erheben, sprach einige Minuten zu ihnen, wandte sich dann an den Affenmenschen und richtete das Wort an ihn, wobei Tarzan natürlich nichts verstehen konnte. Aus der Art und Weise schloß er jedoch, daß er ihm dankte und wahrscheinlich wissen wollte, welche Absichten er ihnen gegenüber hege. Der Affenmensch bemühte sich, ihm zu versichern, daß er ihre Freundschaft wünsche. Um seine friedliche Gesinnung noch mehr zu betonen, legte er seine Waffen neben sich und trat mit leicht ausgebreiteten Armen und offenen Händen einen Schritt auf sie zu.

Der junge Mann schien seine Freundschaftsbezeigungen zu verstehen, denn auch er trat näher und bot Tarzan die Hand. Der Affenmensch wußte, daß der andere erwartete, er werde sie küssen, jedoch zog er es vor, seine Ebenbürtigkeit zu beweisen. So kniete er nieder, um die dargebotene Hand des Zwerges besser halten zu können, drückte die winzigen Finger leicht, und neigte in einer formellen Verbeugung etwas den Kopf, als sei er von gleichem Stand. Der andere schien es zufrieden zu sein, erwiderte die Verneigung ebenso würdevoll und bemühte sich, dem Affenmenschen zu verstehen zu geben, er und seine Gruppe würden nun fortreiten, und er möge sie begleiten.

Tarzan brannte darauf, dieses bemerkenswerte kleine Volk kennenzulernen, und war demzufolge der Einladung alles andere als abgeneigt. Bevor die kleine Gesellschaft aufbrach, schwärmte sie noch einmal aus, um die Toten und Verwundeten aufzusammeln und das Leiden der verletzten Antilopen zu beenden, die zum Weitermarsch nicht mehr in der Lage waren. Zu diesem Zweck griffen sie zu dem relativ langen, geraden Schwert, das zur Ausrüstung eines jeden gehörte. Die Speere ließen sie in den zylindrischen Behältnissen, die rechts am Sattel befestigt waren. Soweit Tarzan es sehen konnte, besaßen sie außer diesen Waffen nur noch ein winziges Messer in einer Scheide an der rechten Hüfte. Es war wie auch das Schwert zweischneidig, jedoch nur etwa anderthalb Zoll lang und hatte eine sehr scharfe Spitze.

Nachdem sie die Toten und Verwundeten herbeigetragen hatten, wurden die letzteren von dem jungen Anführer der Gruppe und den fünf oder sechs Kriegern in seiner Begleitung, die sich gleich bei seiner Befreiung um ihn geschart hatten, untersucht. Tarzan hielt sie für Stellvertreter oder Befehlshabende niederer Ränge. Er sah, wie sie den Verwundeten Fragen stellten; in drei Fällen, in denen offenbar keine Hoffnung mehr bestand, durchbohrte der Anführer mit seinem Schwert dem Unglücklichen das Herz.

Während dieser anscheinend grausamen militärischen, zweifellos jedoch vernünftigen Handlung hoben die übrigen Krieger unter Leitung der Unteroffiziere neben den zwanzig Toten einen langen Graben aus. Dafür nahmen sie ein solides Schaufelblatt zu Hilfe, das am Sattel hing und schnell am Kolben des Speers oder der Lanze befestigt werden konnte. Die Männer arbeiteten äußerst zügig und nach einem Plan, der keine überflüssige Bewegung zuließ und bei dem alles auf das Mindestmaß reduziert wurde. Binnen unglaublich kurzer Zeit hatten sie einen fünfzig Zoll langen, achtzehn Zoll breiten und neun Zoll tiefen Graben ausgehoben. Im Vergleich dazu hätten normale Menschen einen siebzehn Fuß langen, sechs Fuß breiten und drei Fuß tiefen Graben benötigt. Darin reihten sie die Toten in zwei Schichten dicht aneinander. Dann füllten sie die Zwischenräume bis zur obersten Reihe mit Erde und legten Steine darüber, so daß die Verblichenen schließlich von einer zwei Zoll dicken Steinschicht bedeckt waren. Danach wurde die restliche Erde darübergehäuft.

In der Zwischenzeit hatte man die umherlaufenden Antilopen wieder eingefangen und ihnen die Verwundeten auf den Rücken gebunden. Auf Befehl des Kommandanten formierte sich die Gruppe mit militärischer Präzision. Eine Abteilung brach mit den Verwundeten zuerst auf, einen Augenblick später saßen alle anderen auf und ritten los. Die Art und Weise ihres Aufbruchs erschien Tarzan einzigartig und äußerst faszinierend. Die Krieger hatten sich in einer Reihe gegenüber dem jungen Anführer aufgestellt, der bereits gleich den ranghöheren Begleitern im Sattel saß. Jeder Krieger hielt sein Reittier am Zügel. Ohne auch nur ein Wort zu verlieren, gab der Kommandant durch Heben des Schwertes ein kurzes Signal, ließ darauf die Waffe sinken und wandte im selben Augenblick sein Tier um, das einen schnellen Satz in Blickrichtung der gesamten Truppe machte. Die Tiere der Offiziere fuhren gleichzeitig mit ihm herum, wie von einem einzigen Gedanken geleitet. Das Reittier jedes zweiten Kriegers machte nun einen Satz nach vorn, wobei sein Reiter sich sofort behend in den Sattel schwang. Kaum waren die ersten losgeritten, folgte die zweite Reihe, mit einem zweiten und längeren Satz wurde die Kette wieder geschlossen und die ganze Truppe preschte in einer zusammengedrängten Linie vorwärts. Es war die klügste und praktischste Methode, um berittene Einheiten ebenso schnell in Bewegung zu setzen wie Fußtruppen, es gab keine Verzögerungen beim Aufstellen, beim Aufsitzen oder beim Schließen der Reihen.

Als die Truppe fortgaloppierte, wandten zehn Krieger von der linken Flanke ihre Tiere und ritten hinter einem der Offiziere aus dem Gefolge des Kommandeurs auf Tarzan zu. Durch Zeichen gab dieser Tarzan zu verstehen, er solle der Gruppe folgen. Der Hauptteil befand sich schon weit draußen in der Ebene, denn die wendigen Tiere sprangen mit einem einzigen Satz mindestens fünf bis sechs Fuß weit. Sogar der leichtfüßige Tarzan hätte mit ihnen nicht Schritt halten können.

Als der Affenmensch unter Geleit der Abteilung aufbrach, entsann er sich des Alalusjungen, der nun im Wald hinter ihm allein auf Jagd ging, indes machte er sich weiter keine Gedanken, da er sich sagte, daß dieser besser zur Verteidigung gerüstet war als irgend jemand seiner Art, und daß er, nachdem er das Land der Zwerge besucht hatte, zweifellos zu ihm zurückkehren und ihn finden würde, wenn er wollte.

Tarzan, an Anstrengungen und schnelle Märsche gewöhnt, fiel in einen Trott, den er stundenlang ohne Pause aufrechterhalten konnte, während seine Führer, die ihre anmutigen Reittiere im Trab hielten, ein Stück vor ihm ritten. Das Flachland war hügliger, als es ihm vom Waldrand aus erschienen war, hier und da wuchsen Bäume, es gab reichlich Gras, in dem man hin und wieder etwas größere Antilopen äsen sehen konnte. Beim Anblick der nahenden Reiter und der vergleichsweise riesenhaften Figur Tarzans sprangen sie auf und rasten davon. Einmal kamen sie an einem Rhinozeros vorbei, um das die Gruppe nur einen kleinen Bogen machte, später ließ der Anführer die Abteilung plötzlich vor einer Baumgruppe halten, packte seinen Speer und näherte sich langsam einem Busch, wobei er seinen Männern den Befehl gab, sich zu verteilen und das Dickicht zu umzingeln.

Tarzan blieb stehen und verfolgte ihr Tun. Der Wind kam von hinten und wehte in Richtung des Dickichts, so daß er nicht sagen konnte, was für ein Tier (wenn es überhaupt eins war) die Aufmerksamkeit des Offiziers auf sich gezogen hatte. Als die Krieger das Buschwerk eingekreist hatten und es von allen Seiten mit gesenkten Speeren durchstöberten, ertönte im tiefsten Dickicht jedoch sehr bald ein wütendes Knurren, und einen Augenblick später kam eine afrikanische Wildkatze in Sicht, die direkt auf den Offizier zusprang, der den Speer wurfbereit in der Hand hielt. Der Reiter wurde durch den Aufprall und das Gewicht des Tieres aus dem Sattel geworfen, indes hatte sich die Speerspitze in den Brustkorb der Katze gebohrt. Das tödlich getroffene Tier wehrte sich zuckend und hätte den Mann mit Sicherheit fürchterlich zugerichtet und vielleicht auch getötet, wenn der Speer geborsten wäre, denn diese Katze bedeutete für die Zwerge ein ebenso schreckliches Raubtier wie für uns der Löwe. Sobald sie verendet war, sprangen vier Krieger hinzu und trennten mit ihren scharfen Messern in Windeseile Kopf und Fell ab.

Tarzan kam nicht umhin festzustellen, daß diese Menschen alles, was sie in Angriff nahmen, mit äußerster Effektivität ausführten. Nie schien es eine überflüssige Bewegung zu geben, nie war sich jemand unsicher, was er tun sollte, niemals geriet ein Arbeiter dem anderen in den Weg. Kaum zehn Minuten nach diesem Zwischenfall war die Abteilung erneut unterwegs, der Kopf des Raubtieres hing am Sattel eines Kriegers, das Fell an dem eines anderen.

Der Offizier, der die Abteilung befehligte, war ein junger Mann, der kaum viel älter als der Kommandeur des gesamten Trupps sein mochte. Daß er Mut besaß, konnte Tarzan daran sehen, wie er dem für so kleine Menschen tödlichen und wilden Raubtier entgegentrat; ferner bewies der nahezu aussichtslose Kampf mit der Alalusfrau, daß es sich um ein tapferes Volk handelte, und so etwas bewunderte und achtete der Affenmensch. Schon jetzt hatte er diese kleinen Männer ins Herz geschlossen, obwohl es zeitweise für ihn schwierig war, an ihre wirkliche Existenz zu glauben, so sehr neigen wir dazu, an Lebensformen zu zweifeln, die wir nicht mit eigenen Augen gesehen oder von denen wir unglaubwürdige Dinge vernommen haben.

Sie waren etwa sechs Stunden in der Ebene unterwegs, als sich der Wind drehte und Tarzans Nase vor ihnen deutlich die Witterung von Bara, dem Reh, wahrnahm. Der Affenmensch hatte an diesem Tag noch kein Fleisch gegessen und verspürte Heißhunger, so daß bereits der Geruch des Fleisches alle wilden Instinkte in ihm erweckte, die sich während seiner seltsamen Kindheit herausgebildet hatten. Er stellte sich vor den Anführer seiner Begleiter, machte ihnen Zeichen anzuhalten und erklärte ihnen, so weit es mittels der vergleichsweise mühsamen und nie völlig zufriedenstellenden Zeichensprache möglich war, daß er Hunger habe, daß sich vor ihnen Wild befand und daß sie zurückbleiben sollten, bis er sich an seine Beute herangepirscht und sie erlegt hatte.

Als der Offizier verstanden und eingewilligt hatte, kroch Tarzan vorsichtig zu einer kleinen Baumgruppe, hinter der sich seinem scharfen Geruchssinn zufolge einige Antilopen befinden mußten. Die Abteilung folgte ihm so leise, daß es sogar den scharfen Ohren des Affenmenschen entging.

Aus der Deckung der Bäume sah Tarzan mindestens ein Dutzend Antilopen, die dicht vor ihm grasten, die nächste keine hundert Fuß von der kleinen Baumgruppe entfernt. Tarzan löste seinen Bogen, nahm eine Handvoll Pfeile aus dem Köcher und pirschte sich lautlos zu dem der Antilope am nächsten stehenden Baum. Die Abteilung befand sich ein Stück hinter ihm und hatte haltgemacht, als der Offizier das Wild erblickte, dem Tarzan hinterherpirschte. Sie wollten es nicht verscheuchen.

Die Zwerge kannten Pfeil und Bogen nicht und verfolgten jede Bewegung des Affenmenschen mit größtem Interesse. Schnell setzte er mit einem einzigen Griff einen Pfeil an den Bogen, zog die Sehne weit zurück und ließ los. Sie sahen, wie die Antilope einen Satz machte, als der erste von drei Pfeilen sie traf, und wie Tarzan sofort seiner Beute hinterherlief; obwohl keine Gefahr bestand, daß das Tier flüchtete. Nach dem zweiten Pfeil ging der Bock in die Knie, und als Tarzan bei dem Tier ankam, war es bereits verendet.

Als keine weitere Vorsicht geboten war, eilten die Krieger Tarzan hinterher, umringten die Antilope und tauschten sich noch viel aufgeregter miteinander aus als je zuvor. Offenbar beeindruckten sie die todbringenden Geschosse, die dieses große Tier zu Boden geworfen hatten, denn für sie war diese Antilope so groß wie für uns der riesigste Elefant; und als der Affenmensch sie anblickte, lächelten sie und rieben ihre Handflächen in einer kreisförmigen Bewegung schnell aneinander, eine Geste, von der Tarzan annahm, daß sie eine Art Applaus darstellte.

Nachdem Tarzan seine Pfeile aus dem Tier gezogen und wieder

in den Köcher gesteckt hatte, bat er den Anführer der Abteilung um sein Schwert. Einen Augenblick schien der Mann zu zögern, und sein Gefolge beobachtete ihn aufmerksam, aber er zog die Waffe und reichte sie mit dem Griff voran Tarzan. Wenn man Fleisch roh und noch warm verzehren will, läßt man den Kadaver nicht ausbluten, was Tarzan nun auch nicht tat. Statt dessen hieb er ein Hinterviertel heraus, schnitt sich davon eine Portion ab und begann, sie gierig zu verschlingen.

Die kleinen Menschen verfolgten sein Tun mit Überraschung und nicht ohne Entsetzen; als er ihnen etwas von dem Fleisch anbot, lehnten sie ab und wichen zurück. Er wußte nicht, warum sie so reagierten, schrieb es aber dem Abscheu vor ungekochtem Fleisch zu. Später sollte er erfahren, daß ihre Abneigung auf einer Reihe von Erfahrungen beruhte, nach denen jene Wesen, die rohes Fleisch verschlangen, auch vor Zwergen nicht haltmachten. Als sie nun sahen, wie dieser mächtige Riese seine Beute ungekocht verzehrte, gelangten sie zwangsläufig zu der Schlußfolgerung, daß er auch sie fressen würde, wenn er hungrig genug war.

Tarzan wickelte etwas Fleisch in das Antilopenfell, nahm es auf den Rücken, und sie marschierten weiter. Die Krieger schienen nun beunruhigt zu sein, unterhielten sich leise und blickten sich oft nach ihm um. Sie bangten nicht um sich selbst, da sie keine Angst kannten. Vielmehr fragten sie sich, ob es auch klug war, jemanden zu ihrem Volk zu führen, der solche Massen von rohem Fleisch verschlingen konnte und bei einer einzigen schnellen Mahlzeit das Äquivalent eines erwachsenen Mannes verzehrt hatte.

Am späten Nachmittag entdeckte Tarzan in der Ferne etwas, das wie eine Kette gleichmäßiger, kuppelartiger Hügel aussah. Als sie näherkamen, sichtete er eine Abteilung berittener Krieger, die ihnen zur Begrüßung entgegengaloppierten. Aus seiner Höhe erblickte er sie vor den anderen. Daraufhin machte er den Offizier auf sich aufmerksam und berichtete ihm mittels Zeichen von seiner Entdeckung, doch konnten die anderen den Trupp aufgrund des unebenen Geländes nicht sehen.

Als Tarzan das klar wurde, bückte er sich, nahm, bevor der Offizier seine Absicht erraten konnte, Antilope und Reiter sanft in die mächtigen Hände und hob sie hoch über den Boden. Sofort machte sich bei den anderen Bestürzung breit. Sie zückten die

Schwerter, ein Warnruf ertönte, sogar der beherzte Zwerg in seiner Hand zog seine winzige Waffe, jedoch ein Lächeln des Affenmenschen beruhigte sie alle, und einen Moment später verstand der Offizier, warum Tarzan ihn hochgehoben hatte. Er rief seinem Gefolge etwas zu, und Tarzan schloß aus ihrer Reaktion, daß die Ankömmlinge Freunde seiner Begleiter waren. Nach einigen Minuten fand er diese Annahme bestätigt, als sie von einigen hundert freundlichen, lebhaften und neugierigen Zwergen umringt wurden. Unter ihnen befand sich auch der Anführer, den er vor der Alalusfrau gerettet hatte. Ihm reichte er zur Begrüßung die Hand.

Zwischen dem Anführer seiner Eskorte, dem jungen Kommandanten der größeren Abteilung, und einigen älteren Kriegern entspann sich nun ein intensives Gespräch. Ihren Mienen und Stimmen zufolge handelte es sich um etwas Ernstes, und zwar um ihn, denn ihn trafen zahlreiche Blicke. Indes konnte er nicht wissen, daß der Grund für die Diskussion in der Meldung des Anführers bestand, ihr riesiger Gast esse rohes Fleisch, es sei demzufolge gefährlich, ihn zu ihrem Volk zu bringen.

Aber der junge Kommandeur beruhigte sie, indem er ihnen entgegenhielt, wenn der Riese so viel Fleisch verschlungen habe, wie sie ihm mitgeteilt hatten, müsse er sehr hungrig gewesen sein. Nichtsdestotrotz sei er viele Stunden mit einem nur kleinen Trupp vor der Nase unterwegs gewesen und habe sie doch nicht belästigt. Dies schien sie von Tarzans guten Absichten zu überzeugen, so daß die Kavalkade ohne weitere Verzögerung in Richtung der Erdhügel weiterzog, die nun eine oder zwei Meilen vor ihnen deutlich zu sehen waren.

Als sie näher kamen, erblickte Tarzan eine Unzahl der kleinen Menschen, die zwischen den Hügeln hin und her wieselten, und kurze Zeit später verstand er, daß es sich bei den vermeintlichen Anhöhen um symmetrische Erdhügel aus kleinen Steinen handelte, die die Zwerge errichtet hatten, und daß die Unmengen von umherwimmelnden Zwergen Arbeiter waren, denn alle liefen in dieselbe Richtung, strömten aus einer Öffnung im Boden und folgten einem festgelegten Weg zu einem noch im Bau befindlichen Hügel. Eine andere Kolonne bewegte sich unbeladen in Gegenrichtung und begab sich durch eine zweite Öffnung wieder unter die Erde. Jeder Zug wurde von bewaffneten Kriegern begleitet, die in regelmäßigen Abständen seitlich mitmarschierten. Weitere ähnliche Trupps strömten unter Bewachung in die Zugänge zu den anderen kuppelartigen Bauwerken oder wieder heraus, so daß sich dem Affenmenschen die Vorstellung aufdrängte, er beobachte Ameisen bei der Arbeit.

6

Ska, der Geier, zog gemächlich hoch über dem rechten Ufer des Ugogo seine Kreise. Das herabhängende Medaillon, das im Sonnenlicht funkelte, störte ihn beim Fliegen nicht, lediglich auf dem Erdboden wurde es ihm wieder lästig, wenn er darüber stolperte, doch hatte er es schon lange aufgegeben, etwas dagegen zu unternehmen, und sah es nun als unvermeidliches Übel an. Bald darauf erspähte er unten die zusammengesunkene Gestalt Gorgos, des Büffels, dessen Haltung darauf schließen ließ, daß er Ska sehr bald als Nahrung dienen konnte. Der große Vogel ließ sich fallen und landete auf einem nahestehenden Baum. Alles war in Ordnung, kein Feind war in Sicht. Zufrieden schwang er sich zu dem Kadaver hinüber.

Meilen entfernt hockte ein riesiger weißer Mann mit einem kleinen schwarzen Mädchen in einem Versteck im undurchdringlichen Dickicht. Mit der einen Hand hielt er ihr den Mund zu, mit der anderen drückte er ihr ein Messer an die Brust und starrte durch das dichte Laub auf einen Pfad, den zwei schwarze Krieger entlangkamen. Für Uhha, die Tochter von Khamis, dem Zaubermann, schien die Rettung in greifbarer Nähe zu sein, denn die beiden waren Jäger aus Obebes Dorf. Dennoch wagte sie nicht, einen Laut von sich zu geben und auf sich aufmerksam zu machen, damit Miranda ihr nicht mit dem scharfen Messer das Herz durchbohrte. So hörte Uhha sie näherkommen und sich dann entfernen, und als ihre Stimmen schließlich verstummt waren, erhob sich der Spanier und zerrte sie zurück auf den Pfad, und der endlose und vergebliche Marsch durch den Dschungel begann von neuem.

Bei den Ameisenmenschen bereitete man Tarzan ein herzliches Willkommen. Da er sich entschieden hatte, für einige Zeit bei ihnen zu bleiben, um sie und ihre Gewohnheiten kennenzulernen, begann er, sich so schnell wie möglich ihre Sprache anzueignen, wie er es immer tat, wenn er auf ein fremdes Volk gestoßen war. Da der Affenmensch schon verschiedene Sprachen und unzählige Dialekte beherrschte, bereitete es ihm kaum Schwierigkeiten, seine sprachlichen Kenntnisse zu erweitern, so daß er nach einer vergleichsweise kurzen Zeit in der Lage war, seine Gastgeber zu verstehen und sich ihnen verständlich zu machen. So erfuhr er auch, daß sie ihn zuerst für eine Art Alalus gehalten und demzufolge geglaubt hatten, es sei unmöglich, sich mit ihm je anders als durch Zeichen zu verständigen. Aus diesem Grund waren sie hocherfreut, als sie bemerkten, daß er ebenfalls Laute von sich geben konnte und als sie erfuhren, daß er ihre Sprache zu erlernen wünschte, stellte ihm Adendrohahkis, der König, mehrere Lehrer zur Verfügung und gab Befehl, daß alle Leute, mit denen der riesige Fremde in Kontakt kam, ihm dabei behilflich sein sollten.

Adendrohahkis war dem Affenmenschen besonders zugetan, da Tarzan seinen Sohn Komodoflorensal aus den Klauen der Alalusfrau befreit hatte, und so wurde alles dafür getan, um dem Riesen den Aufenthalt angenehm zu machen. Hundert Sklaven brachten Essen zu seinem Lager, das er im Schatten eines großen Baumes aufgeschlagen hatte, der in majestätischer Einsamkeit direkt vor der Stadt aufragte. Wenn er zwischen den Rundbauten entlangging, ritt ein Trupp voran, um den Weg für ihn freizumachen, damit er niemanden zertrat, aber Tarzan gab stets acht, so daß seinetwegen niemand zu Schaden kam.

Als er die Sprache beherrschte, erfuhr er viele Dinge über dieses bemerkenswerte Volk. Prinz Komodoflorensal selbst nahm es fast jeden Tag auf sich, ihrem riesenhaften Gast beim Lernen behilflich zu sein. Die meisten Kenntnisse hatte Tarzan ihm zu verdanken. Auch wenn er in der Stadt umherging, nahm er alles intensiv in sich auf. Von besonderem Interesse war für ihn die Errichtung der gigantischen Rundbauten, die sogar ihn weit überragten. Dabei legte man als erstes den Grundriß des Bauwerkes aus, der einen Durchmesser von einhundertundfünfzig bis zweihundert Fuß hatte. Man nahm dazu Felsbrocken von gleicher Größe und einem Gewicht von etwa fünfzig Pfund, die zwei Sklaven mit Hilfe eines Seilgeflechtes mühelos transportieren konnten. Da Tausende Sklaven beschäftigt wurden, ging die Arbeit zügig voran. Danach wurde etwa zehn Fuß weiter innen ein zweiter, kleinerer Kreis geschaffen. Vier Öffnungen – sie zeigten in die vier Himmelsrichtungen – markierten bei beiden Kreisen die Stellen, wo sich einmal die Eingänge befinden würden. Die Wände dieser tunnelartigen Zugänge, die ein wenig aus dem Gebäude herausragten, wurden auf dem Boden mit ähnlich großen Felsbrocken umrissen, die indes etwas sorgfältiger ausgewählt und von einheitlicherer Form waren. Nachdem der Grundriß des gesamten Hauses und die Umrisse der Räume und Gänge des Erdgeschosses gekennzeichnet waren, wurde der Boden dicht mit Steinen ausgelegt, wobei man jeden einzelnen mit größter Sorgfalt und Genauigkeit einfügte, denn sie mußten schließlich einmal ein großes Gewicht tragen, wenn das Gebäude fertig war. Im allgemeinen waren die Korridore drei Fuß breit – nach unseren Maßstäben mußten es etwa zwölf Fuß sein. In der Mitte des Gebäudes wurde eine runde Fläche mit einem Durchmesser von zehn Fuß freigelassen, dort war ein Belüftungsschacht geplant, der vom Dach zum Erdboden führte.

Hatten die Grundmauern eine Höhe von sechs Zoll erreicht, wurden in regelmäßigen Abständen hölzerne Bögen quer über die Gänge gezogen und dünne Bretter darauf gelegt und befestigt, so daß eine gewölbte Decke entstand, die am obersten Punkt vierundzwanzig Zoll hoch war. Währenddessen wurden die Wände der verschiedenen Kammern sowie die Außenwand auch auf diese Höhe gebracht. Man verwendete Felsbrocken und für die Zwischenräume kleinere Steine und Kies. Dann wurden in die anderen Räume Deckenbalken in Gestalt von sechs Zoll breiten und dicken Brettern aus hartem, robustem Holz eingezogen. In den größeren Gemächern wurden diese zusätzlich von Säulen gleicher Abmessungen und gleichen Materials gestützt. Schließlich legte man dicht aneinander Bretter auf die Balken und befestigte sie. Nun wurden die Mauern um weitere sechs Zoll erhöht. Alsdann schaffte man Hunderte von Kesseln mit einem heißen, grobem Asphalt herbei, verputzte die Löcher zwischen den Steinen und brachte das Stockwerk auf eine Gesamthöhe von dreißig Zoll. Nach einer weiteren Schicht aus Gestein und Asphalt wurde das zweite Stockwerk ausgelegt und in ähnlicher Weise gestaltet.

Auch der Palast von Adendrohahkis war in diesem Stil errichtet worden, hatte einen Durchmesser von zweihundert Fuß und eine Höhe von einhundertundzehn Fuß. Es gab sechsunddreißig Stockwerke, die achzigtausend Menschen beherbergen konnten.

Aus der Ferne wirkte er wie ein riesiger Ameisenhaufen. Die Stadt bestand aus zehn Gebäuden dieses Typs, von denen jedes nur etwas kleiner war als das Königsgebäude. Darin lebten fünfhunderttausend Einwohner, davon zwei Drittel Sklaven, zumeist Handwerker und Hausbedienstete der Oberklasse. Eine halbe Million Sklaven, ausschließlich ungelernte Arbeiter, hausten in unterirdischen Unterkünften in den Steinbrüchen, aus denen das Baumaterial herbeigeschafft wurde. Die Stollen und die Gewölbe, in denen sie wohnten, hatte man ausgebaut, zumindest weiter oben standen den Arbeitern ziemlich geräumige und bequeme Wohnstätten zur Verfügung. Aufgrund des vorhandenen Baumaterials hatte man die Stadt auf einer früheren Grundmoräne errichtet, demzufolge war auch eine gute Wasserversorgung gewährleistet, und die Sklaven in den unterirdischen Quartieren hatten keinerlei Unbequemlichkeit zu ertragen.

Die Belüftung der Gebäude erfolgte durch den zentral gelegenen Luftschacht, ferner befanden sich auf jedem Stockwerk an der Außenwand zahlreiche Fenster, ausgenommen das Erdgeschoß, das, wie zuvor beschrieben, nur vier Zugänge hatte. Die Fenster waren sechseinviertel Zoll breit und achtzehneinhalb Zoll hoch, sie ließen genügend Licht und Luft herein. Das Innere des Hauses, besonders die düsteren Gemächer zwischen dem zentralen Luftschacht und den Fenstern, wurde von großen, langsam brennenden und nichtrußenden Kerzen erhellt.

Tarzan verfolgte den Bau des Gebäudes mit größtem Interesse, denn er wußte, daß dies die einzige Möglichkeit war, jemals das Innere der bemerkenswerten menschlichen Bienenstöcke kennenzulernen. Einstweilen beeilten sich Komodoflorensal und seine Freunde, ihn mit den Geheimnissen ihrer Sprache vertraut zu machen, und auf diesem Wege erfuhr er viele andere interessante Dinge über sie. So waren die Sklaven entweder Kriegsgefangene oder deren Nachkommen. Einige befanden sich schon seit so vielen Generationen in Sklaverei, so daß ihre Herkunft bereits in Vergessenheit geraten war und sie sich ebenso als Bürger von Trohanadalmakus, der Stadt des Königs Adendrohahkis, betrachteten wie jeder Adlige. Im großen und ganzen behandelte man sie freundlich und überforderte sie nach der zweiten Generation nicht mehr. Die vor kurzem eingetroffenen Gefangenen und ihre Kinder wurden meistens in die Gruppe der ungelernten

Arbeiter aufgenommen, und man verlangte von ihnen Übermenschliches. Sie arbeiteten sich in den Steinbrüchen oder auf dem Bau buchstäblich zu Tode. In der zweiten Generation begann man mit einer Ausbildung. Diejenigen, die sich für ein Handwerk interessierten, wurden von den Steinbrüchen sofort in die Rundbauten gebracht, in denen sie das relativ leichte Leben der begüterten Mittelklasse erwartete. Es gab noch eine weitere Möglichkeit, den Steinbrüchen zu entkommen – man mußte ein Mitglied der Herrscherklasse ehelichen oder, wie sie es eher bezeichneten, dazu auserwählt werden. Für eine Gesellschaft, in der die Menschen derart großen Wert auf Klassenbewußtsein legten und in der eine gesellschaftliche Stellung das ein und alles bedeutete, war es ziemlich außergewöhlich, daß solche Verbindungen dem gesellschaftlich Höhergestellten nicht zur Schande gereichten, sondern den aus der niedrigeren Schicht automatisch auf die höhere Stufe hoben.

Als Tarzan Komodoflorensal fragte, wie es zu dieser bemerkenswerten Ausnahme in den starren Klassenregeln kommen konnte, auf die ihn der Königssohn so oft hingewiesen hatte, erklärte dieser: „Das verhält sich so, Retter des Sohnes von Adendrohahkis. Vor Jahrhunderten, als Klamataamorosal in der Stadt Trohanadalmakus herrschte, überfielen die Krieger Veltopishagos, des Königs von Veltopismakus, unser schönes Trohanadalmakus. In der nachfolgenden Schlacht wurden die Soldaten unserer Vorfahren fast alle getötet. Tausende Männer und Frauen wurden als Sklaven mitgenommen, wir wären vollends ausgerottet worden, hätten unsere Sklaven unser Volk nicht auf mutigste Weise verteidigt. Im dichtesten Kampfgetümmel bemerkte Klamataamorosal, einer meiner Vorfahren, daß die Sklaven mehr Ausdauer besaßen und stärker waren als die Krieger beider Städte, sie schienen überhaupt nicht zu ermüden, während die Krieger des Hochadels zwar äußerst mutig kämpften, jedoch schon nach einigen Minuten völlig erschöpft waren.

Als die Schlacht vorüber war, rief Klamataamorosal alle Offiziere der Stadt zusammen, besser gesagt, all jene, die nicht getötet oder gefangen genommen worden waren, und erklärte ihnen, der hauptsächliche Grund für die Niederlage unserer Stadt bestehe nicht in der größeren Truppenstärke des Königs Veltopishago, sondern darin, daß unsere eigenen Krieger physisch schwächer waren. Er fragte, wie es dazu kommen und wie man einen so schwerwiegenden Nachteil beheben konnte. Der jüngste unter ihnen, der verwundet und vom Blutverlust noch ganz entkräftet war, konnte als einziger eine vernünftige Begründung dafür geben und hatte eine Idee, wie man diese offenkundige Schwäche der Stadt beseitigen konnte.

Er hielt ihnen die Tatsache vor Augen, daß das Volk von Trohanadalmakus das älteste ganz Minuniens war, und daß seit Jahrhunderten kein neues Blut hinzugekommen war, da ein Verbot bestand, jemanden aus einer anderen gesellschaftlichen Schicht zu heiraten. Während die Sklaven, die aus allen Städten Minuniens stammten, sich miteinander vermischt und gesunde, kräftige Menschen hervorgebracht hatten, wurden die Nachkommen des Adels, der ständig Ehen untereinander einging, zusehends schwächer.

Er riet Klamataamorosal, ein Dekret zu erlassen, wonach jede Sklavin in den höheren Stand erhoben wurde, die von einem Angehörigen der Kriegerkaste zur Frau erwählt wurde, und das weiterhin jeden Krieger dazu verpflichtete, sich seine Partnerin bei den Sklaven zu suchen. Zuerst rief dieser außergewöhnliche Vorschlag laute und verbitterte Einwände hervor; Klamataamorosal jedoch erkannte schnell, wie vernünftig diese Idee war und erließ nicht nur das Dekret, sondern heiratete als einer der ersten eine Sklavin, und da er der König war, eiferten ihm alle nach.

Bereits die nächste Generation bewies, wie klug der Entschluß gewesen war. Jede neue Generation entsprach immer mehr Klamataamorosals Idealen, und nun findest du im Volk von Trohanadalmakus die stärksten und kämpferischsten Minunier.

Unsere früheren Feinde, die Veltopismakusier, übernahmen als nächste diese neue Ordnung; sie erfuhren durch Sklaven davon, die sie bei Überfällen auf unsere Gemeinschaft erbeutet hatten, doch waren sie uns einige Generationen hinterher. Von da an heirateten die Krieger in allen Städten Minuniens ihre Sklavinnen. Und warum nicht? Die Vorfahren unserer Sklaven stammen alle aus der Kriegerschicht anderer Städte. Wir sind von derselben Rasse, sprechen alle eine Sprache und haben im großen und ganzen dieselben Bräuche.

Mit der Zeit kam es zu einigen leichten Änderungen bei der

Partnerwahl. Heutzutage ist es oft üblich, mit einer Stadt aus einem einzigen Grund Krieg anzufangen: um ihre höchstgeborenen und schönsten Frauen zu rauben.

Für uns aus der Königsfamilie bedeutet dies nichts anderes als die Rettung vor dem Aussterben. Unsere Vorfahren gaben Krankheiten und Geistesstörungen an ihre Nachkommen weiter. Das neue, reine Blut der Sklaven hat diesen Krankheitskeim aus unseren Adern gewaschen, und unser Standpunkt hat sich derartig geändert, daß das Kind einer Sklavin und eines Kriegers, da es früher gesellschaftlich keinerlei Anerkennung fand und mit Verachtung gestraft wurde, nun am höchsten steht, weil es für ein Mitglied der Königsfamilie als unmoralisch gilt, jemanden anders als einen Sklaven zu heiraten."

„Und deine Frau – hast du sie im Kampf mit einer anderen Stadt errungen?" fragte Tarzan.

„Ich habe keine Frau", erwiderte Komodoflorensal. „Wir bereiten gerade einen Feldzug gegen Veltopismakus vor, dessen Königstochter die schönste Frau auf Erden sein soll, so haben mir Sklaven von dort berichtet. Sie heißt Janzara, und da sie nur sehr entfernt mit mir verwandt ist, stellt sie für den Sohn von Adendrohahkis eine gute Partie dar."

„Woher weißt du, daß sie nicht mit dir verwandt ist?" fragte der Affenmensch.

„Wir führen genaue Aufzeichnungen über die Königsfamilien von Veltopismakus und anderen nahegelegenen Städten in Minunien, sowie über unsere eigene", erwiderte Komodoflorensal. „Wir erhalten diese Informationen von den Sklaven, zumeist von denjenigen, die von unseren Leuten zum Partner erwählt werden. Seit einigen Generationen sind die Könige von Veltopismakus nicht mehr mächtig oder erfolgreich genug, uns mit Gewalt oder List Prinzessinnen zu rauben, obwohl sie es nie aufgegeben haben. Deswegen mußten sie sich ihre Partnerinnen in anderen und oftmals entfernteren Städten suchen.

Der gegenwärtige König von Veltopismakus, Elkomoelhago, Prinzessin Janzaras Vater, holte sich seine Frau aus einer weit entfernten Stadt, die uns noch nie überfallen hat. Auch waren unsere Krieger noch nicht dort, soweit unsere Erinnerungen zurückreichen. Janzara müßte demzufolge eine ausgezeichnete Partnerin abgeben."

„Wie ist das mit Liebe – wenn ihr euch nun nicht versteht?“ fragte Tarzan.

Komodoflorensal zuckte mit den Schultern. „Sie wird mir einen Sohn schenken, der eines Tages König von Trohanadalmakus sein wird, das ist das einzige, wonach gefragt wird“, erwiderte er.

Während der Vorbereitungen zum Angriff auf Veltopismakus war Tarzan häufig sich selbst überlassen. Das Leben dieses Zwergenvolkes war für ihn immer wieder interessant. Er beobachtete, wie sich die endlosen Sklavenkolonnen mit ihren schweren Lasten zu dem neuen Gebäude schleppten, das mit nahezu phantastischer Geschwindigkeit wuchs, oder er streifte über die Äcker vor der Stadt, wo andere Sklaven den fruchtbaren Boden bestellten, und mit winzigen Pflügen bearbeiteten, die von einem Gespann Diadets gezogen wurden. So nannten sie die Zwergantilopen, es waren die einzigen Lasttiere, die ihnen zur Verfügung standen. Bewaffnete Krieger beaufsichtigten die Sklaven, sofern sie sich erst in der ersten oder zweiten Generation in Trohanadalmakus befanden, damit sie keinen Fluchtversuch unternahmen oder revoltierten. Zudem schützten die Krieger sie gegen Raubtiere und andere Feinde des Menschen, denn Sklaven durften keine Waffen tragen und konnten sich demzufolge nicht verteidigen. Diese Sklaven der ersten und zweiten Generation waren leicht an dem hellgrünen, fast knielangen Gewand zu erkennen, auf dessen Vorder- und Rückseite sich ein schwarzes Symbol befand, das Auskunft über die Geburtsstadt und den Besitzer gab. Die Sklaven, die öffentliche Arbeiten verrichteten, gehörten alle dem König Adendrohahkis, hingegen jene auf den Feldern waren Leibeigene einzelner Familien.

In der Stadt konnte man viele weißgekleidete Sklaven antreffen, die verschiedenen Geschäften nachgingen. Sie ritten die Reittiere ihrer Herren zu, beaufsichtigten die niederen Sklaven bei den primitiveren und schweren Arbeiten, trieben Handel und verkauften ihre Waren wie freie Bürger. Gleich allen anderen Sklaven trugen sie jedoch nur ein Kleidungsstück sowie einfache Sandalen. Auf der Vorder- und Rückseite ihrer Gewänder waren in Rot die Kennzeichen ihrer Herren aufgemalt. Die grüngekleideten Sklaven der zweiten Generation trugen ähnliche Symbole, sie waren bereits in der Stadt geboren worden und wurden folglich als Teil von ihr betrachtet. Auf den Gewändern der höherstehenden Sklaven waren weitere, wenn auch geringfügigere Unterscheidungsmerkmale zu finden; kleinere Zeichen auf einer oder auf beiden Schultern sowie auf dem Ärmel, die darauf hinwiesen, welcher Beschäftigung der Betreffende nachging: ob er Stallknecht, Kammerdiener, Haushofmeister, Koch, Barbier, Gold- oder Silberschmied oder Töpfer war – auf einen Blick konnte man sagen, welchen Beruf der Sklave ausübte, wobei jeder mit Leib und Seele seinem Herren gehörte, der ihn ernähren und kleiden mußte, und dem die Früchte seiner Arbeit ausnahmslos zustanden.

Beruhte der Wohlstand einer Kriegerfamilie darauf, daß sie ihren wohlhabenden Mitmenschen schönen und einzigartigen Gold- und Silberschmuck verkaufte, waren alle ausgebildeten Sklaven außer jenen, die Haushaltdinge erledigten oder persönliche Pflichten erfüllten, mit dem Entwurf und der Herstellung dieser Gegenstände beschäftigt. Eine andere Familie widmete sich der Landwirtschaft, eine dritte wiederum der Aufzucht von Diadets, wobei die Arbeit selbst von Sklaven verrichtet wurde. Eine Ausnahme war die Dressur der Antilopen, die als Reittiere aufgezogen wurden. Diese Tätigkeit wurde nicht als eines Kriegers unwürdig betrachtet, sondern eher als passende Beschäftigung für Adlige angesehen. Sogar der Königssohn dressierte seine Diadets selbst.

Für Tarzan verging die Zeit wie im Fluge. Auf seine wiederholten Fragen nach einem Weg aus dieser phantastischen und dornenbegrenzten Welt antworteten seine Gastgeber, es sei wohl einfach, in den Wald aus Dornenbäumen einzudringen, aber da er sich endlos bis zum äußersten Ende allen Seins erstreckte, sei es ziemlich sinnlos, es überhaupt zu versuchen. Ihre Weltsicht beschränkte sich auf das, was sie bisher gesehen hatten – ein Land mit Hügeln, Tälern und Wäldern, umgeben von Dornenbäumen. Für Menschen ihrer Größe war der Dornenwald keineswegs undurchdringlich. Tarzan jedoch war größer. Dennoch vergaß er nie, an den Heimweg zu denken, obwohl er sich mit dem Aufbruch nicht sehr beeilte, denn er fand die Minunier sehr interessant, und es paßte zu seiner gegenwärtigen unkomplizierten Stimmung, sorglos und faul in der Stadt Trohanadalmakus umherzustreifen.

An einem frühen Morgen, als die Dämmerung bereits ihre ersten Boten auf den östlichen Himmel sandte, änderte sich jedoch plötzlich alles.

7

Der Alalusjunge, der Sohn der Ersten Frau, durchstreifte den Wald auf der Suche nach dem Affenmenschen, dem einzigen Lebewesen, das in seinem wilden und primitiven Herzen bisher ein der Zuneigung ähnliches Gefühl wachgerufen hatte. Doch ohne Erfolg. Also schloß er sich zwei älteren Männchen seiner Gattung an, und gemeinsam begaben sie sich auf die Jagd, wie es bei diesen friedlichen Geschöpfen oftmals der Fall war. Seine neuen Kameraden zeigten wenig Interesse an seiner seltsamen Ausrüstung – ihnen genügten Stock und Steinmesser. Während er ein unvermutet auftauchendes Nagetier erbeutete, stöberten sie in der Humuserde des Waldbodens oder unter der Rinde von Bäumen viele köstliche Raupen und Insekten auf. Meistens ernährten sie sich allerdings von Früchten, Nüssen und Knollen. Nicht so der Sohn der Ersten Frau. Er erlegte viele Vögel, einmal sogar eine Antilope, denn er wurde im Umgang mit Bogen und Speer von Tag zu Tag geschickter, und da er häufig mehr mitbrachte, als er essen konnte, und die Reste seinen beiden Gefährten gab, blieben sie bei ihm, bis irgendwann einmal eine der schrecklichen Frauen in ihr idyllisches Dasein einbrechen und einen von ihnen in ihr Gehege schleifen würde.

In ihren schwerfälligen und stumpfen Hirnen wunderten sie sich ein wenig über ihn, denn er unterschied sich auf unklare und unfaßbare Art und Weise von ihnen und allen anderen Männchen, die sie kannten. Er reckte das Kinn eine Spur höher, sein Blick war weitaus weniger unstet und schuldbewußt, er trat sicherer und entschlossener auf. Vielleicht aber lächelten sie im stillen, wenn sie voller Gleichmut an den unvermeidlichen Augenblick dachten, da eines der rauhen, brutalen und behaarten Weibchen ihn mit dem Knüppel niederschlagen und an den Haaren zu den Höhlen zerren würde.

Das geschah auch eines Tages, oder zumindest teilweise – unerwartet standen sie auf einer Lichtung im Wald einem riesigen Weibchen gegenüber. Die beiden Gefährten des Sohnes der Ersten Frau fuhren herum, flohen, und blickten sich erst um, ob die

Frau sie verfolgte und was sie mit ihrem Begleiter machte, als sie sich im rettenden Unterholz befanden. Erleichtert stellten sie fest, daß die Frau ihnen nicht nachstellte. Zu ihrem Entsetzen sahen sie, daß der andere nicht geflohen war, sondern herausfordernd vor ihr stand und gestikulierte, sie solle verschwinden, da er sie sonst töten werde. So ein Dummkopf! Er mußte ohne Hirn aufgewachsen sein. Ihnen kam gar nicht der Gedanke, daß er vielleicht aus Mut so handelte. Mut war etwas für Weibchen, das Männchen floh sein Lebtag vor jeglicher Gefahr und vor den Weibchen seines Stammes.

Dennoch waren sie ihm dankbar, denn seine tollkühne Handlung bedeutete für sie die Rettung, das Weibchen würde nur einen von ihnen nehmen, und zwar denjenigen, der töricht genug war, zurückzubleiben und es herauszufordern.

Die Frau, die es nicht gewohnt war, daß sich ihr ein gewöhnliches Männchen in den Weg stellte, war maßlos überrascht und sehr zornig. Sie blieb wie angewurzelt stehen und griff nach einem Geschoß an ihrem Gürtel. Das war ihr Untergang. Der Sohn der Ersten Frau, der mit gespanntem Bogen vor ihr stand, wartete nicht darauf, ihre weiteren Absichten kennenzulernen; in eben jenem Moment, als sie den gefiederten Todesboten von ihrem Ledergürtel löste, zog er den Pfeil an seine Wange und ließ los.

Seine zwei Begleiter, die ihn aus ihrem Versteck im Wald beobachteten, sahen, wie die Frau erstarrte, wie sich ihr Gesicht vor plötzlichem Schmerz verzerrte und sie verzweifelt an den mit Federn versehenen Stab griff, der in ihrer Brust steckte. Dann ging sie in die Knie und rollte zu Boden, wo sie mit den Beinen strampelte und einen kurzen Augenblick um sich schlug, bevor sie für immer und ewig verstummte. Erst dann krochen sie aus ihrem Zufluchtsort, und als der Sohn der Ersten Frau an sein Opfer herantrat und ihr den Pfeil aus der Brust zog, liefen sie, vor Überraschung völlig außer sich, zu ihm, starrten zuerst, Ausdrücke des Unglaubens von sich gebend, den Leichnam des Weibchens an, und blickten dann mit so etwas wie Ehrfurcht und Bewunderung zu ihm.

Immer wieder untersuchten sie den Bogen und die Pfeile sowie die Wunde im Brustkorb der Frau. Es war wirklich unfaßbar. Und der Sohn der Ersten Frau? Er hielt den Kopf hoch und stolzierte, sich in die Brust werfend, umher. Nie zuvor hatte er oder irgendein anderes Männchen eine so heldenhafte Rolle gespielt, und das freute ihn. Aber er wollte sie noch weiter beeindrucken. Also packte er den Leichnam der Frau, zerrte ihn zu einem nahen Baum, lehnte ihn dagegen, lief dann zwanzig Schritt zurück, wies seine Begleiter an, ihn genau zu beobachten, hob den schweren Speer und schleuderte ihn auf dieses realistische Ziel, das von der Waffe durchbohrt und am Baumstamm festgenagelt wurde.

Die anderen gerieten völlig aus dem Häuschen. Einer von ihnen wollte ebenfalls ein solches Wunder vollbringen; als er geworfen und danebengeschossen hatte, bestand der andere auf einem Versuch. Danach beharrten sie darauf, sich im Bogenschießen zu üben. Stundenlang hielten sich die drei vor ihrer grausigen Zielscheibe auf und ließen so lange nicht davon ab, bis sie der Hunger zum Weitermarsch zwang und der Sohn der Ersten Frau versprochen hatte, ihnen zu zeigen, wie man diese Waffen herstellte – ein bedeutender Augenblick in der Geschichte der Alalus, obwohl die drei sich dessen ebensowenig bewußt waren wie die Hunderte von Alalusfrauen, die sich in dieser Nacht wie gewohnt in ihre Höhlen zurückzogen und glücklicherweise nichts von dem Schlag ahnten, der ihrer Vorherrschaft durch die Freiheitskämpfer von Minunien versetzt worden war.

Ebenso plötzlich ereigneten sich jedoch einige Dinge, deren unmittelbare Auswirkungen dem ruhigen Aufenthalt Tarzans in Trohanadalmakus ein Ende setzten und höchst irrsinnige und unglaubliche Geschehnisse einleiteten.

Der Affenmensch ruhte auf einem Graslager unter einem großen Baum vor der Stadt des Königs Adendrohahkis. Der Morgen graute am Himmel über dem Wald östlich von Trohanadalmakus, als Tarzan, der mit dem Kopf auf dem Boden lag, plötzlich durch ein seltsames Dröhnen geweckt wurde, das dumpf aus dem Erdinnern zu dringen schien. Es war ein solch undeutliches und entferntes Geräusch, daß ein gewöhnlicher Mensch, das Ohr an den Erdboden gedrückt, es nicht einmal vernommen hätte, nachdem man ihm davon berichtet hätte. So leise es auch war, Tarzan spürte, daß dieses Geräusch für die Nacht ungewöhnlich war, so daß es noch im Schlaf in sein Unterbewußtsein drang.

Er erwachte, lauschte aufmerksam, erkannte, daß der Laut nicht aus dem Erdinneren drang, sondern von der Oberfläche kam, und fühlte, daß die Ursache nicht weit entfernt war, sich vielmehr rasch näherte. Einen Augenblick grübelte er verwirrt, dann dämmerte es ihm, und er sprang auf. Bis zum Gebäude des Königs Adendrohahkis waren es hundert Yards. Dorthin lenkte er seine Schritte. Vor dem Südeingang rief ihn ein winziger Posten an.

„Teile deinem König mit, daß Tarzan viele Diadets hört, die auf Trohanadalmakus zugaloppieren, und daß, so er sich nicht irrt, jedes einen feindlichen Krieger auf dem Rücken trägt", erwiderte er.

Der Wachposten wandte sich um und rief etwas in den Gang, der ins Gebäude führte. Einen Augenblick später erschien ein Offizier in Begleitung einiger Krieger. Bei Tarzans Anblick blieben sie stehen.

„Was ist los?" fragte der Offizier

„Der Gast des Königs sagt, er habe viele herannahende Reittiere gehört", erwiderte der Wachposten.

„Aus welcher Richtung?" fragte der Offizier Tarzan.

„Ich glaube, das Geräusch kommt von dort", antwortete dieser und wies nach Westen.

„Die Veltopismakusier!" rief der Offizier, wandte sich dann an seine Begleiter und befahl ihnen: „Schnell! Weckt die Trohanadalmakusier – ich werde die Bewohner im Königsgebäude und den König benachrichtigen." Er fuhr herum und stürzte ins Haus, während die anderen forteilten, um jedermann in der Stadt zu alarmieren.

Binnen unglaublich schneller Zeit strömten Tausende von Kriegern aus jedem der zehn Rundbaue. Aus den Nord- und Westportalen kamen Reiter, aus den Ost- und Westtüren marschierte Fußvolk. Es gab kein Durcheinander, alles bewegte sich mit militärischer Präzision, offenbar in Übereinstimmung mit einem Verteidigungsplan, nach dem jede Einheit ihre Rolle sorgfältig trainiert hatte.

Kleine Abteilungen galoppierten schnell in alle vier Himmelsrichtungen – das waren Spähtrupps, die sich fächerartig ausbreiteten, so daß die Stadt bald von einer dünnen Linie Reiter umgeben war, die in einer festgelegten Entfernung vor der Stadt haltmachen und sich, nachdem sie Informationen gesammelt hatten, vor dem herannahenden Feind zurückziehen würden. Stärkere Abteilungen ritten ihnen hinterher und bezogen innerhalb des gezogenen Kreises Stellung. Diese Abteilungen waren groß genug, um den Feind aufzuhalten und seinen Vormarsch zu hemmen, da sie sich auf die Hauptabteilung der Kavallerie stützen konnten, die sich bis dahin rechtzeitig dort versammelt haben würde, wo der Feind am hartnäckigsten zur Stadt durchzubrechen versuchte.

Dann ritt der Hauptteil der Kavallerie aus, hauptsächlich gen Westen, von wo sich der Feind näherte, wie bereits mit Sicherheit bekannt war, während die Infanterie, die seit ihrem Ausmarsch aus den Rundbauten unermüdlich auf den Beinen war, gleichfalls in alle Richtungen ausströmte. Sie bildeten vier Blöcke, der größte bewegte sich gen Westen. Die Nahkampftruppen bezogen dicht vor der Stadt Stellung, während innerhalb des Stadtgebietes die letzten Trupps der Kavallerie wie auch der Infanterie offensichtlich als Reservearmee zurückblieben. Bei diesen Truppen bezog Adendrohahkis sein Kommando, damit er sich in zentraler Lage befand, um die Verteidigung der Stadt eventuell korrigieren zu können.

Der Prinz, Komodoflorensal, befehligte den Hauptstoßtrupp, der dem angreifenden Feind das erste entscheidende Gefecht liefern sollte. Dieser Truppenkörper von siebentausendfünfhundert Mann bezog zwei Meilen vor der Stadt Stellung, eine halbe Meile hinter einer Kavallerietruppe mit etwa fünfhundert Mann, von denen je eine im Norden, Osten, Süden und Westen postiert war. Der Rest der zehntausend Nahkampftruppen setzte sich aus je fünfhundert berittenen Spähern und Vorposten zusammen, die alle zweihundert Fuß abwechselnd eine halbe Meile vor den Feldwachen Stellung bezogen und die Stadt im Umkreis von drei Meilen umgaben. In der Stadt selbst hielten sich fünfzehntausend Mann als Reserve auf.

In anbrechenden Tageslicht verfolgte Tarzan mit wachsender Bewunderung die ausgeklügelten Vorbereitungen der Minunier. Niemand schrie oder sang, dennoch spiegelte das Gesicht jedes Kriegers, der an ihm vorbeikam, überschwengliche Begeisterung. Hier bedurfte es nicht des Kriegsgeschreies oder der Kampfeshymnen, um den zweifelhaften Mut der Schwachen aufzubessern – diese gab es nicht.

Das Hufgetrappel der heranstürmenden Veltopismakusier war verklungen. Offensichtlich hatten ihre Kundschafter herausgefunden, daß die beabsichtigte Überraschung mißlungen war. Änderten sie nun ihren Plan, verlagerten sie den Angriffspunkt, oder war das Heer nur kurz stehengeblieben, um auf das Ergebnis der Aufklärung zu warten? Tarzan fragte einen Offizier in seiner Nähe, ob der Feind seine Angriffsabsichten völlig aufgegeben haben könne. Der Mann schüttelte lächelnd den Kopf.

„Minunier geben niemals einen Angriff auf“, antwortete er.

Als Tarzans Blick die zehn Gebäude der Stadt streifte, die durch die aufgehende Sonne erhellt wurden, sah er in jedem Fenster, die sich in regelmäßigen Abständen auf jedem der über dreißig Stockwerke befanden, einen Krieger, neben dem kurze Speere aufgestapelt waren, und dahinter einen Haufen kleiner runder Steine. Der Affenmensch sagte sich schmunzelnd: Sie denken an alles. Aber die Sklaven im Steinbruch! Was ist mit ihnen? Werden sie sich nicht bei der geringsten Fluchtmöglichkeit, die ihnen eine Schlacht wie die bevorstehende mit Sicherheit bietet, gegen ihre Herren wenden? Er wandte sich mit dieser Frage erneut an den Offizier.

Letzterer drehte sich um und wies zum Eingang des nächsten Steinbruches, wo Tarzan Hunderte von weißgekleideten Sklaven erblickte, die Felsbrocken davor stapelten, während eine Abteilung Fußvolk, müßig auf ihre Speere gelehnt, ihre Offiziere bei der Beaufsichtigung der Sklaven beobachtete.

„Eine weitere Abteilung von Kriegern hält sich im Zugang zum Steinbruch verborgen“, erklärte der Offizier. „Falls der Feind die Stadt erobert und diese äußeren Vorposten in die Gebäude jagt, tötet oder gefangen nimmt, kann die innere Wachtruppe eine ganze Armee aufhalten, weil stets nur ein Mann auf einmal angreifen kann. Unsere Sklaven sind demzufolge sicher, es sei denn die Stadt fällt, aber das ist seit Menschengedenken keiner Minunierstadt widerfahren. Die Veltopismakusier haben jetzt nur noch die Chance, einige Gefangene zu machen, aber zweifellos werden sie genau so viele zurücklassen. Wäre ihnen ihre Überraschung gelungen, so hätten sie sich zu einem der Gebäude durchschlagen, viele Frauen erbeuten sowie plündern können. Nun jedoch sind unsere Truppen zu gut postiert, um es einer Armee zu ermöglichen, die Stadt ernsthaft zu bedrohen, wenn sie nicht wesentlich stärker ist. Ich bezweifle sogar, daß unser Fußvolk in den Kampf verwickelt wird.“

„Wo hat es denn Aufstellung bezogen?“ fragte Tarzan.

„Fünftausend Mann befinden sich an den Fenstern der Gebäude“, erwiderte der Offizier. „Weitere fünftausend bilden die Reserve, die du um dich herum sehen kannst. Von diesen sind Abteilungen zur Beaufsichtigung der Steinbrüche abkommandiert worden. Eine Meile vor der Stadt stehen vier weitere Abteilungen; die im Osten, Norden und Süden haben eine Stärke von tausend Mann, während die im Westen, wo der Gegner voraussichtlich angreifen wird, etwa siebentausend Krieger stark ist.“

„Dann glaubst du wohl nicht, daß der Kampf sich bis in die Stadt hineinzieht?“ fragte Tarzan.

„Nein. Glücklich sind heute die Männer der vordersten Reiterei – sie werden ihr Teil bekommen, wie sich der Kampf auch entwickeln mag. Ich nehme nicht an, daß ein Fußkämpfer sein Schwert ziehen oder einen Speer schleudern muß, normalerweise kämpft immer nur die Reiterei.“

„Ich glaube fast, daß du gar nicht glücklich darüber bist, nicht zu einer Reitereinheit zu gehören. Kannst du dich nicht versetzen lassen?“

„Oh, wir haben alle abwechselnd in jeder Abteilung unsere Pflicht zu erfüllen.“ erwiderte der Offizier. „Wir sind alle beritten, ausgenommen bei der Verteidigung der Stadt. Zu diesem Zweck tun wir vier Monate lang Dienst bei den Fußtruppen, danach sind wir fünf Monate bei der Reiterei“ – Diadetax, wie er sie nannte – „und in jeder Neumondnacht werden fünftausend Mann von einer Truppe zur anderen versetzt.“

Tarzan wandte sich um und blickte über das Flachland gen Westen. Er konnte die nächsten Truppen sehen, die in Bereitschaft lagen und auf den Feind warteten. Sogar die Haupttruppen der Reiterei in zwei Meilen Entfernung waren zu erkennen, da es ihrer so viele waren. Die entfernteren Vorposten und Feldwachen indes blieben unsichtbar. Als er auf seinen Speer gestützt das Geschehen verfolgte – etwas, das bisher noch nie jemand aus seinem Volk gesehen hatte – und ihm die Ernsthaftigkeit klar wurde, mit der sich diese kleinen Männer zum Krieg rüsteten, kam er nicht umhin, an die Menschen seiner Welt zu denken, die ihre Soldaten aus wesentlich nichtigeren Anlässen denn diesen hier in den Kampf schickten, der die kleinen Krieger von Adendrohahkis von der Lagerstatt riß und zu den Waffen rief, um Heimat und Stadt zu verteidigen.

Hier gab es kein politisches Ränkespiel, keinen halbverschleierten Ehrgeiz irgendeines zukünftigen Despoten, keine Hirngespinste, die habgierige Verbrecher um ihrer Selbstverherrlichung und ihres Reichtums willen verfolgen, statt dessen herrschte unverfälschter Patriotismus vor, gestärkt durch den mächtigen Selbsterhaltungstrieb. Das hier waren wirkliche Kämpfer und wirkliche Helden. Es bedurfte keiner schmetternden Trompeten, keiner künstlichen Hilfsmittel, wie sie sich die Kriegsherren der Außenwelt ausdachten, die unwillige Männer für etwas in den Kampf schickten, was sie selber nicht kannten, irregeleitet durch Propaganda, aufgeputscht durch Lügenmärchen über die angebliche Grausamkeit des Feindes, dessen Zorn wiederum auf ähnliche Weise entfacht wurde.

In der Pause, die dem Ausmarsch der letzten Nahkampftruppen aus der Stadt folgte, trat Tarzan zu Adendrohahkis, der in Begleitung seiner höchsten Offiziere auf dem Diadet saß. Der König war prächtig gekleidet: er trug ein goldenes Wams, ein Kleidungsstück aus Leder, das mit kleinen, einander überlagernden Goldplättchen besetzt worden war. Um die Taille hatte er einen breiten Gürtel aus schwerem Leder, der von drei goldenen Spangen gehalten wurde und beinahe so groß wie ein Korsett war. Dieser Gürtel hielt Schwert und Dolch, deren Hüllen reichhaltig mit aufwendigen und schönen Verzierungen aus Gold und weniger edlen Metallen versehen waren. Lederne Beinschienen schützten die Vorderseite seiner Oberschenkel bis zu den Knien, die Unterarme wurden vom Handgelenk bis zum Ellenbogen von metallenen Armreifen umspannt. An den Füßen trug er feste Sandalen mit runden Goldplättchen zum Schutz der Fußknöchel. Ein wohlgeformter Lederhelm saß ihm eng auf dem Kopf.

Als Tarzan vor dem König stand, hieß dieser ihn mit einem freundlichen Gruß willkommen. „Der Befehlshabende der Wache meldet, daß Ihr es wart, der als erster vor dem Anrücken der Veltopismakusier gewarnt hat. Ein weiteres Mal steht das Volk von Trohanadalmakus in Eurer Schuld. Wie werden wir Euch das jemals zurückzahlen können?“

Tarzan wehrte mit einer Geste ab und erwiderte: „Ihr schuldet mir nichts, König von Trohanadalmakus. Schenkt mir Eure

Freundschaft, und erlaubt mir, nach vorn zu gehen und Euren edlen Sohn, den Prinzen, zu begleiten, dann ist die Schuld ganz auf meiner Seite.“

„Ich werde mein Lebtag lang immer Euer Freund sein, Tarzan“, erwiderte der König würdevoll. „Geht, wohin Ihr wollt. Es überrascht mich keineswegs, daß Ihr dorthin strebt, wo gekämpft wird.“

Es war das erste Mal, daß ein Minunier ihn mit seinem Namen anredete. Bisher hatte man ihn immer mit ‚Retter des Prinzen‘, ‚Gast des Königs‘, ‚Riese des Waldes‘ oder auf andere unpersönliche Weise angesprochen. Bei den Minuniern ist ein Name ein unantastbarer Besitz, nur die ausgewählten Freunde und Familienmitglieder dürfen ihn benutzen, und wenn Adendrohahkis ihn Tarzan nannte, bedeutete das, daß er sich zum engsten Freundeskreis des Königs zählen konnte.

Der Affenmensch erwiderte dieses Entgegenkommen mit einer Verbeugung. „Die Freundschaft eines Adendrohahkis ist eine heilige Ehre, die denjenigen adelt, dem sie angetragen wird. Ich werde sie bei meinem Leben stets behüten“, sagte er leise, ohne bei diesen Worten Rührseligkeit aufkommen zu lassen. Seit langem schon brachte der Herr des Dschungels diesen kleinen Menschen höchste Bewunderung entgegen, vor allem vor Adendrohahkis empfand er tiefsten Respekt. Seit er ihre Sprache beherrschte, hatte er die kleinen Menschen unaufhörlich über ihre Lebensweise und Bräuche befragt und dabei feststellen müssen, daß Adendrohahkis’ Person untrennbar mit dem Leben seiner Untertanen verbunden war, denn die Antworten auf seine Fragen enthielten unbestreitbare Hinweise auf den Ruhm des Königs.

Adendrohahkis schien sich über seine Worte zu freuen und brachte es würdevoll zum Ausdruck. Daraufhin zog sich der Affenmensch zurück und ritt zur Kampflinie. Unterwegs riß er einen belaubten Ast von einem Baum, an dem er vorbeikam, da er sich sagte, daß eine solche Waffe gegen die Minunier ganz nützlich sein könnte, denn immerhin wußte er nicht, was der Tag für ihn bereithielt.

Er hatte gerade die vorderen Reihen des Fußvolkes durchquert, als ein Bote in irrsinnigem Tempo an ihm vorbei zur Stadt zusprengte. Tarzan blickte angestrengt ins Ferne, konnte jedoch keinen Hinweis auf einen Kampf erkennen, und als er den Reitertrupp erreichte, gab es, soweit sein Auge blickte, noch immer keinen Hinweis auf den Feind.

Prinz Komodoflorensal begrüßte ihn herzlich und blickte ein wenig fragend auf den Ast, den Tarzan über der Schulter trug.

„Was gibt es Neues?“ fragte dieser.

„Ich habe soeben einen Boten zum König gesandt mit der Nachricht, daß unsere Späher mit dem Feind in Berührung gekommen sind. Wie wir dachten, sind es Veltopismakusier“, erwiderte der Prinz. „Ein großer Spähtrupp hat die Erkundungslinie des Feindes durchbrochen, und einem mutigen Krieger ist es sogar gelungen, zum Gipfel des Gartolaberges vorzudringen, von wo er die Angriffsvorbereitung der feindlichen Armee beobachten konnte. Er sagt, es seien zwischen zwanzig- und dreißigtausend.“

Als Komodoflorensal verstummte, drang von Westen Lärm zu ihnen.

„Sie kommen!“ verkündete der Prinz.

8

Ska hockte auf dem Horn des toten Gorgo und bemerkte auf einmal, wie sich etwas im nahen Dickicht bewegte. Als er den Kopf wandte, sah er Sabor, die Löwin, aus dem Laubwerk auftauchen und langsam auf ihn zukommen. Ska hatte keine Angst. Er würde verschwinden, aber mit Würde. So duckte er sich für den Aufwärtssprung und breitete die großen Flügel aus, um leichter abheben zu können. Aber Ska, der Geier, sollte nicht mehr fliegen. Plötzlich zog etwas an seinem Hals und hielt ihn unten. Er rappelte sich auf und versuchte es noch einmal, diesmal mit aller Kraft. Wieder hielt ihn etwas zurück. Nun bekam er es mit der Angst zu tun. Das verhaßte Ding, das schon seit so langer Zeit um seinen Hals baumelte, hielt ihn am Boden – die herabhängende Goldkette hatte sich am Horn Gorgos, des Büffels, verhakt. Ska war gefangen.

Er kämpfte, schlug mit den Flügeln. Sabor blieb stehen und beobachtete ihn und seine wilden Possen. Der Geier flatterte auf höchst außergewöhnliche Weise umher. Sabor hatte noch nie gesehen, daß sich Ska auf solche Weise aufführte, und Löwen sind feinfühlige und leicht erregbare Tiere, so war Sabor nicht nur überrascht, sondern eher verängstigt. Eine Zeitlang beobachtete sie das unvernünftige Toben von Ska, dann wandte sie sich um und schlich mit einem letzten Knurren zurück ins Dickicht, als wolle sie sagen: „Wenn du mir folgst, dann auf eigene Gefahr!“ Indes hatte Ska überhaupt nicht die Absicht, Sabor zu verfolgen. Er würde überhaupt niemanden mehr verfolgen.

„Sie kommen!“ verkündete Komodoflorensal, der Prinz von Trohanadalmakus.

Als Tarzan über das hüglige Land in Richtung des Feindes blickte, konnte er auf Grund seiner Größe bald darauf die heranstürmenden Veltopismakusier erkennen.

„Unsere Spähtruppen fallen zurück“, teilte er Komodoflorensal mit.

„Kannst du den Feind sehen?“ fragte der Prinz.

„Ja."

„Halte mich über ihre Truppenbewegungen auf dem laufenden."

„Sie nahen in mehreren langen Ketten, die sich über die ganze Kampflinie erstrecken", berichtete der Affenmensch. „Die Spähtrupps ziehen sich jetzt zum Vorposten zurück, der nicht zurückweicht und sich dem Feind offenbar entgegenstellt. Er wird überrollt werden, wenn nicht von der ersten Linie, dann von den nachfolgenden."

Komodoflorensal gab ein kurzes Kommando. Tausend Reiter preschten nach vorn, zwangen ihre Diadets zu großen Sprüngen über fünf, sechs und sogar sieben Fuß. Während sie direkt auf den Vorposten zustürmten, formierten sie sich.

Weitere tausend Mann bewegten sich schnell zur rechten, und ein drittes Tausend zur linken Seite der vorderen Reitertruppe, nachdem Tarzan berichtet hatte, daß sich der Feind noch vor Erreichen des Vorpostens geteilt habe, und daß ein Teil sich auf die rechte Flanke der Reiterei zubewege, während der andere in Richtung der linken reite.

„Sie wollen schnell Gefangene machen, und deswegen kämpfen sie so wagemutig", bemerkte der Prinz zu Tarzan.

„Ihre zweite und dritte Linie konzentriert sich auf die Mitte und kommt direkt auf uns zu", berichtete Tarzan. „Sie haben den Vorposten erreicht, der nun mit ihnen auf uns zurückfällt und ihnen dabei mit den Degen ein Gefecht liefert."

Komodoflorensal sandte Boten ins Hinterland und sagte, offenbar um das Verhalten des Vorpostens zu erklären: „Das ist unsere Art zu kämpfen. Es wird Zeit, daß auch du dich nach hinten zurückziehst, denn in einigen Minuten werden wir vom Feind umzingelt sein. Wenn sie bei uns sind, werden auch wir uns umwenden und sie im Nahkampf auf die Stadt zutreiben. Falls sie noch beabsichtigen, in sie einzudringen, wird die Schlacht eher einem Wettlauf als sonst etwas ähneln, denn alle sind zu schnell, um noch wirkungsvoll zu kämpfen. Haben sie indes ihren Plan geändert und geben sich mit Gefangenen zufrieden, wird noch genügend zu kämpfen sein, bevor wir das Fußvolk erreichen, und an dem kommen sie zweifellos nicht vorbei. Da sie wesentlich zahlreicher sind als wir, werden sie Gefangene machen wollen, und auch wir werden einige gefangen nehmen – aber schnell! Du mußt zurück in die Stadt, wenn es dazu nicht schon zu spät ist."

„Ich denke, ich werde hierbleiben!" entgegnete der Affenmensch.

„Aber sie werden dich gefangen nehmen oder töten."

Tarzan von den Affen lächelte, schüttelte seinen belaubten Ast und erwiderte schlicht: „Ich habe keine Angst vor ihnen."

„Nur, weil du sie nicht kennst", antwortete der Prinz. „Du setzt zuviel Vertrauen in deine Größe, aber vergiß nicht, daß du nur viermal so groß wie die Minunier bist, und daß dreißigtausend gemeinsam versuchen könnten, dich zu überwältigen."

Die Veltopismakusier kamen schnell näher. Der Prinz hatte keine weitere Zeit mehr für den seines Erachtens sinnlosen Versuch, Tarzan zum Rückzug zu überreden, und obwohl er den Mut dieses seltsamen Wesens bewunderte, kam er nicht umhin, dessen Unwissenheit in gleichem Maße zu bedauern. Komodoflorensal hatte seinen seltsamen Gast ins Herz geschlossen und hätte ihn gerettet, wenn es möglich gewesen wäre, nun jedoch mußte er sich dem Kommando seiner Truppen zuwenden, da der Feind fast bei ihnen angelangt war.

Tarzan beobachtete, wie die kleinen Menschen auf ihren beweglichen und drahtigen Reittieren näherkamen. Eine Reihe nach der anderen ergoß sich über das unebene Land, sie erinnerten ihn an die sich überschlagenden Wellen der Meeresbrandung, von der jeder Tropfen weich und ungefährlich ist, deren Vielzahl aber eine unnachgiebige, erschreckende und zerstörende Kraft darstellt. Der Affenmensch blickte auf seinen Ast und lächelte, wenngleich etwas reumütig.

Nun jedoch wurde seine gesamte Aufmerksamkeit vom Gefecht in den ersten zwei Reihen der heranstürmenden Massen in Anspruch genommen. Kopf an Kopf mit den Veltopismakusiern eilten die Männer des Vorpostens von Adendrohahkis und die Tausende auf sie zu, die zu ihrer Verstärkung vorgegangen waren. Jeder hatte sich einen feindlichen Reiter gesucht, den er aus dem Sattel zu stoßen trachtete, jedes Duell wurde in rasendem Tempo mit scharfen Klingen ausgetragen, obwohl hier und da auch ein Mann zum Speer griff, manchmal mit großer Wirkung. Einige reiterlose Diadets preschten an der Spitze vornweg, während andere zurückscheuten oder versuchten, zur Seite durchzubrechen, dabei die heranstürmenden Linien behinderten und oftmals andere Diadets samt Reiter zu Fall brachten. Meistens setzten die Krieger mit ihren Diadets jedoch einfach über die erschrockenen Tiere hinweg. Die Minunier verstanden sich vortrefflich aufs Reiten, es grenzte an ein Wunder, wie sie die schnellen und nervösen Diadets anscheinend mühelos steuerten. Soeben zog ein Krieger sein Tier hoch in die Luft, einem Gegner ausweichend, und während er über ihn sprang, stach er mit dem Degen auf teuflische Weise nach ihm und fegte ihn aus dem Sattel. Indes gelang es Tarzan gar nicht, mehr als einen flüchtigen, kaleidoskopartigen Eindruck von dem sich schnell verändernden Spektakel zu gewinnen, denn schon stürmte die riesige Horde auf ihn zu.

Er hatte geglaubt, er könne die kleinen Menschen mit dem Ast aus dem Weg fegen, doch waren Freund und Feind nicht voneinander zu unterscheiden, so daß er es nun nicht wagte, um nicht die Krieger seiner Gastgeber aus dem Sattel zu werfen und zu verletzen. Er hielt den Ast über ihre Köpfe, um zu warten, bis die erste Reihe an ihm vorbei war. Wenn ihn dann nur noch das feindliche Heer umgab, würde er sie beiseite schieben und das Zentrum ihres Angriffs zerstreuen.

Er bemerkte den überraschten Gesichtsausdruck der Veltopismakusier, als sie näherkamen – sie sahen überrascht aus, aber nicht ängstlich – , und er vernahm ihr Geschrei, als es einem von ihnen gelang, sich ihm zu nähern und ihm im Vorbeijagen einen teuflischen Hieb gegen die Beine zu versetzen. Nun allerdings wurde es eine reine Frage der Selbsterhaltung, diese Schläge mit dem Ast abzuwehren. Auch war dies nicht unmöglich, da die ersten Reihen weniger gedrängt heranstürmten, doch bald war der Hauptteil der feindlichen Reiterei bei ihm. Es gelang ihm nicht, ihnen auszuweichen. In dichten Linien stürzten sie sich Reihe um Reihe auf ihn. Er warf den nutzlosen Ast vor sich auf den Weg, um sie zu behindern, griff mit den Händen nach ihnen, zerrte die Reiter aus dem Sattel und schleuderte sie auf die nachfolgenden Krieger, aber noch immer war ihr Vormarsch nicht aufzuhalten.

Mit ihren Diadets überwanden sie jedes Hindernis. Ein Reiter sprengte auf ihn zu und versetzte ihm einen Schlag direkt die Magengrube, so daß es ihm fast den Atem nahm und er einen Schritt zurückwich. Noch einer und noch einer schlug ihn gegen die Beine und in die Seite. Immer wieder bohrte sich die nadelgleiche Spitze eines Degens in seine braune Haut, bis er von der Hüfte abwärts blutete, und erneut warfen sie sich zu Tausenden auf ihn. Seine Waffen konnten gegen sie nichts ausrichten, er versuchte es auch gar nicht, und obwohl er großen Schaden unter ihnen anrichtete, gab es für jeden, den er besiegt hatte, hundert neue, die dessen Platz einnahmen. Grimmig lächelnd begriff er, daß er, der unvergleichliche Tarzan, Herr des Dschungels, in diesen kleinen Menschen, die gerade ein Viertel so groß waren wie er, seine Meister gefunden hatte. Er bemerkte, daß er vollkommen von Veltopismakusiern umzingelt war, die Krieger aus Trohanadalmakus waren mit den heranstürmenden Truppen beschäftigt und stürmten mit ihnen auf die siebentausend Mann Fußvolk zu, die den Hauptstoß des schrecklichen Angriffes auszustehen hatten. Tarzan hatte sich gewünscht, diesen Teil des Kampfes mitverfolgen zu können, mußte sich jedoch nun um sich selbst kümmern.

Erneut erhielt er von einem Angreifer einen Schlag in die Magengrube und geriet ins Taumeln. Bevor er sich wieder unter Kontrolle hatte, schlug ihn ein anderer an dieselbe Stelle, und diesmal ging er zu Boden. Augenblicklich waren alle über ihm, er wurde von Kriegern und Diadets begraben, die wie unzählige Ameisen über ihn herfielen. Wohl versuchte er sich zu erheben, aber das war das einzige, woran er sich erinnern konnte, bevor er das Bewußtsein verlor.

Uhha, die Tochter von Khamis, dem Medizinmann aus dem Kannibalenstamm Obebes, lag zusammengekrümmt auf einem kleinen Strohlager in einer notdürftig aus Dornengestrüpp errichteten Behausung im Dschungel. Es war Nacht, dennoch schlief sie nicht. Durch die halbgeschlossenen Augen beobachtete sie einen hünenhaften weißen Mann, der neben einem winzigen Feuer vor der Hütte hockte. Die glühenden Augen des Mädchens verengten sich haßerfüllt. Ihr Gesichtsausdruck verriet keine Furcht vor dem Übernatürlichen – nur Haß, unbändigen Haß.

Seit langem schon glaubte Uhha nicht mehr daran, daß Esteban Miranda der Flußteufel sei. Seine offenkundige Angst vor den größeren Raubtieren des Dschungels und vor den wilden Schwarzen hatten sie zu Anfang verwirrt, ihr aber später klargemacht, daß ihr Begleiter ein Betrüger sei, denn Flußteufel kennen keine Furcht. Sie begann sogar daran zu zweifeln, daß er Tarzan sei. Von diesem hatte sie in ihrer Kindheit so viele wundervolle Geschichten gehört, daß sie in ihm fast einen Flußteufel sah. Ihr Volk kannte keine Götter, nur Teufel, was unter den unwissenden abergläubischen Menschen genau so seinen Zweck erfüllte wie der Götterglaube bei gebildeten abergläubischen.

Nachdem Esteban Miranda durch sein Auftreten ziemlich überzeugend bewiesen hatte, daß er Löwen fürchtete und im Dschungel hilflos war, ließen sich diese Dinge überhaupt nicht mit ihrer Vorstellung von den Stärken und Eigenschaften des berühmten Tarzan in Übereinstimmung bringen.

Mit ihrer Achtung verlor sie fast all ihre Ängste. Wohl war er stärker als sie und brutal, er konnte und würde sie verletzen, wenn sie ihn zornig machte, aber er konnte ihr nur physisch schaden, und nicht einmal das, wenn sie sich außerhalb seiner Reichweite befand. Oft schon hatte sie Fluchtpläne geschmiedet und immer wieder gezögert, da sie vor dem Alleinsein im Dschungel schreckliche Angst hatte. In letzter Zeit war ihr jedoch immer klarer geworden, daß ihr der Weiße nur wenig oder gar keinen Schutz bieten konnte. Eigentlich wäre sie ohne ihn besser dran, denn beim ersten Anzeichen einer Gefahr stürzte Miranda jedesmal zum nächsten Baum, und wenn es nur wenige Bäume gab, gereichte diese Gewohnheit Uhha immer zum Nachteil, denn Esteban war stärker und konnte sie zur Seite stoßen, wenn sie ihm beim Wettlauf ums Leben vor die Füße geriet.

Ja, da konnte sie ebenso allein durch den Dschungel ziehen, statt in Gesellschaft dieses Mannes, den sie von Grund auf verachtete und haßte. Ihr kleines, wildes Hirn gab ihr jedoch ein, sich vorher dafür zu rächen, daß er sie getäuscht hatte, damit sie ihm zur Flucht aus Obebes Dorf verhalf, und daß er sie ferner dazu gezwungen hatte, ihn zu begleiten.

Obwohl sie schon lange unterwegs waren, zweifelte Uhha nicht, den Weg zurück zum Dorf allein zu finden, und sie war überzeugt, daß sie dabei auch genügend Nahrungsmittel auftreiben und den wilden Raubtieren aus dem Wege gehen konnte. Nur den Menschen fürchtete sie, aber diesbezüglich unterschied sie sich nicht von irgendeinem anderen Lebewesen. Von all den Schöpfungen Gottes wird der Mensch allein überall gefürchtet und gehaßt, nicht nur von den niedriger entwickelten Lebewesen, sondern auch von seiner eigenen Rasse, denn der Mensch ist der einzige, der sich am Tod des anderen ergötzt – und gleichzeitig der große Feigling, der von allen Kreaturen den Tod am meisten fürchtet.

So lag das kleine Negermädchen und beobachtete den Spanier, und ihre Augen funkelten, denn in seiner Beschäftigung sah sie eine Möglichkeit zur Rache. Esteban Miranda hockte vor dem Feuer, lehnte sich weit vor und weidete sich am Inhalt einer kleinen Wildledertasche, von der er sich etwas auf die Hand hatte rieseln lassen. Die kleine Uhha wußte, wie sehr die Weißen diese funkelnden Steine schätzten, obwohl sie selbst von deren eigentlichem Wert keinerlei Vorstellung besaß. Sie wußte nicht einmal, daß es Diamanten waren. Ihr war nur klar, daß der weiße Mann die Steine mehr als alles andere liebte, und daß er ihr wiederholt erzählt hatte, er würde lieber sterben, als sich davon trennen.

Lange Zeit spielte Miranda mit den Diamanten, ebenso lange beobachtete Uhha ihn, aber schließlich schüttete er sie wieder in die Tasche und verstaute sie sorgsam in seinem Lendenschurz. Dann kroch er in die Hütte, zerrte etwas Dornengestrüpp vor den Eingang, das herumstreifende Tiere abhalten sollte, und legte sich neben Uhha aufs Stroh.

Wie sollte nun dieses kleine Mädchen diesem riesigen, tarzanhaften Spanier die Diamanten entwenden? Sie konnte sie nicht heimlich stibitzen, denn die Ledertasche, in der sie sich befanden, war so in seinem Lendenschurz befestigt, daß er unweigerlich aufwachen würde. Auf jeden Fall konnte dieses zarte Kind die Juwelen Esteban nie im Leben mit Gewalt entwenden. Nein, sie verwarf diesen Gedanken, noch ehe er richtig Gestalt angenommen hatte.

Vor der Hütte flackerte das Feuer, erhellte die Dschungelgräser der Umgebung und warf unheimliche, phantastische Schatten, die in der Dschungelnacht tanzten und umhersprangen. Etwas bewegte sich in der üppigen Vegetation, etwa zwanzig Schritte von dem winzigen Lager entfernt. Es war etwas Großes, denn die höheren Gräser teilten sich bei seiner Annäherung. Bald öffnete sich der Grasvorhang, und ein Löwenkopf tauchte auf. Beunruhigt starrten die gelbgrünen Augen ins Feuer. Von dort witterte er Menschengeruch, und Numa war hungrig. Er hatte gelegentlich schon Menschen gefressen und Geschmack daran gefunden – von allen Lebewesen waren sie am langsamsten und am wenigsten in der Lage, sich zu verteidigen. Dennoch gefiel es Numa hier ganz und gar nicht, so wandte er sich um und verschwand in die Richtung, aus der er gekommen war. Vor dem Feuer hatte er keine Angst. Wenn ja, müßte er am Tag ja auch die Sonne fürchten, obwohl er auch nicht ohne Unbehagen in diese blickte. Für den Löwen mochten Feuer und Sonne ein und dasselbe sein, denn er hatte keine Ahnung davon, was davon sechzig Fuß entfernt war und was dreiundneunzig Millionen Meilen. Es waren die tanzenden Schatten, die ihn nervös machten. Riesige, groteske Wesen, mit denen er bisher noch keine Erfahrung gemacht hatte, schienen ihn von allen Seiten anzuspringen und zu bedrohen.

Uhha schenkte ihnen indes keine Beachtung, sie hatte auch Numa, den Löwen, nicht gesehen, lag nun sehr still und lauschte. Die Flammen flackerten weniger hoch, die Minuten schleppten sich mit bleiernen Füßen dahin. Obwohl sie noch nicht lange wartete und horchte, kam es ihr wie eine Ewigkeit vor, denn ihr Plan war ausgereift und wartete auf seine Ausführung. Ein zivilisiertes Mädchen im Alter von zwölf Jahren hätte sich einen solchen Plan ebenfalls ausdenken können, aber es ist fraglich, ob es ihn dann auch zur Vollendung gebracht hätte. Uhha war jedoch nicht zivilisiert, und Gewissensbisse waren ihr fremd.

Bald zeugte der Atem des Spaniers davon, daß er eingeschlafen war. Uhha wartete noch ein wenig, um doppelt sicherzugehen, dann griff sie unter das Stroh neben sich, und als sie die Hand wieder herauszog, hielt sie darin einen kurzen, dicken Knüppel. Langsam und vorsichtig erhob sie sich und kniete sich neben die reglose Gestalt des Schlafenden. Dann hob sie die Waffe hoch über den Kopf und ließ sie mit voller Wucht auf seinen Schädel niedersausen. Sie schlug kein weiteres Mal zu, einmal genügte. Uhha hoffte, ihn nicht getötet zu haben, denn wenn ihr Plan funktionieren sollte, mußte er am Leben bleiben, wohl wissend, daß Uhha die Tasche mit den angebeteten Kristallen gestohlen hatte. Das Mädchen nahm das Messer, das an Mirandas Hüfte hing, schnitt damit den Lendenschurz auf und griff nach der Wildledertasche. Dann schob sie das Gestrüpp vom Eingang, schlüpfte in die Nacht und verschwand im Dschungel. Obwohl sie und der Spanier schon lang unterwegs waren, hatte sie ihren Orientierungssinn noch nicht verloren, der ihr den Heimweg wies, und da sie nun frei war, schlug sie kurzentschlossen die Richtung zum Dorf des Kannibalen Obebe ein, das im Südwesten lag. Wippenden Schrittes marschierte sie, einem Elefantenpfad folgend, durch den Dschungel. Der Vollmond, dessen Strahlen durch das Laub des spärlichen Waldes drangen, beleuchtete ihren Weg. Sie fürchtete die Dschungelnacht und die nächtlichen Jäger, aber sie wußte, daß sie es wagen mußte, um möglichst einen großen Vorsprung vor dem Weißen zu erlangen, bevor er wieder zu Bewußtsein kam und sie verfolgte.

Hundert Yards vor ihr, im undurchdringlichen Dickicht neben dem Pfad, zog Numa, der Löwe, die Witterung ein und wandte sich mit aufgerichteten Ohren in ihre Richtung. Jetzt gaukelten keine tanzende Schatten seinen überempfindlichen Nerven drohende Gestalten vor – er spürte nur ständig intensiveren Menschengeruch – ein junges Weibchen, das zarteste von allem. Numa leckte sich die Lefzen und wartete.

Das Mädchen kam schnell den Pfad entlang. Nun befand sie sich in gleicher Höhe mit dem Löwen, doch der König der Tiere zögerte. Im Geruch des Menschen und seinem Äußeren ist etwas, das in Numas Brust seltsame Ängste erweckt. Wenn er Horta, dem Eber, oder Bara, dem Reh, hinterherpirscht, ruft ihre unmittelbare Nähe in dem wilden Raubtier keine solchen Gefühle hervor, dann kennt es kein Zögern, wenn der Moment gekommen ist, die Beute anzuspringen. Es ist nur das ach so hilflose und bleifüßige Menschenwesen, das ihn im entscheidenden Moment zurückhält.

Uhha schritt vorüber, nichts von dem großen Löwen ahnend, der hungrig und sprungbereit zwei Schritte neben ihr hockte. Dann schlich Numa seiner zarten Beute hinterher, bis der Moment kommen würde, da der Nebel seiner Unentschlossenheit sich zerstreute. So liefen sie durch die Dschungelnacht – der große Löwe auf Samtpfoten, und das kleine schwarze Mädchen, vollkommen ahnungslos, daß der düstere Tod ihr durch die halbbewölkte Mondnacht folgte.

9

Als Tarzan von den Affen zu sich kam, lag er in einem großen Raum auf dem Boden. Noch halb im Dämmerzustand schlug er kurz die Augen auf und bemerkte, daß es um ihn herum hell war, und daß sich noch andere im Raum befanden. Später, als er sich erholt hatte und wieder klar zu denken vermochte, stellte er fest, daß das Licht von zwei ungeheuren Kerzen kam, die einen Durchmesser von reichlich drei Fuß hatten, und, obwohl sie schon teilweise abgebrannt waren, noch immer mindestens fünf Fuß maßen. Ihr Docht war dick wie das Handgelenk eines Mannes. Rein äußerlich unterschieden sie sich sonst nicht von herkömmlichen Kerzen, nur rußten sie nicht, wie man an den Balken und Brettern der Decke erkennen konnte.

Die sonderbare Beleuchtung war das erste, was dem Affenmenschen auffiel. Nun jedoch sah er sich die anderen Bewohner des Raumes an. Es waren an die hundert Mann von seiner Größe, doch trugen sie die Bekleidung und die Waffen der kleinen Männer aus Trohanadalmakus und Veltopismakus. Mit gerunzelter Stirn blickte Tarzan sie lange forschend an. Wer waren sie? Wo war er?

Als das Bewußtsein langsam zu ihm zurückkehrte, spürte er, daß er Schmerzen hatte und seine Arme sich schwer und taub anfühlten. Er versuchte, sie zu bewegen, nur um festzustellen, daß es unmöglich war – sie waren auf dem Rücken zusammengebunden. Er bewegte die Füße – das ging. Unter beträchtlichen Anstrengungen, die ihn erkennen ließen, daß er sehr schwach war, setzte er sich auf und blickte um sich. Das riesige Gemach war voll von Kriegern, die rein äußerlich wie die kleinen Menschen aus Veltopismakus aussahen, indes von normaler Größe waren. Die meisten saßen auf Bänken an Tischen oder hatten sich auf der harten Erde ausgestreckt. Einige gingen umher und schienen sich um die anderen zu kümmern. Nun bemerkte Tarzan auch, daß fast alle verwundet waren, viele davon ernsthaft. Sie wurden offensichtlich von den anderen versorgt. Dann gab es noch Krankenpfleger, die wie die höherstehenden Sklaven in Trohanadalmakus weiße Kleidung trugen. Außer ihnen befand sich noch ein halbes Dutzend bewaffneter Krieger im Raum, sie waren unverletzt. Einer von ihnen bemerkte, daß Tarzan sich aufgerichtet hatte.

„Ho! Der Riese ist zu sich gekommen", rief er, baute sich mit gespreizten Beinen vor Tarzan auf, blickte ihn breit grinsend an und spottete: „Deine Größe hat dir wenig genutzt, nun sind wir ebenso groß wie du. Sind wir nicht auch Riesen, he?" Er wandte sich an seine Kumpane, die in Gelächter ausbrachen.

Tarzan war klar, daß er sich unter Feinden befand. Er spielte das wilde Tier, flüchtete sich in hartnäckiges Schweigen und gab keine Antwort, sondern bedachte sie mit dem wilden, kalten Blick des Raubtieres.

„Er ist taub wie die großen Wildfrauen aus den Höhlen", bemerkte der Krieger daraufhin zu seinen Leuten.

„Vielleicht ist er einer der Männer?" äußerte ein anderer.

„Ja, vielleicht gehört er zu den Zertalacolols", pflichtete ein dritter bei.

„Aber deren Männer sind alle Feiglinge, und dieser kämpfte wie ein geborener Soldat", warf der erste ein.

„Stimmt, er kämpfte mit bloßen Händen, bis er zu Boden ging."

„Das hättest du sehen müssen, wie er mit Reittieren und Kriegern um sich warf, als wären es winzige Steine, die man weit weg schleudern kann."

„Er wich nicht einen Schritt zurück und lächelte immer."

„Er sieht nicht aus wie die Männer der Zertalacolols. Frag ihn doch, ob er einer von ihnen ist."

Derjenige, der ihn zuerst angesprochen hatte, stellte ihm die Frage. Tarzan starrte sie jedoch lediglich weiterhin unverwandt an.

„Er versteht mich nicht", erklärte der Krieger. „Ich glaube trotzdem nicht, daß er ein Zertalacolol ist. Aber was er ist, kann ich nicht sagen."

Er trat näher und untersuchte Tarzans Verletzungen. „Sie werden bald verheilt sein. Spätestens in sieben Tagen kann man ihn in die Steinbrüche schicken."

Sie streuten braunes Puder auf die Wunden und brachten ihm zu Essen, Wasser und Antilopenmilch, und als sie bemerkten, daß seine Arme stark anschwollen und sich verfärbten, holten sie eine Eisenkette, befestigten ein Ende mit einem riesigen Vorhängeschloß an seiner Taille, das andere an einem Ring in der Steinmauer, und schnitten ihm dann die Handfesseln durch.

Da sie glaubten, er verstehe sie nicht, tauschten sie sich frei vor ihm aus. Ihre Sprache unterschied sich indes nicht groß von der der Trohanadalmakusier. Deshalb verstand Tarzan jedes Wort und erfuhr, daß die Schlacht vor der Stadt des Königs Adendrohahkis für die Veltopismakusier nicht so ausgegangen war, wie Elkomoelhago, ihr König, es sich vorgestellt hatte. Sie hatten große Verluste erlitten, bei weitem nicht so viele Feinde getötet und vergleichsweise wenig Gefangene gemacht, obwohl allein Tarzan nach Ansicht von Elkomoelhago die Kosten des kurzen Krieges schon wert war, wie er hörte.

Unklar war, wie sie seine Größe erlangt hatten, auch erhellte keine ihrer Bemerkungen dieses rätselhafteste aller Rätsel. Der Gipfel des Unglaublichen wurde jedoch einige Tage später erreicht, als er einen Trupp Soldaten durch den Zugang zu seinem Gefängnis reiten sah, von denen jeder auf einer riesigen Antilope saß. Sie war der Größe nach eine Elenantilope, der Gestalt und ihren Merkmalen nach jedoch offensichtlich eine Königsantilope, die zu den kleinsten bekannten Antilopen zählt. Tarzan fuhr sich mit den Fingern durch das schwarze Haar und gab jeglichen Versuch auf, den Geheimnissen der Umgebung auf die Spur zu kommen.

Die Wunden verheilten schnell, auch jene der Veltopismakusier. Am siebenten Tag erschien seinetwegen ein halbes Dutzend Krieger und nahm ihm die Kette ab, damit er sie begleiten könne. Seine Wächter hatten es schon längst aufgegeben, ihn anzusprechen, des Glaubens, er sei stumm wie ein Alalus, da es außerhalb ihres Vorstellungsvermögens lag, daß sich jemand in einer anderen Sprache als der ihren verständigte. Während sie ihn aus dem Raum und einen Korridor entlang führten, konnte er ihrer Unterhaltung jedoch entnehmen, daß sie ihn zu Elkomoelhago, ihrem König, brachten, der den bemerkenswerten Gefangenen nach dessen Genesung sehen wollte.

Der lange Korridor wurde von kleinen Kerzen beleuchtet, die in Nischen standen. Weiteres Licht drang durch offenstehende Türen aus den Gemächern herein. Zwei endlose Reihen von Sklaven und Kriegern bewegten sich in beiden Richtungen durch den Gang und seine Abzweigungen. Es waren höherstehende Sklaven, sie trugen weiße Kleidung mit roten Kennzeichen, die auf ihren Eigentümer und ihren Beruf hinwiesen; außerdem Sklaven der zweiten Generation in grüner Bekleidung mit schwarzen Zeichen auf Brust und Rücken, die ihren Herkunftsort und ihren Besitzer angaben. Ferner waren Krieger jeden Dienstgrades und jeder Stellung zu erkennen, die Jungen und Armen mit einfacher Lederausrüstung, die Reichen juwelenbestückt. Weiterhin ritten Krieger auf den riesigen Antilopen, die Tarzan seit seiner Einkerkerung in Veltopismakus noch immer in Erstaunen versetzten, aus beiden Richtungen und oft mit hoher Geschwindigkeit an ihnen vorbei.

Tarzan bemerkte, daß vom Korridor in regelmäßigen Abständen Leitern nach oben führten, wahrscheinlich zu einem darüberliegenden Stockwerk, und da er niemals jemanden nach unten klettern sah, schlußfolgerte er, daß sie sich auf dem untersten Stockwerk des Gebäudes befanden. Vom Aufbau her mußte es ein solches Bauwerk sein, wie er es in der Stadt des Königs Adendrohahkis hatte entstehen sehen. Wenn er aber überlegte, welche riesigen Ausmaße ein Rundbau haben mußte, wenn er Menschen seiner Größe beherbergen sollte, geriet er in Zweifel. Hätte man Adendrohahkis' Haus bei gleichen Proportionen in jenem größeren Umfang nachgebaut, so besäße es einen Durchmesser von achthundertachtzig Fuß und eine Höhe von vierhundertvierzig Fuß. Es schien unmöglich, ein solches architektonisches Kunstwerk mit derart primitiven Mitteln zu errichten, wie sie diesem Volk zur Verfügung standen. Trotzdem – die Gänge hatten gewölbte Decken, die Wände bestanden aus säuberlich aneinandergepaßten Felsbrocken, und die großen Kammern verfügten über schwere Dachbalken und dicke Säulen. Alles war genau so, wie er es in dem Bau in Trohanadalmakus gesehen hatte, nur wesentlich größer.

Während seine Augen und Gedanken sich mit den ihn umgebenden Rätseln beschäftigten, bogen seine Begleiter mit ihm in einen Gang, der den Hauptweg im rechten Winkel kreuzte. Am Eingang eines Raumes, in dem sich Regale über Regale voller Gebrauchsgegenstände befanden, blieben sie stehen. Dort gab es große und kleine Kerzen, Kerzen jeder Form und Größe, Helme, Gürtel, Sandalen, Bekleidung, Schüsseln und Krüge, Vasen sowie tausend andere Kleinigkeiten, mit denen Tarzan bereits während seines Aufenthaltes bei den Trohanadalmakusiern mehr oder weniger Bekanntschaft geschlossen hatte.

Auf Anweisung eines Kriegers der Eskorte kam ein Sklave in weißer Bekleidung herbeigeeilt.

„Ein grünen Umhang für diesen Mann aus Trohanadalmakus", befahl der Krieger.

„Welches Zeichen soll er auf dem Rücken tragen?" erkundigte sich der Sklave.

„Er gehört Zoanthrohago", erwiderte der Krieger.

Der Sklave eilte zu einem Regal und suchte das Gewünschte heraus. Einem anderen Regal entnahm er zwei große, hölzerne Blöcke, auf deren Oberseite ein Bild eingeschnitzt worden war. Dann strich er gleichmäßig eine Art Farbe oder Tinte darauf, schob ein glattes Brett unter den Stoff, legte einen der Würfel mit dem Gesicht nach unten darauf, schlug mit einem Holzhammer einige Male geschickt darauf und wiederholte die Handlung mit dem anderen Würfel auf der anderen Seite des Kleidungsstücks. Als er es Tarzan überreichte und es ihn anziehen hieß, bemerkte dieser, daß es auf der Rück- und der Vorderseite ein schwarzes Symbol trug. Indes konnte er es nicht lesen, da er die Sprache noch nicht soweit beherrschte.

Der Sklave gab ihm ein Paar Sandalen, und nachdem er diese angezogen hatte, hießen ihn die Krieger den Korridor, dessen Äußeres sich bald sehr schnell änderte, weiter entlanggehen. Die rauhen Felssteine waren nun verputzt, bunte Gemälde hingen daran, die meistens Schlachtszenen und Jagdfeste wiedergaben, und deren hölzerne Rahmen mit komplizierten, symmetrischen Mustern versehen waren. Auf den Bildern herrschten lebhafte Farben vor. In regelmäßigen Abständen brannten in Nischen bunte Kerzen. Zahlreiche prächtig ausstaffierte Krieger begegneten ihnen, kaum noch grüngekleidete Sklaven, während die höherstehenden Sklaven weiße Kleidung aus edlerem Stoff sowie oftmals prächtigen Juwelen- und Lederschmuck trugen.

Die Umgebung wurde immer prunkvoller und zusehends heller, bis der Korridor mit einemmal an zwei massiven Türen aus geschmiedetem Gold endete, vor denen zwei aufwendig geschmückte Krieger standen, die sie anhielten und den Anführer der Eskorte nach seinem Begehr fragten.

„Auf Befehl des Königs bringen wir den Sklaven von Zoanthrohago, jenen Riesen, den wir in Trohanadalmakus gefangen genommen haben", erwiderte der Anführer.

Der Krieger, der sie angesprochen hatte, wandte sich zu einem seiner Männer und sagte: „Übermittle diese Nachricht dem König."

Als der Mann gegangen war, begannen die Krieger, sich Tarzan genauer anzuschauen und viele Fragen über ihn zu stellen, die seine Begleiter größtenteils nur mit Vermutungen beantworten konnten. Bald darauf kehrte der Bote mit der Anweisung zurück, die Gruppe sofort vor den König zu lassen. Die schweren Türen wurden weit geöffnet, und Tarzan betrat die Schwelle zu einem riesigen Saal, dessen Wände auf der anderen Seite zusammenliefen, wo auf einem Podest ein Thron stand. Massive Holzsäulen stützten die Decke, die zwischen den Balken verputzt war. Sowohl die Balken als auch die Säulen waren mit Schnitzwerk versehen, während an der Decke in leuchtenden Farben prächtige Arabesken prangten. Die Wände waren bis zur Hälfte getäfelt, darüber befanden sich bemalte Holzplatten, die nach Tarzans Annahme historische Ereignisse aus der Vergangenheit Veltopismakus' und seiner Könige wiedergaben.

Im Saal befand sich außer den Kriegern, die vor Türen zu beiden Seiten des Podestes standen, kein Mensch, und als die Gruppe den breiten Mittelgang auf den Thron zuging, gab einer der Krieger ihrem Anführer ein Zeichen, winkte sie zu sich und öffnete ihnen die Tür. Sie erblickten ein kleines Vorzimmer, in dem auf niedrigen geschnitzten Bänken ein halbes Dutzend herausgeputzte Krieger saßen, während ein siebenter in einem Stuhl mit hoher Lehne lümmelte, ihren Erzählungen lauschte, dabei mit den Fingern auf den dicken Armstützen trommelte und ab und zu ein Wort einwarf, das stets mit größter Aufmerksamkeit aufgenommen wurde. Runzelte er beim Sprechen die Stirn, runzelten die anderen sie noch mehr, lachte er, brachen auch sie in Gelächter aus. Sie starrten ihm unverwandt ins Gesicht, damit ihnen nicht der kleinste Hinweis auf eine Stimmungsänderung entging.

Tarzans Begleiter blieben regungslos am Eingang stehen, bis der Mann in dem Sessel mit der hohen Lehne sich herabließ, ihre Anwesenheit zu bemerken. Dann kniete der Anführer nieder, hob die Arme mit den nach vorn zeigenden Handflächen hoch über den Kopf, lehnte sich so weit zurück, wie er konnte, und stimmte mit monotoner und lebloser Stimme seine Begrüßung an.

„Oh, Elkomoelhago, König von Veltopismakus, Herrscher aller Menschen, Herr aller Geschöpfe, Ihr, der Ihr am allerweisesten, allermutigsten und voll des Ruhmes seid! Wie Ihr geheißen, bringen wir Zoanthrohagos Sklaven."

„Erheb dich und bring den Sklaven näher!" befahl der Mann auf dem hohen Stuhl und bemerkte dann zu seinen Begleitern: „Dies ist der Riese, den Zoanthrohago aus Trohanadalmakus mitgebracht hat."

„Wir haben von ihm gehört, Ruhmreichster", erwiderten sie.

„Auch von Zoanthrohagos Wette?" fragte der König.

„Auch von der Wette, Allerweisester!" antwortete einer.

„Was haltet ihr davon?" fragte Elkomoelhago.

„Dasselbe wie Ihr, Herrscher aller Menschen", sprach schnell ein anderer.

„Und wie denke ich darüber?" fragte der König.

Die sechs sahen sich schnell und beklommen an. „Wie denkt er darüber?" flüsterte der am weitesten von Elkomoelhago entfernt Sitzende seinem Nachbarn zu, der ratlos mit den Schultern zuckte und zum nächsten blickte.

„Was war das, Gofoloso? Was hast du da gesagt?" drängte der König.

„Ich wollte sagen, daß Zoanthrohago, sofern er nicht vorher unseren erlauchten und allwissenden Herrscher gefragt hat und sich nur auf sein eigenes Urteilsvermögen verläßt, fast zwangsläufig die Wette verlieren muß", entgegnete Gofoloso schlagfertig.

„Natürlich liegt ein Körnchen Wahrheit in dem, was du sagst, Gofoloso", entgegnete der König. „Zoanthrohago hat mich um Rat gefragt. Ich war es, der das Vibrationsprinzip entdeckte, das die Sache erst möglich macht. Ich war es, der genau festlegte, wie die ersten Experimente durchgeführt werden müssen. Bisher war der erreichte Zustand nie von langer Dauer, aber wir glauben, daß die Wirkung der neuen Formel mindestens neununddreißig Monate anhalten wird – darauf hat Zoanthrohago seine Wette abgeschlossen. Hat er unrecht, verliert er tausend Sklaven an Dalfastomalo."

„Unglaublich! Wir können uns vor allen anderen Völkern glücklich schätzen, einen König zu haben, der so gelehrt und weise wie Elkomoelhago ist“, rief Gofoloso aus.

„Du hast für vieles dankbar zu sein, Gofoloso“, stimmte der König zu. „Aber das ist nichts im Vergleich mit dem, was geschehen wird, wenn meine Bemühungen Erfolg haben, dieses besagte Prinzip mit der vollkommen entgegengesetzten Wirkung anzuwenden; doch wir arbeiten daran, wir arbeiten daran! Der Tag wird kommen, an dem ich Zoanthrohago die Formel gebe, die Minunien revolutionieren wird – dann werden wir mit hundert Mann ausziehen und die Welt erobern!“

Elkomoelhago wandte seine Aufmerksamkeit plötzlich dem Sklaven in dem grünen Gewand zu, der wenige Schritte vor ihm stand. Schweigend musterte er ihn einige Minuten.

„Aus welcher Stadt kommst du?“ fragte er schließlich.

„Oh, glorreicher Elkomoelhago“, hub der Kommandeur der Eskorte an. „Die arme unwissende Kreatur ist ohne Stimme.“

„Gibt er irgendwelche Laute von sich?“ erkundigte sich der König.

„Seit seiner Gefangennahme keinen einzigen, Herr aller Menschen“, erwiderte der Krieger.

„Er ist ein Zertalacolol“, konstatierte Elkomoelhago. „Warum all dies alberne Theater wegen einer dieser primitiven, stummen Kreaturen?“

„Seht, wie schnell und zielsicher der Vater der Weisheit alle Dinge erfaßt, allen Rätseln auf den Grund geht und ihr Geheimnis enthüllt. Ist das nicht wundervoll?“ rief Gofoloso aus.

„Jetzt, wo die Sonne der Wissenschaft auf uns scheint, kann sogar der Dümmste sehen, daß es sich wirklich um einen Zertalacolol handelt“, rief ein anderer. „Wie töricht, wie dumm von uns! Was würde aus uns werden ohne die vielgerühmte Intelligenz des Allerweisesten.“

Elkomoelhago betrachtete Tarzan aufmerksam. Er schien die Lobpreisungen seiner Höflinge nicht gehört zu haben und fuhr in seiner Rede fort.

„Er weist nicht die Merkmale eines Zertalacolols auf“, sagte er in Gedanken versunken. „Seht die Ohren. Es sind nicht die Ohren von Gehörlosen, auch sein Haar ist verschieden. Sein Körper ist anders geformt, und sein Kopf ist durchaus zur Wissensaufnahme geeignet, in ihn gehört ein funktionierender Verstand. Nein, er kann kein Zertalacolol sein."

„Großartig!" schrie Gofoloso. „Habe ich es nicht gesagt? Elkomoelhago, unser König, irrt niemals."

„Der Dümmste von uns kann mühelos erkennen, daß er kein Zertalacolol ist, jetzt, da des Königs göttliche Intelligenz es so klar herausgestellt hat", rief ein zweiter Höfling.

In diesem Augenblick öffnete sich eine Tür gegenüber derjenigen, durch die man Tarzan herbeigebracht hatte, und ein Krieger trat ein. „Oh, Elkomoelhago, König von Veltopismakus", leierte er. „Eure Tochter, die Prinzessin Janzara, ist erschienen. Sie will den seltsamen Sklaven sehen, den Zoanthrohago aus Trohanadalmakus mitgebracht hat, und bittet um die königliche Erlaubnis, eintreten zu dürfen."

Elkomoelhago nickte und befahl: „Führe die Prinzessin zu uns!"

Sie mußte gleich hinter der Tür und in Hörweite gewartet haben, denn kaum hatte der König gesprochen, stand sie auf der Schwelle, gefolgt von zwei anderen jungen Frauen, hinter denen sich ein halbes Dutzend Krieger drängten. Bei ihrem Anblick erhoben sich die Höflinge, nicht jedoch der König.

„Tritt ein, Janzara, und schau dir den seltsamen Riesen an, über den man in Veltopismakus mehr redet als über den König von Veltopismakus selbst", sagte er.

Die Prinzessin ging direkt auf den Affenmenschen zu, der noch immer in der Stellung verharrte, die er seit seinem Eintreten eingenommen hatte: die Arme vor der breiten Brust verschränkt und mit einem unbeteiligten Gesichtsausdruck. Er sah die Prinzessin an, als sie nähertrat, und bemerkte, daß sie eine sehr schöne, junge Frau war. Mit Ausnahme einiger zufälliger, kurzer Begegnungen mit Frauen aus Trohanadalmakus war sie die erste Minunierfrau, die Tarzan erblickte. Sie besaß makellose Gesichtszüge, das weiche, dunkle Haar war anmutig unter einem prächtigen juwelenbestückten Kopfschmuck arrangiert, und ihre Haut war zarter als ein Pfirsich. Wie es einer jungfräulichen Prinzessin im väterlichen Palast geziemte, war sie völlig in Weiß gekleidet, das Gewand aus weichem, anschmiegsamen Gewebe reichte in geraden, einfachen Falten bis zu ihrem Fußspann. Tarzan blickte ihr in die Augen. Sie waren grau, doch ließ der Schatten der schweren Wimpern sie viel dunkler erscheinen, als sie tatsächlich waren. Er suchte nach einem Hinweis auf ihren Charakter, denn sie war jene junge Frau, die sein Freund Komodoflorensal eines Tages zu heiraten gedachte und die er zur Königin von Trohanadalmakus machen wollte, deswegen war er neugierig. Auf einmal bemerkte er, wie sich die schönen Brauen zusammenzogen.

„Was ist mit dem Untier los? Ist er aus Holz?“ schrie die Prinzessin.

„Er spricht und versteht keine Sprache. Seit seiner Gefangennahme hat er keinen Laut von sich gegeben“, erklärte ihr Vater.

„Er ist ein mürrisches, häßliches Scheusal“, erklärte die Prinzessin. „Ich wette, ich kann ihn zum Reden bringen, und zwar sofort.“ Mit diesen Worten zog sie einen kleinen Dolch aus dem Gürtel und stach damit in Tarzans Arm. Das alles geschah so schnell, daß alle Beobachter überrascht waren, doch hatte sie mit den wenigen Worten den Herrn des Dschungels rechtzeitig gewarnt, und das genügte. Zwar konnte er dem Schlag nicht ausweichen, aber er konnte sie um die Befriedigung bringen, daß ihr grausames Experiment gelang, und es gelang ihm auch. Er gab keinen Laut von sich. Wahrscheinlich hätte sie noch einmal zugestochen, denn nun war sie sehr wütend, aber der König rief ihr in scharfem Ton zu:

„Genug, Janzara! Wir möchten nicht, daß du diesem Sklaven etwas zuleide tust, an dem wir ein Experiment durchführen wollen, das für die Zukunft von Veltopismakus von größter Bedeutung ist.“

„Er hat es gewagt, mir in die Augen zu blicken, und sich geweigert, zu reden, obwohl er weiß, daß er mir damit eine Freude bereitet hätte. Er soll sterben!“ rief die Prinzessin.

„Das ist nicht deine Angelegenheit. Er gehört Zoanthrohago“, erwiderte der König.

„Dann werde ich ihn kaufen!“ Sie wandte sich an einen ihrer Krieger. „Bring Zoanthrohago zu uns!“

10

Als Esteban Miranda wieder zu sich kam, war das Feuer vor seiner grobgezimmerten Hütte nur noch ein Häufchen kalter Asche, und es dämmerte bereits. Er fühlte sich schwach und benommen, ihm schmerzte der Kopf. Als er ihn betastete, fand er sein dichtes Haar voll von geronnenem Blut. Dabei bemerkte er noch etwas – eine große Wunde am Kopf, die ihn erschaudern ließ und Übelkeit hervorrief, dann wurde er ohnmächtig. Als er die Augen wieder aufschlug, war es heller Tag. Fragend blickte er um sich. Wo war er? Er rief laut etwas auf spanisch – nach einer Frau mit einem wohlklingenden Namen. Nicht Flora Hawkes, sondern einen weichen, spanischen Namen, den Flora nie gehört hatte.

Nun setzte er sich auf und bemerkte sogleich zu seiner großen Überraschung, daß er nackt war. Er griff nach dem Lendenschurz, der ihm vom Leib geschnitten worden war. Dann blickte er um sich, noch immer schwerfällig, benommen und verständnislos, entdeckte seine Waffen, hob sie auf und untersuchte sie. Lange Zeit fingerte er an ihnen herum und runzelte grübelnd die Brauen. Immer wieder fuhren seine Finger über Messer, Speer, Bogen und Pfeile.

Als er den Dschungel vor sich sah, nahm seine Verwirrung nur noch zu, und er richtete sich halb auf. Ein aufgeschrecktes Nagetier flitzte über die Lichtung. Der Mann hob den Bogen und setzte einen Pfeil auf die Sehne, aber das Tier war verschwunden, bevor er schießen konnte. Der verwirrte Ausdruck auf seinem Antlitz verstärkte sich, noch im Knien blickte er staunend auf die Waffe, die so vertraut in seiner Hand lag. Dann stand er auf, griff nach dem Speer, dem Dolch und den restlichen Pfeilen und begab sich in den Dschungel.

Hundert Yards von seinem Lager entfernt stieß er auf einen fressenden Löwen, der seine Beute von dem breiten Elefantenpfad in das angrenzende Gebüsch gezerrt hatte. Der Löwe knurrte drohend, worauf der Mann aufmerksam lauschend stehenblieb. Noch immer war er verstört, indes zögerte er nur einen Augenblick. Mit einem panthergleichen Satz schwang er sich auf den nächsten Baum und hockte sich für einige Minuten auf einen der unteren Äste. Er konnte Numa, den Löwen sehen, der sich am Kadaver irgendeines Tieres gütlich tat – welches Tier, konnte er nicht genau erkennen. Nach einer Weile ließ sich der Mann wieder lautlos vom Baum herab und lief in die Richtung zurück, aus der er gekommen war. Er war unbekleidet, war sich dessen aber nicht bewußt. Seine Diamanten waren verschwunden, doch hätte er einen Diamanten gar nicht erkennen können, wenn er einen gesehen hätte. Uhha hatte ihn verlassen, aber er vermißte sie nicht, da er nicht wußte, daß sie je existiert hatte.

Seine Muskeln reagierten mechanisch, aber unverzüglich auf jede Anforderung, die das erste Naturgesetz an sie stellte. Er wußte weder, warum er bei Numas Knurren auf den Baum geklettert war, noch, warum er umgekehrt war, nachdem er Numa und seine Beute erblickt hatte, noch spürte er, daß seine Hand bei jedem neuen Geräusch oder jeder Bewegung im Dschungel zur Waffe fuhr.

Uhha hatte ihre eigene Niederlage besiegelt. Esteban Miranda wurde aus dem sehr einleuchtenden Grund für seine Sünden nicht bestraft, da er sich weder irgendwelcher Sünden noch irgendeines Daseins entsinnen konnte. Uhha hatte sein Gedächtnis ausgemerzt. Sein Gehirn war nur noch ein Speicher von Erinnerungen, die nie wieder über die Schwelle des Bewußtseins gehoben werden würden. Regte ein entsprechender Reiz das Erinnerungsvermögen an, stimulierte es jene Nerven, die die Muskeln steuerten, so daß diese genauso reagierten, als leite sie der Verstand. Geschah etwas, das jenseits seines Erfahrungsschatzes lag, war er demzufolge hilflos, obgleich er sich dessen nicht bewußt geworden wäre. Es war fast so, als laufe ein toter Mann durch den Dschungel. Manchmal schlenderte er schweigend vor sich hin, ein andermal plapperte er in kindlicher Art und Weise etwas auf spanisch oder zitierte ganze Seiten Shakespeare auf englisch.

Hätte Uhha ihn nun sehen können, so hätte sogar sie, die wilde kleine Kannibalin, angesichts ihres schrecklichen Werkes Reue empfunden, das umso grauenvoller war, da der unglückselige Betroffene sich dessen absolut nicht bewußt war. Aber Uhha konnte es nicht sehen, noch konnte es irgendein anderer Sterblicher; und das erbärmliche Geschöpf, das einst ein Mann gewesen war, irrte nun ziellos durch den Dschungel, tötete und aß, wenn die entsprechenden Nerven dazu rieten, schlief, schwatzte und lief weiter, als lebte es wie alle anderen Menschen auch; und so verschwindet es aus unserem Blickfeld inmitten der lärmenden Vegetation eines Dschungelpfades.

Die Prinzessin Janzara von Veltopismakus durfte Zoanthrohago den Sklaven nicht abkaufen, denn ihr Vater, der König, erlaubte es nicht. Äußerst aufgebracht verließ sie das Gemach, und kaum stand sie im Nebenraum, wo ihr königlicher Vater sie nicht mehr sehen konnte, schnitt sie in seine Richtung eine Grimasse, worüber ihre Krieger und die zwei Zofen lachten.

„Narr! Ich werde den Sklaven bekommen und ihn töten, wenn ich Lust dazu habe", zischte sie in Richtung ihres ahnungslosen Vaters.

Die Krieger und die Zofen nickten beifällig.

König Elkomoelhago erhob sich gelangweilt von seinem Stuhl, wies mit einer Daumenbewegung auf Tarzan und sagte: „Bringt diese Kreatur zu den Steinbrüchen, aber teilt dem diensthabenden Offizier mit, daß es der Wunsch des Königs ist, ihn nicht zu überanstrengen oder zu verletzen." Kaum hatte man den Affenmenschen fortgeführt, verließ der König durch einen anderen Ausgang den Raum, während sich die sechs Höflinge in der seltsamen Art der Minunier verneigten, bis er verschwunden war. Dann schlich einer von ihnen auf Zehenspitzen schnell zu der Tür, durch die Elkomoelhago gegangen war, preßte das Ohr an die Wand und lauschte einen Augenblick. Anscheinend zufrieden öffnete er die Tür einen Spalt und warf einen Blick in den Nebenraum, dann wandte er sich an seine Kameraden.

„Der alte Narr ist verschwunden", verkündete er, doch so leise, daß es nicht einmal im Nebenzimmer zu hören gewesen wäre, denn sogar in Minunien hatte man die Erfahrung gemacht, daß Wände Ohren haben, obwohl sie es anders ausdrückten und statt dessen sagten: ‚Trau nicht einmal den Steinen in deinem Gemach.'

„Habt ihr jemals eine Kreatur von einer solch maßlosen Eitelkeit gesehen?" rief einer.

„Er hält sich nicht nur für den Weisesten, sondern sogar für so weise wie alle Menschen zusammengenommen. Manchmal glaube ich, daß ich seine Arroganz nicht länger ertragen kann", sagte ein anderer.

„Aber du wirst, Gefasto. Die Stellung des Kommandeurs der Armee von Veltopismakus ist zu verlockend, als daß man sie so einfach wegwirft", bemerkte Gofoloso.

„Zumal man damit gleichzeitig sein Leben verwirkt", fügte Torndali, der Oberaufseher der Steinbrüche hinzu.

„Aber was für eine Frechheit der Mann besitzt!" rief ein anderer, Makahago, der Bauminister. „Sein Anteil an Zoanthrohagos Erfolg ist nicht größer als der meine, und dennoch beansprucht er jeden Erfolg für sich und schiebt die Mißerfolge Zoanthrohago in die Schuhe."

„Der Ruhm von Veltopismakus wird durch seine Selbstgefälligkeit bedroht", rief Throwaldo, Minister für Landwirtschaft. „Er hat uns zu seinen Ratgebern gemacht, sechs Prinzen, die über ihre verschiedenen Gebiete besser Bescheid wissen sollten als alle anderen, und deren umfassende Kenntnisse von den Bedürfnissen Veltopismakus' und den Staatsangelegenheiten ein Bollwerk gegen die entsetzlichen Fehler darstellen sollten, die er ständig begeht. Statt dessen fragt er uns überhaupt nicht. Bieten wir ihm unseren Rat an, empfindet er das als gesetzwidrige Aneignung königlicher Vorrechte; dringen wir darauf, gilt es fast als Verrat. Sein Urteilsvermögen in Frage zu stellen bedeutet den Ruin. Was nützen wir dann Veltopismakus? Was müssen die Menschen im Staat von uns denken?"

„Das ist ja bekannt", fiel Gofoloso ein. „Sie sagen, wir wurden nicht unserer Kenntnisse, sondern unseres Unvermögens wegen ausgewählt. Das kannst du ihnen auch nicht vorwerfen. Ich bin Züchter von Diadets, Herr über zehntausend Sklaven, die die Äcker bestellen und die Hälfte der Nahrungsmittel erzeugen, die die Stadt verbraucht. Ich wurde zum obersten Minister gewählt und übe ein Amt aus, das mir nicht liegt und für das ich nicht ausgebildet bin, während Throwaldo, der bei einer Möhre oben und unten nicht unterscheiden kann, für Landwirtschaft verantwortlich ist. Makahago war einhundert Monate lang Aufseher der Sklaven im Steinbruch und wurde zum Bauminister gemacht, während Torndali, der als der größte Baumeister aller Zeiten gilt, Oberaufseher der Steinbrüche ist. Nur Gefasto und Vestako sind auf ihrem Fachgebiet tätig. Den Vestako wählte der König klugerweise zum Oberaufseher des Königsgebäudes, damit der Komfort und die Sicherheit des Herrschers gewährleistet sind. Doch mit Gefasto ist ihm der größte Wurf gelungen. Er hat einen flotten jungen Abenteurer zum Kommandeur der Armee von Veltopismakus gemacht und in seinem neuen Befehlshaber das größte militärische Genie gefunden, das Veltopismakus je hervorbrachte."

Gefasto verbeugte sich angesichts dieses Komplimentes.

„Hätten wir Gefasto nicht gehabt, dann hätten uns die Trohanadalmakusier wahrscheinlich am nächsten Tag ganz schön überrascht", setzte Gofoloso fort.

„Ich habe dem König von dem Angriff abgeraten, sobald offensichtlich wurde, daß unser Überraschungsangriff mißlungen war", warf Gefasto ein. „Wir hätten uns zurückziehen sollen. Erst nach dem Ausrücken war ich mir selbst überlassen und konnte den Angriff ohne fremde Einmischung leiten. Daraufhin zog ich unsere Truppen zurück, wir ihr gesehen habt, und zwar mit so geringen Verlusten an Männern und Prestige, wie es nur möglich war."

„Das war sehr anständig. Die Truppen verehren dich sehr. Sie hätten gern einen König, der sie im Gefecht so führt wie du", meinte Torndali.

„Und ihnen wie früher gestatten würde, Wein zu trinken", warf Makahago ein.

„Wir würden uns alle gern um einen König scharen, der uns die unschuldige Freude des Weintrinkens gönnt. Was meinst du, Vestako?" sagte Gofoloso.

Der Oberaufseher des Königspalastes, des Königs Haushofmeister, der während der Vorwürfe gegen seinen Herren still geblieben war, schüttelte den Kopf und sagte:

„Das könnte man schon als Hochverrat bezeichnen."

Die drei sahen ihn scharf an und tauschten einen schnellen Blick miteinander.

„Wer hat Hochverrat begangen, Vestako?" fragte Gofoloso.

„Ihr alle seid über diesen Vorwurf nicht erhaben", entgegnete Vestago ölig. Er sprach viel lauter als die anderen, als habe er keine Furcht davor, belauscht zu werden, sondern rechne vielmehr damit. „Elkomoelhago ist sehr gut zu uns und hat uns mit Ehrungen und Reichtümern überhäuft. Wir haben großen Einfluß, und er ist ein weiser Herrscher. Wer sind wir, daß wir an der Klugheit seines Tuns zweifeln könnten?"

Die anderen blickten unsicher um sich. Gofoloso lachte nervös. „Du hattest schon immer Schwierigkeiten, einen Scherz mitzubekommen, mein guter Vestako. Hast du nicht bemerkt, daß wir dich gefoppt haben?“ fragte er.

„Nein, aber der König hat den richtigen Sinn für Humor. Ich werde ihm euren Scherz erzählen, und wenn er lacht, werde ich auch lachen, denn dann weiß ich, daß ihr mich wirklich foppen wolltet. Aber ich frage mich, auf wessen Kosten das geht!“ erwiderte Vestako

„Vestako, erzähl ihm den Scherz besser nicht – nicht dem König. Er könnte ihn mißverstehen. Wir sind gute Freunde, und es sollte besser alles unter uns bleiben.“ Gofoloso war offenbar innerlich sehr aufgewühlt – er redete schnell. „Übrigens, mein guter Vestako, mir fällt gerade ein, daß du neulich einen meiner Sklaven bewundert hast. Ich hatte vor, ihn dir zu schenken. Wenn du willst, er gehört dir.“

„Mit gefallen einhundert deiner Sklaven“, entgegnete Vestako aalglatt.

„Sie gehören dir, Vestako“, sagte Gofoloso. „Komm mit und such sie dir aus. Es ist mir eine Freude, einem Freund eine solche Kleinigkeit zum Geschenk zu machen.“

Vestako blickte die anderen starr an. Einen Augenblick lang traten sie unbehaglich von einem Bein aufs andere, bis Throwaldo, Minister für Landwirtschaft, das Schweigen brach und sagte: „Wenn Vestako einhundert von meinen armen Sklaven annehmen würde, wäre ich außer mir vor Freude.“

„Ich hoffe, Sklaven mit weißer Kleidung“, sagte Vestako.

„Natürlich“, erwiderte Throwaldo.

„Man kann nie großzügig genug sein. Du mußt auch von mir unbedingt einhundert Sklaven annehmen“, fügte Torndali hinzu.

„Von mir auch!“ schrie Makahago, der Bauminister.

„Wenn ihr sie zu meinem Leibsklaven in meine Wohnung schickt, bevor die Sonne in den Kriegergang eintritt, wäre ich von Dankbarkeit überwältigt“, sagte Vestako, rieb sich die Hände und lächelte feierlich. Dann warf er Gefasto, dem Kommandeur der Armee von Veltopismakus, einen bedeutungsvollen Blick zu.

„Ich kann dem edlen Vestako meine Freundschaft wohl am besten dadurch beweisen, daß ich ihm versichere, meine Krieger nach Möglichkeit davon abzuhalten, ihm einen Dolch zwischen die Rippen zu jagen. Sollte mir irgendein Leid geschehen, fürchte ich, für die Handlungen dieser Männer, die mich lieben, wie man mir sagte, nicht mehr geradestehen zu können", bemerkte Gefasto ernst. Er blickte Vestako noch einmal fest in die Augen, drehte sich um und verließ den Raum.

Von den sechs Mitgliedern des Königlichen Rates waren Gefasto und Gofoloso am mutigsten, obwohl auch sie dem eitlen und hochnäsigen Elkomoelhago schmeichelten, dessen despotisches Verhalten ihn zu einem höchst gefährlichen Gegner machte. Sie dienten dem König aus gewohnheitsmäßiger Treue gegenüber dem Königshaus, altem Brauchtum folgend, auch aufgrund einer sehr einflußreichen menschlichen Eigenschaft – dem Eigennutz –, hatten sich aber schon lange gegen ihn verschworen. Auch in der Stadt war die Unzufriedenheit sehr verbreitet, so daß jeder glaubte, sich straflos Freiheiten herauszunehmen zu können.

Torndali, Makahogo und Throwaldo waren vom König wegen ihrer vermeintlichen Formbarkeit ausgewählt worden und entsprachen auch seinen Erwartungen, sie waren in jeder Hinsicht nicht viel wert. Wie die meisten adligen Veltopismakusier unter Elkomoelhagos Herrschaft waren sie bestechlich geworden und ließen sich bei jeder Handlung und jedem Gedanken von Eigennutz leiten. Gefasto traute ihnen nicht, denn er wußte, daß sie sich sogar kaufen ließen, wenn sie sich tugendhaft gaben, und er war seit seinem Erfolg mit den Soldaten der Stadt zum Menschenkenner geworden – einem Erfolg, der für ihn ebenso überraschend kam wie für andere. Die Kenntnis von der wachsenden Unzufriedenheit im Volk hatte ihn auf den Gedanken gebracht, daß es in Veltopismakus Zeit für eine neue Dynastie sei.

Gefasto wußte, wie schamlos Vestako jede Bestechung annahm und dies freimütig zugab. Aber auch ihn, der Vestakos Charakter kannte, überraschte die verschleierte Drohung, alles zu verraten, um seine Kameraden damit zu erpressen.

„Wie schlimm steht es doch um Veltopismakus", sagte er zu Gofoloso, als beide den Kriegerkorridor entlangliefen, nachdem sie die Ratskammer des Königs verlassen hatten.

„Wie kommst du darauf?" erkundigte sich der oberste Minister.

„Aus Vestakos Ehrlosigkeit. Ihn interessiert weder der König noch das Volk. Für Sklaven oder Gold würde er alle betrügen, und Vestako ist nur ein Beispiel. Nicht einmal die Freundschaft ist ihm länger heilig, denn sogar von Throwaldo forderte er einen Tribut für sein Schweigen, und Throwaldo galt bisher als sein bester Freund."

„Wie konnte es soweit kommen, Gefasto?" fragte Gofoloso gedankenvoll. „Einige führen diesen Grund an, andere jenen, und obwohl es in Veltopismakus keinen geben sollte, der diese Frage besser beantworten könnte als ich, bin ich zugegebenermaßen ratlos. Es gibt viele Theorien dafür, indes zweifle ich, daß die richtige schon gefunden worden ist."

„Wenn mich jemand fragen würde, Gofoloso, und du hast mich gefragt, dann würde ich ihm so wie jetzt dir sagen, daß das Problem Veltopismakus' in der allzu langen Friedenszeit besteht. Im Frieden entwickelt sich Wohlstand, außerdem hat man eine Menge unnützer Zeit zur Verfügung. Zeit muß genutzt werden. Wer würde denn noch arbeiten, und sei es, um den eigenen Wohlstand und Frieden zu sichern, wenn er sich gleichzeitig schöneren Dingen widmen kann? Der materielle Wohlstand, der sich im Frieden entwickelt hat, gab uns die Möglichkeit, jeder unserer Launen zu folgen. Wir sind übersättigt mit den Dingen, die wir gestern noch als Luxus betrachteten, an denen man sich sehr selten ergötzt, und mit denen man sparsam umgeht. Demzufolge konnten wir neue Launen entwickeln, denen wir frönen mußten, und die immer verschwenderischer und übertriebener wurden, bis uns sogar Steuern auferlegt werden mußten, um alles zu finanzieren.

Verschwendungssucht steht an allererster Stelle. Der König und seine Regierung werden völlig von ihr beherrscht. Um die Auswirkungen auf die Staatskasse zu mindern, wurde die Last, die kein Mensch mit ehrlich erworbenen Mitteln zu tragen vermag, dem Volk aufgebürdet, in Form von unerhörten Steuern. Da jedoch jeder genug übrig haben will, um seine Bedürfnisse zu befriedigen, erlegt er die Last wiederum jemandem anders auf, der weniger glücklich oder geschickt ist."

„Aber die höchsten Steuern zahlen die Reichen", erinnerte ihn Gofoloso.

„Theoretisch wohl, aber nicht in Wirklichkeit", erwiderte Gefasto. „Es ist wahr, daß die Reichen den Hauptanteil in die Schatzkammer des Königs zahlen, aber zuerst nehmen sie es von den Armen durch höhere Preise oder pressen es auf andere Weise aus ihnen heraus. Für jeden Jetak, den sie dem Steuereintreiber bezahlen, nehmen sie zwei ein. Rechnet man die Kosten für das Einbringen dieser Steuer, den Einkommensverlust der Regierung durch die Abschaffung von Wein sowie die Kosten für Maßnahmen, mit denen verhindert werden soll, daß Wein auf ungesetzliche Weise hergestellt und verkauft wird, zusammen, dann würden diese Gelder, wenn sie in die Kassetten der Regierung zurückfließen würden, unsere Steuern so wesentlich verringern, daß sie für keinen eine Last darstellten."

„Und das würde deiner Meinung nach unser Problem lösen und die Veltopismakusier wieder glücklich machen?" fragte Gofoloso.

„Nein. Wir brauchen einen Krieg", entgegnete der Prinz. „Da wir festgestellt haben, daß man in Friedenszeiten nicht glücklich sein kann, sollten wir einen kleinen Krieg veranstalten und etwas sündigen. Ein Pudding mit nur einer Zutat ist widerwärtig – er muß gesalzen und gewürzt werden, und bevor wir uns daran machen dürfen, ihn aufzuessen, sollten wir gezwungen sein, dafür zu kämpfen. Krieg und Arbeit, die unangenehmsten Dinge auf der Welt, sind nichtsdestoweniger für das Glück und Dasein eines Volkes am wichtigsten. Frieden macht Arbeit gegenstandslos und führt zu Faulheit. Nach einem Krieg muß man arbeiten, um die Auswirkungen zu beseitigen. Der Frieden verwandelt uns in fette Würmer, der Krieg macht Männer aus uns."

„Du meinst also, daß Krieg und Wein Veltopismakus wieder zu seinem früheren Stolz und Glück verhelfen würden?" fragte Gofoloso lachend. „Was für ein Verschwörer bist du doch geworden, seit du das Kommando über das Heer der Stadt übernommen hast!"

„Du mißverstehst mich, Gofoloso", erwiderte Gefasto geduldig. „Krieg und Wein allein würden nur zu unserem Ruin führen. Ich habe gegen Frieden, Rechtschaffenheit oder Enthaltsamkeit nichts einzuwenden, wohl aber gegen fehlgeleitete Theoretiker, die denken, daß Frieden oder Rechtschaffenheit oder Enthaltsamkeit allein uns zu einer starken, kraftvollen und zufriedenen Nation machen würden. Sie müssen mit Krieg, Wein, Sünde und einer Menge harter Arbeit vermengt werden, besonders harter Arbeit, denn nur im Frieden und Wohlstand besteht keine Notwendigkeit, hart zu arbeiten, und lediglich ganz außergewöhnliche Menschen arbeiten hart, wenn sie es eigentlich gar nicht müßten.

Aber nun komm, wir müssen unsere hundert Sklaven an Vestako liefern, bevor die Sonne in den Kriegerkorridor scheint, oder er erzählt Elkomoelhago von unserem kleinen Scherz."

Gofoloso lächelte bedauernd und bemerkte: „Eines Tages wird er für diese hundert Sklaven zahlen, und der Preis wird sehr hoch sein."

„Falls sein Herr gestürzt wird", sagte Gefasto.

„Sobald sein Herr gestürzt wird", korrigierte Gofoloso.

Der Oberbefehlshaber der Armee zuckte die Schultern, lächelte jedoch zufrieden, und er lächelte auch noch, als sein Freund in einen Gang abgebogen und seiner eigenen Wege gegangen war.

11

Man brachte Tarzan von den Affen vom Königsgebäude direkt zu den Steinbrüchen, die eine Viertelmeile vom letzten der acht Gebäude von Veltopismakus entfernt lagen. Ein weiteres befand sich noch im Bau, und dorthin strömte die Reihe beladener Sklaven aus dem Steinbruch, zu dem man den Affenmenschen führte. In einem gut beleuchteten Gewölbe dicht unter der Erdoberfläche übergab man ihn dem diensthabenden Offizier der Steinbruchswache und teilte ihm die Anordnungen des Königs mit.

„Dein Name?“ fragte der Offizier und öffnete ein großes Buch, das vor ihm auf dem Tisch lag.

„Er ist taub wie die Zertalacolols“, erklärte der Anführer der Eskorte, die ihn zum Steinbruch geleitet hatte. „Er hat also keinen Namen.“

„Dann werden wir ihn den ‚Riesen’ nennen, denn als solchen kennt man ihn seit seiner Gefangennahme“, sagte der Offizier. So schrieb er ‚Zuanthrol’ in sein Buch, und nannte als Eigentümer Zoanthrohago und als Herkunftsstadt Throhanadalmakus. Dann wandte er sich an einen der Krieger, die auf einer nahestehenden Bank lümmelten. „Bring ihn zu den Zimmerleuten im Tunnel dreizehn auf Ebene sechsunddreißig und sag dem diensthabenden Vental, er soll ihm leichte Arbeit geben und achtgeben, daß ihm nichts zustößt, denn so lauten die Befehle des Thagosto – nun geh! Aber einen Augenblick noch, hier ist seine Nummer, befestige sie an seinem Umhang!“

Der Krieger nahm das runde, mit schwarzen Hieroglyphen bedruckte Stück, heftete es mit einer Metallspange an Tarzans linke Schulter, hieß ihn mittels Zeichen, ihm zu folgen, und verließ den Raum.

Tarzan fand sich in einem kurzen dunklen Stollen wieder, der bald in einen breiteren und helleren mündete, und durch den zahlreiche unbeladene Sklaven in die Richtung strömten, in die ihn seine Wache führte. Ihm fiel auf, daß der Gang ständig abwärts verlief, fortwährend nach rechts bog und spiralförmig weiter in die Tiefe führte. Die Wände und die Decke waren mit Holz verkleidet und der Boden mit flachen Steinen gepflastert, die von Millionen von Sandalen ganz abgenutzt waren. Auf der linken Seite standen in regelmäßigen Abständen Kerzen in Nischen. Immer wieder gingen Schächte ab, über deren Eingängen sich andere seltsame Hieroglyphen befanden. Wie Tarzan später erfahren sollte, gaben sie an, in welcher Tiefe die Gänge lagen. Sie führten auf jedem Stockwerk zu einem Außenring. Von diesem gelangte man dann durch zahlreiche Stollen zu den Arbeitsstellen auf jeder Ebene. Belüftungsschächte und Notausgänge kreuzten diese Korridore und verliefen von der untersten Ebene bis zur Oberfläche.

Auf beinahe jedem Stockwerk bogen einige Sklaven in diese Tunnel, die zwar beleuchtet, aber nicht ganz so hell wie der Hauptschacht waren. Von Beginn des Abstiegs an hatte Tarzan, seit seiner Kindheit an scharfes Beobachten gewohnt, sich die Anzahl der Tunneleingänge eingeprägt, an denen sie vorbeikamen. Indes konnte er nur Mutmaßungen anstellen, wie weit die einzelnen Stockwerke auseinander lagen. Grob geschätzt mußten es etwa fünfzehn Fuß sein. Bevor sie jedoch zur Ebene sechsunddreißig gelangten, wo sie schließlich abbogen, wurde ihm klar, daß er sich verrechnet hatte, denn seiner Meinung nach war es unmöglich, sich mit offenem Feuer und ohne künstliche Belüftung fünfhundertvierzig Fuß unter die Erdoberfläche zu begeben.

Der Schacht, den sie nach Verlassen des serpentinenartigen Hauptweges betraten, bog scharf nach rechts, dann wieder nach links. Kurz danach überquerten sie einen breiten, gewölbten Korridor, auf dem viele Sklaven unterwegs waren. Nun kamen Tarzan Arbeitssklaven entgegen. Sie waren mit Steinen beladen. Andere trugen Bauholz und liefen in seine Richtung. Er sah auch unbeladene Sklaven darunter.

Weit hinter der Kreuzung stießen sie schließlich auf ihre Arbeitsgruppe, und Tarzan wurde dem Vental übergeben, einem Krieger, der in der militärischen Organisation der Minunier zehn Männer befehligte.

„Das ist also der ‚Riese'!" rief der Vental aus. „Und wir sollen ihn nicht zu hart ‚rannehmen'?" Seine unfreundliche Stimme drückte Mißfallen aus. „So etwas soll ein Riese sein! Der ist doch nicht größer als ich, und obendrein soll er nicht jede Arbeit machen. Hör zu, er wird hier arbeiten, oder er bekommt die Peitsche zu spüren. Kalfastoban duldet keine Faulpelze.“ Er klopfte sich prahlerisch auf die Brust.

Tarzans Begleitposten schien empört zu sein. „Du tust deine Arbeit und befolgst die Befehle des Königs“, sagte er schon im Gehen, um zum Wachzimmer zurückzukehren. „Ich habe keine Lust, für dich die Suppe auszulöffeln, wenn diesem stummen Sklaven etwas zustößt. Man spricht in ganz Veltopismakus über ihn, und Elkomoelhago ist seinetwegen derart neidisch auf Zoanthrohago geworden, daß er ihm am liebsten einen Dolch zwischen die Rippen jagen würde, wenn er sich dann nicht darum bringen würde, weiterhin die Erfolge des großen Zauberers einzuheimsen.“

„Kalfastoban fürchtet keinen König, am allerwenigsten die bemitleidenswerten Typen, die den Thron Veltopishagos besudeln“, tönte der Vental. „Er hält sich ja nur selbst zum Narren. Alle wissen, daß Zoanthrohago sein Hirn ist und Gefasto sein Schwert.“

„Dennoch, achte auf Zuanthrol“, mahnte der andere und verschwand.

Kalfastoban Vental hieß den neuen Sklaven an der Holzverkleidung des Tunnels mitarbeiten, der in die Gesteinsmassen getrieben wurde. Die Sklaven kehrten hintereinander unbeladen von der Oberfläche, begaben sich von einer Seite in den Gang, lösten an dessen Ende einen Felsbrocken, wenn er schwer war, auch zu zweit, wandten sich um, trugen ihre Lasten zu dem serpentinenartigen Hauptgang zurück und begaben sich nach oben zur Baustelle. Einige Arbeiter stopften die leicht lehmige Erde in die Löcher hinter der Wandverkleidung. Andere trugen das zurechtgesägte Bauholz zu den Zimmerleuten, bei denen Tarzan arbeitete. Deren dreiköpfige Gruppe mußte einen schmale, flache Rille für die Wandbretter ausheben, diese einsetzen und die Deckenplatte darauf schieben. Am Rand jeder Deckenplatte befand sich eine Querleiste, die die Wandbretter an ihrem Platz hielt und das Zusammenfallen der Platten verhinderte. Zudem hielt der Lehm an der Rückseite sie fest an Ort und Stelle. Diese Abstützung war schnell errichtet und sehr solide.

Dem Affenmenschen fiel diese Arbeit nicht schwer, obwohl er wegen seiner Verletzung noch schwach war. Zudem konnte er ständig beobachten, was um ihn herum vorging, und mehr über die Menschen erfahren, in deren Händen er sich befand. Den Kalfastoban tat er bald als großmäuligen Prahlhans ab, von dem man bei der alltäglichen Arbeit nichts zu befürchten hatte, der aber jede Gelegenheit beim Schopf ergriff, vor Übergeordneten seine Autorität und Kraft zu demonstrieren.

Die anderen Sklaven arbeiteten ohne Unterbrechung, schienen jedoch nicht überfordert zu sein, während die Wachen, die sie ständig begleiteten und von denen jeder etwa fünfzig Sklaven zu beaufsichtigen hatte, ihre Pflicht erfüllten, ohne gewalttätig zu werden.

Was ihm derzeit noch immer das größte Rätsel aufgab, seit er das Bewußtsein wiedererlangt hatte, war die Größe dieser Menschen. Es waren keine Zwerge, sondern Männer von der Statur des Durchschnittseuropäers. Zwar war niemand so groß wie Tarzan, aber er überragte sie nur geringfügig. Er wußte, daß es Veltopismakusier waren, eben jenes Volk, dessen Kampf mit den Trohanadalmakusiern er mitverfolgt hatte. Sie behaupteten, ihn während des Gefechts gefangen genommen zu haben, und bezeichneten ihn als ‚Zuanthrol', als Riesen, obwohl sie nicht viel kleiner waren und er auf dem Weg vom Königsgebäude zum Steinbruch an ihren riesigen Bauwerken vorbeigekommen war, die ihn um reichlich vierhundert Fuß überragten. Es war lächerlich und unmöglich, dennoch sagte ihm sein Verstand, daß ein Irrtum ausgeschlossen war. Wenn er darüber nachdachte, geriet er nur noch mehr in Verwirrung, so daß er bald alle Versuche aufgab, das Rätsel zu lösen, und sich daran machte, soviel wie möglich über sie und sein Gefängnis zu erfahren, bis eines Tages zweifellos der Zeitpunkt kommen würde, da sich dem wilden Tier mit den wachsamen und schlauen Instinkten, als das er sich im Innersten stets fühlte, eine Möglichkeit zur Flucht bieten würde.

Wo er in Veltopismakus auch gewesen war, wen immer er gehört hatte, er hatte den Eindruck gewonnen, daß das Volk ganz allgemein mit seinem König und seiner Regierung unzufrieden war, und er wußte, daß unzufriedene Menschen sehr schlecht arbeiten und daß ihre Moral untergraben ist. Wenn er Augen und Ohren offenhielt, würde die Unachtsamkeit der Wachen, die ihre Pflicht nicht ernst genug nahmen, ihm schließlich die gewünschte Gelegenheit bieten. Er dachte dabei nicht an heute oder morgen, aber das waren die Tage, die den Grundstein seiner Beobachtungen bildeten, und letztere würden ihm schließlich einen Fluchtweg weisen.

Als der Arbeitstag sich seinem Ende zuneigte, brachte man die Sklaven zu ihren Unterkünften, die sich nach Tarzans Beobachtungen immer auf Stockwerken unweit ihres Arbeitsplatzes befanden. Mit einigen anderen Sklaven führte man ihn in die fünfunddreißigste Ebene, wo sich am Ende eines Schachtes ein riesiges Gewölbe befand, zu dem man durch eine schmale Öffnung Zutritt hatte. Man gelangte nur auf allen vieren hindurch. War der letzte Sklave drin, wurde sie mit einer schweren Tür verschlossen und des Nachts von zwei Posten bewacht.

Im Gewölbe angelangt, sah der Affenmensch auf und stellte fest, daß die Unterkunft für die etwa fünftausend Sklaven beiderlei Geschlechts vollends ausreichte. Die Frauen bereiteten über kleinen Feuern das Essen, der entstehende Rauch entwich durch Öffnungen in der Decke. Die zahlreichen Feuer erzeugten bemerkenswert wenig Rauch, eine Tatsache, die man der Art des Brennstoffes zuschreiben konnte, einer sauberen und harten Holzkohle. Warum die Menschen indes nicht an den freiwerdenden Gasen erstickten, war dem Affenmenschen unverständlich, ebenso, warum es in solch einer Tiefe offenes Feuer geben konnte und die Luft dennoch derart sauber war. In kleinen Wandnischen brannten Kerzen, mindestens ein halbes Dutzend größere standen auf dem Fußboden.

Unter den Sklaven waren vom Kind bis zum Erwachsenen alle Altersschichten vertreten, niemand befand sich jedoch im Greisenalter. Die Frauen und Kinder besaßen eine bemerkenswert weiße Haut, wie Tarzan noch nie gesehen hatte und die er solange bewunderte, bis er erfuhr, daß einige der Frauen und alle Kinder noch nie Tageslicht gesehen hatten. Eines Tages würden es die hier unten Geborenen erblicken, wenn sie alt genug waren, um die Ausbildung zu beginnen, die ihre Herren für sie ausersehen hatten. Die Frauen, die man aus anderen Städten geraubt hatte, würden bis zu ihrem Tode hier bleiben, falls nicht das seltene Wunder geschah, daß ein Krieger aus Veltopismakus sie zur Frau erwählte. Aber das war äußerst unwahrscheinlich, da die Männer sich ihre Frauen fast ausnahmsweise unter den weißgekleideten Sklavinnen suchten, mit denen sie oben in der Stadt fast täglich in Berührung kamen.

Der Gesichtsausdruck der Frauen spiegelte eine Traurigkeit, die in der Brust des wilden Affenmenschen sofort Mitleid erweckte. Noch nie hatte er in seinem Leben Menschen so mutlos dreinblicken sehen.

Als er den Raum durchquerte, trafen ihn viele Blicke, denn seine dunkle Hautfarbe verriet ihn als einen Neuankömmling. Außerdem lag in seiner Ausstrahlung etwas Besonderes. Bald darauf war ein Raunen in der Menge zu vernehmen, denn jene, die mit ihm gekommen waren, erzählten, wer er war, und sogar im Erdinneren hatte man schon von dem beeindruckenden Riesen gehört, den Zoanthrohago in der Schlacht mit Trohanadalmakus gefangen genommen hatte.

Auf einmal fiel ihm ein junges Mädchen ins Auge, das über einer Kohlenpfanne hockte, ein Stück Fleisch briet und ihn zu sich winkte. Beim Nähertreten sah er, daß sie sehr schön war. Das Weiß ihrer blassen, durchsichtigen Haut wurde durch das bläulich schimmernde Schwarz einer Fülle glänzenden Haares besonders hervorgehoben.

„Du bist der ‚Riese'?" fragte sie.

„Ich bin Zuanthrol", erwiderte er.

„Er hat mir von dir erzählt", sagte das Mädchen. „Ich werde auch für dich kochen. Ich koche für ihn. Das heißt, sofern es nicht jemanden anderen gibt, der für dich kochen soll", fügte sie etwas verlegen hinzu.

„Es gibt niemanden, den ich dir vorziehen würde", antwortete Tarzan. „Aber wer bist du, und wer ist er?"

„Ich bin Talaskar, aber ich kenne nur seine Nummer", erwiderte sie. „Er sagt, solange er Sklave ist, habe er keinen Namen, aber er gibt sich immer eine Zahl zum Namen, nämlich achthundert hoch drei plus neunzehn." Sie blickte auf die Hieroglyphen an seiner Schulter. „Wie ich sehe, du bist achthundert hoch drei plus einundzwanzig. Hast du einen Namen?"

„Man nennt mich Zuanthrol."

„Hm, du bist groß, aber ich würde dich kaum als Riesen bezeichnen. Er ist auch aus Trohanadalmakus und etwa ebenso groß. Ich habe nie von irgendwelchen Riesen in Minunien gehört, mit Ausnahme von dem Volk, das sie Zertalacolol nennen", sagte sie.

„Ich dachte, auch du wärst ein Zertalacolol", ließ eine Männerstimme neben Tarzan vernehmen.

Der Affenmensch wandte sich um und sah einen der Sklaven, mit dem er gearbeitet hatte, ihn spöttisch mustern.

„Für die Herren bin ich ein Zertalacolol", erwiderte er lächelnd.

Der andere sagte mit erhobenen Augenbrauen: „Ich verstehe. Vielleicht ist das gar nicht so dumm. Ich werde dich nicht verraten." Mit diesen Worten ging er weiter.

„Was meint er damit?" fragte das Mädchen.

„Seit meiner Gefangennahme habe ich noch kein Wort gesprochen, und sie denken, ich sei stumm, und obwohl ich mir sicher bin, daß ich nicht wie ein Zertalacolol aussehe, beharren einige von ihnen fest darauf, ich sei einer", erklärte Tarzan.

„Ich habe noch nie einen gesehen", meinte das Mädchen.

„Da hast du Glück, sie sind überhaupt nicht hübsch anzusehen, und man sollte ihnen besser aus dem Weg gehen", erklärte ihr Tarzan.

„Ich würde sie sehr gern sehen", beharrte sie und fuhr fort: „Ich möchte alles sehen, was anders ist als diese Sklaven, die ich jeden Tag und jede Nacht vor Augen habe."

„Gib die Hoffnung nicht auf", ermutigte er sie. „Vielleicht kehrst du bald zur Oberfläche zurück."

„Zurückkehren?" wiederholte sie. „Ich war noch nie dort."

„Du warst noch nie oben? Du meinst, seit deiner Gefangennahme?"

„Ich bin in diesem Raum geboren worden und habe ihn nie verlassen", erklärte sie.

„Du bist das Kind einer Sklavin und bist trotzdem in den Steinbrüchen eingesperrt? – Das verstehe ich nicht. Man hat mir erzählt, daß die Kinder von Sklaven in allen Städten Minuniens weiße Kleidung sowie gewisse Freiheiten erhalten und an der Oberfläche leben."

„Nicht ich. Meine Mutter wollte es nicht. Lieber wäre sie gestorben, als daß sie einen Veltopismakusier oder einen anderen Sklaven geheiratet hätte, wie ich es tun müßte, wenn ich nach oben in die Stadt ginge."

„Aber wie willst du das verhindern? Deine Herren überlassen solche Dinge doch sicherlich nicht dem Ermessen ihrer Sklaven."

„Wo so viele sind, fallen ein oder zwei lange Zeit nicht auf, und über häßliche Frauen verlieren die Herren kein Wort. Meine Geburt wurde nie registriert, und so haben sie keine Urkunde von mir. Demzufolge interessiert sich bei den wenigen Gelegenheiten, bei denen unsere Herren oder die Soldaten in unserer Gewölbe kommen, auch niemand für mich."

„Aber du bist nicht häßlich – dein Antlitz würde sicherlich überall Aufsehen erregen", warf Tarzan ein.

Einen Augenblick nur wandte sie ihm den Rücken zu, legte die Hände vors Gesicht und auf ihr Haar und blickte ihn dann wieder an. Vor dem Affenmenschen stand ein abstoßendes, runzeliges, altes Weib, dem kein Mensch einen zweiten Blick schenken würde, so mißgestaltet erschien sie.

„Großer Gott!" stieß Tarzan hervor.

Langsam entspannten sich die Gesichtszüge des Mädchens wieder und gelangten zur früheren Schönheit. Mit schnellen, geschickten Bewegungen richtete sie ihr zerzaustes Haar. Sie lächelte beinahe.

„Meine Mutter hat mir das beigebracht, so daß sie mich nicht haben wollten, als sie kamen und mich angeschaut haben", erklärte sie.

„Wäre es nicht besser, einen von ihnen zum Mann zu nehmen und oben ein schönes Leben zu führen, als unter der Erde ein schreckliches Dasein zu fristen?" fragte er. „Die Krieger von Veltopismakus unterscheiden sich zweifellos nicht sehr von denen deines eigenen Landes."

Sie schüttelte den Kopf und antwortete: „Für mich kommt das nicht in Frage. Mein Vater stammt aus dem entfernten Mandalamakus. Man entführte meine Mutter nur wenige Monate, bevor ich in dieser schrecklichen Kammer geboren wurde, fern von frischer Luft und Sonnenlicht, von dem sie mir erzählte, ohne dessen je überdrüssig zu werden."

„Ist deine Mutter auch hier?" fragte Tarzan.

Traurig schüttelte das Mädchen den Kopf. „Vor zwanzig Monaten sind sie hergekommen und haben sie mitgenommen. Ich weiß nicht, was aus ihr geworden ist."

„Und die anderen verraten dich nicht?" erkundigte er sich.

„Niemals! Ein Sklave, der einen anderen verrät, würde von den anderen in Stücke gerissen werden. Aber nun komm, du mußt hungrig sein." Sie bot ihm von dem Fleisch an, das sie zubereitet hatte.

Tarzan hätte es gern roh verzehrt, wollte sie indes nicht verletzen, dankte, hockte sich ihr gegenüber ans Feuer und aß, was sie ihm anbot.

„Seltsam, daß Aoponato nicht kommt", bemerkte sie, was die minunische Form von achthundert hoch drei plus neunzehn war. „Er ist noch nie so spät gekommen."

Ein muskulöser Sklave war von hinten herangetreten, stehengeblieben und blickte Tarzan mit gerunzelter Stirn an.

„Vielleicht ist er das", sagte dieser zu dem Mädchen und wies auf ihn.

Talaskar wandte sich beinahe strahlend um, aber als sie sah, wer es war, erhob sie sich und wich zurück. Ihr Gesicht drückte Abscheu aus.

„Nein, das ist er nicht", sagte sie.

„Kochst du für ihn?" fragte der Mann und zeigte auf Tarzan. „Für mich wolltest du nicht kochen", sagte er vorwurfsvoll, ohne auf die Antwort zu warten, die sich ohnedies erübrigte. „Wer ist er denn, daß du für ihn kochst. Ist er besser als ich? Dann wirst du auch für mich kochen!"

„Hier sind genügend, die für dich kochen können, Caraftap", erwiderte Talaskar. „Ich will nicht. Geh zu jemand anderem. Solange es zu viele Männer gibt, dürfen wir uns diejenigen aussuchen, für die wir kochen wollen. Ich wollte nicht für dich kochen."

„Wenn du weißt, was gut für dich ist, wirst du für mich kochen", knurrte der Mann. „Du wirst meine Frau werden. Ich habe ein Recht darauf, da ich dich schon oft gefragt habe, noch ehe die anderen da waren. Bevor sie dich bekommen, erzähle ich dem Vental morgen lieber die Wahrheit über dich, und da bringt er dich weg. Hast du Kalfastoban schon einmal gesehen?"

Die junge Frau erschauderte.

„Ich werde dafür sorgen, daß der dich bekommt", fuhr Caraftap fort. „Sie werden dir nicht erlauben hierzubleiben, wenn sie herausfinden, daß du dich weigerst, neue Sklaven zur Welt zu bringen."

„Ich würde Kalfastoban dir vorziehen", spottete das Mädchen. „Aber weder du sollst mich haben noch er."

„Sei dir da nicht so sicher!" schrie er, trat schnell vor, packte sie am Arm, bevor sie ausweichen konnte, zog sie an sich und versuchte, sie zu küssen – jedoch ohne Erfolg. Eine stählerne Hand packte ihn an der Schulter, zog ihn jählings von seiner Beute weg und schleuderte ihn unsanft zur Seite, so daß er ein paar Schritte entfernt stolpernd auf dem Erdboden landete. Zwischen ihm und dem Mädchen stand ein grauäugiger Fremder mit dichtem schwarzen Haar.

Caraftap brüllte fast vor Wut, rappelte sich auf und griff Tarzan wie ein tollwütiger Stier mit gesenktem Kopf und blutunterlaufenen Augen an.

„Dafür sollst du sterben", schrie er.

12

Der Sohn der Ersten Frau streifte unverzagt durch den Wald. Gewandt hielt er den Speer, auf dem Rücken trug er Bogen und Pfeile. Ihm folgten zehn andere Männchen seiner Rasse, die auf ähnliche Weise bewaffnet waren. Jeder von ihnen schritt einher, als gehöre ihm der Boden, auf den er den Fuß setzte. Auf dem Pfad kam ihnen eine Frau entgegen, doch befanden sich die Männchen noch nicht in ihrer Hör- oder Sichtweite, so daß sie deren Witterung aufnehmen hätte können. Auch sie bewegte sich ohne Furcht. Auf einmal wurden ihre Augen schmal, sie blieb stehen, spitzte die großen, flachen Ohren, lauschte und witterte. Männchen! Sie verfiel in leichten Trab und steuerte auf sie zu. Es mußten mehrere Männchen sein. Wenn sie sie überraschte, wären sie bestimmt verängstigt und verwirrt, dann konnte sie einen von ihnen packen, bevor sie entflohen. Wenn nicht, würden die federgeschmückten Steine an ihrem Gürtel einen zur Strecke bringen.

Seit einiger Zeit waren Männchen knapp. Viele Frauen ihres Stammes, die sich in den Wald begeben hatten, um eines zu fangen, waren nie zurückgekehrt. Sie hatte so manche von ihnen tot im Wald liegen sehen und sich gefragt, wer sie getötet hatte. Aber hier gab es jedenfalls Männchen, die ersten in zwei Monaten, und diesmal würde sie nicht mit leeren Händen zu ihrer Höhle zurückkehren.

Nach einer kurzen Biegung des Waldweges kamen die Männchen endlich in Sicht. Zu ihrer Bestürzung waren sie aber noch weit entfernt. Gewiß würden sie bei ihrem Anblick fortlaufen. Schon wollte sie sich verstecken, als sie bemerkte, daß es bereits zu spät war. Eines der Männchen wies auf sie. Sie löste ein Geschoß von ihrem Gürtel, packte ihre Keule fester und trabte schwerfällig auf sie zu. Überrascht und erfreut stellte sie fest, daß sie keine Anstalten machten zu fliehen. Wie erschrocken mußten sie sein, daß sie bei ihrer Annäherung derart hilflos stehenblieben, während sie näherkam. Aber was war das? Sie liefen ihr entgegen! Nun sah sie auch ihre Gesichter. Darin war keine Furcht zu erkennen – nur unbändige Wut. Was hielten sie für seltsame

Dinge in den Händen? Einer, der vorderste, rannte auf sie zu, blieb kurz stehen und schleuderte ihr einen langen, spitzen Stock entgegen. Dieser war scharf und streifte ihre Schulter, sie begann zu bluten. Ein zweiter blieb stehen, hielt ein kleines Stäbchen quer über einen längeren Stock, dessen Enden mit einem Stück Darm zusammengebunden waren, und ließ den kleineren Stab plötzlich los, der daraufhin durch die Luft pfiff und sich in ihren Unterarm bohrte. Hinter den beiden stürmten die anderen mit ähnlichen Waffen auf sie zu. Ihr fielen die Leichen der Frauen ein, die sie im Wald gesehen hatte, sowie der Mangel an Männchen in den letzten Monaten, und obwohl sie schwer von Begriff war, mangelte es ihr nicht gänzlich an Denkvermögen. Sie brachte diese Tatsachen mit den Geschehnissen der letzten zwei Sekunden in Zusammenhang und rannte, so schnell ihre behaarten Beine sie tragen konnten, in die Richtung, aus der sie gekommen war. Sie lief ohne Unterlaß, bis sie erschöpft vor ihrer Höhle zu Boden sank.

Die Männchen verfolgten sie nicht. Diese Stufe hatten sie noch nicht erreicht. Ihr Mut und Selbstvertrauen reichten noch nicht aus, die angeborene Furcht vor den Frauen gänzlich zu überwinden. Zunächst genügte es völlig, eine von ihnen fortzujagen – sie zu verfolgen, hieße, das Schicksal herauszufordern.

Als die anderen Frauen des Stammes ihre Gefährtin zu ihrer Höhle stolpern sahen und ahnten, daß Schreck und physische Anstrengung einer langen Flucht die Ursache ihres Befindens waren, ergriffen sie ihre Knüppel und rannten nach vorn in der Absicht, sich dem Verfolger – höchstwahrscheinlich einem Löwen – entgegenzustellen und ihn zu bezwingen. Aber als kein Löwe zu sehen war, begaben sich einige von ihnen zu der Frau, die keuchend am Höhleneingang lag.

„Wovor bist du weggelaufen?“ fragten sie in ihrer einfachen Zeichensprache.

„Vor Männchen“, erwiderte sie.

Abscheu malte sich deutlich auf jedem Gesicht, eine versetzte ihr einen Fußtritt, eine andere spie vor ihr aus.

„Es waren viele“, berichtete sie. „Sie wollten mich mit fliegenden Stöcken töten. Schaut her!“ Sie wies auf die Verletzung, die der Speer ihr zugefügt hatte, und den Pfeil, der noch in ihrem Arm steckte. „Sie sind vor mir nicht weggelaufen, sondern kamen mir entgegen und wollten mich angreifen. So sind gewiß all die Frauen getötet worden, deren Leichen wir in den letzten Monaten im Wald gesehen haben.“

Das war beunruhigend. Sie ließen von der entkräfteten Frau ab. Ihre Anführerin, die wildeste von allen, schritt auf und ab und verzog auf furchteinflößende Weise das Gesicht. Plötzlich blieb sie stehen.

„Kommt! Wir wollen zusammen losziehen, diese Männchen zurückbringen und bestrafen!“ gestikulierte sie, schüttelte den Knüppel über dem Kopf und zog eine schreckliche Grimasse.

Die anderen tanzten um sie herum und ahmten ihren Gesichtsausdruck und ihre Gesten nach, und als sie in Richtung Wald losmarschierte, trotteten sie hinterdrein, eine wilde, blutdürstige Gesellschaft – alle – außer der Frau, die noch verschnaufend dort lag, wo sie hingesunken war. Sie hatte von Männchen genug – mit denen war sie für immer fertig.

„Dafür sollst du sterben!“ schrie Caraftap und ging auf Tarzan von den Affen los.

Dieser wich dem anderen geschickt aus und versetzte ihm einen Fußtritt, so daß er, alle viere von sich streckend, mit dem Gesicht zuerst zu Boden stürzte. Bevor er sich wieder aufrichtete, blickte er auf der Suche nach einer Waffe um sich, entdeckte zu seiner Freude die heiße Pfanne und griff danach. Ein tadelndes Raunen ging durch die Menge der Sklaven, die in der Nähe gewesen waren und die Auseinandersetzung von Anfang an mitverfolgt hatten.

„Keine Waffen! Das ist nicht erlaubt!“ schrie einer. „Entweder kämpfst du mit bloßen Händen oder überhaupt nicht.“

Aber Caraftap war blind vor Haß und Eifersucht, hörte nichts und achtete auch nicht auf ihre Worte, sondern ergriff die Pfanne, sprang auf, stürmte auf Tarzan zu und wollte sie ihm ins Gesicht schleudern. Nun stellte ihm ein anderer ein Bein, und diesmal kamen zwei Sklaven hinzu und rissen ihm die Pfanne aus der Hand. „Kämpfe fair!“ mahnten sie ihn und halfen ihm auf die Füße.

Tarzan stand teilnahmslos dabei und lächelte, denn die Wut anderer amüsierte ihn, wenn sie den Umständen nicht angemessen war. Als der Gegner das Lächeln auf seinem Gesicht bemerkte, geriet er vollends in Raserei und sprang Tarzan in seiner Mordsucht nachgerade an. Tarzan bot ihm die überraschendste Verteidigung, die Caraftap, der unter den Sklaven seit langem als Schlägertyp galt, je erlebt hatte. Eine geballte Faust am Ende eines ausgestreckten Armes traf ihn am Kinn und warf ihn auf den Rücken. Die Menschenmenge, die sich inzwischen gebildet hatte und das Kampfgeschehen verfolgte, spendete mit einem schrillen „Ee-ah-ee-ah“ Beifall.

Schwankend und benommen kam Caraftap wieder auf die Füße und blickte mit gesenktem Kopf um sich, als suche er nach seinem Feind. Talaskar, die junge Frau, war neben Tarzan getreten und schaute ihn an.

„Du bist sehr stark“, sagte sie, indes drückten ihre Augen mehr aus, zumindest kam es Caraftap so vor. Für ihn sprach dieser Blick von Liebe, obwohl er nur jene Bewunderung bekundete, die eine Frau stets zeigt, wenn jemand seine Muskeln für eine gute Sache einsetzt.

Caraftap gab ein Geräusch von sich, das an das Quieken eines verärgerten Schweines erinnerte, und stürmte ein weiteres Mal auf den Affenmenschen zu. Hinter ihnen wurden gerade einige Sklaven ins Gewölbe gelassen, und da der Durchschlupf geöffnet war, konnte ein Krieger hereinsehen, der sich zufällig gerade bückte. Er sah nur wenig, aber was er sah, genügte – ein riesiger Sklave mit schwarzen Haar hob einen anderen riesigen Sklaven hoch über den Kopf und schleuderte ihn auf den harten Boden. Der Krieger stieß die Sklaven beiseite, glitt flugs durch den Eingang und stürzte zu ihnen. Bevor Tarzan und Talaskar sich seiner Anwesenheit bewußt wurden, stand er beiden gegenüber. Es war Kalfastoban.

„Was ist denn hier los?“ schrie er mit lauter Stimme und dann: „Ah! Ich verstehe. Es ist der ‘Riese’. Er wollte den anderen Sklaven zeigen, wie stark er ist, stimmt's?“ Er sah nur kurz zu Caraftap, der sich taumelnd aufzurichten versuchte, und sein Blick verdüsterte sich – denn Caraftap war sein Lieblingssklave. „So etwas ist hier nicht erlaubt!“ schrie er, fuchtelte mit der Faust vor dem Gesicht des Affenmenschen herum und vergaß in seiner Wut, daß der neue Sklave weder sprechen noch hören konnte. Aber bald fiel es ihm wieder ein, und er wies Tarzan an, ihm zu folgen. „Einhundert Peitschenhiebe werden ihm schon deutlich machen, daß er sich nicht streiten darf", sagte er laut mehr zu sich, blickte jedoch zu Talaskar.

„Bestrafen Sie ihn nicht", rief das Mädchen, das noch immer nicht an sich dachte. „Caraftap ist schuld, Zuanthrol hat sich lediglich verteidigt."

Kalfastoban konnte den Blick nicht vom Gesicht des Mädchens wenden, und auf einmal bemerkte sie, in welcher Gefahr sie sich befand, und errötete. Dennoch blieb sie bei ihrer Meinung und trat für den Affenmensch ein. Ein böses Lächeln huschte über Kalfastobans Lippen, während er ihre Schulter tätschelte.

„Wie alt bist du?" fragte er.

Zitternd teilte sie es ihm mit.

„Ich werde zu deinem Herren gehen und dich kaufen", verkündete er. „Heirate nicht."

Tarzan blickte zu Talaskar, und ihm kam es so vor, als sehe er sie verwelken, so wie eine Blume in schlechter Luft dahinwelkt. Dann wandte sich Kalfastoban an ihn und sagte:

„Du verstehst mich nicht, du dummes Tier. Aber ich sage dir, und alle, die hier sind, hören es und können dich vielleicht vor der Gefahr bewahren: Diesmal lasse ich das noch durchgehen, aber wenn es wieder passiert, bekommst du die hundert Peitschenhiebe nachgeliefert, oder vielleicht noch etwas Schlimmeres. Und wenn mir zu Ohren kommt, daß du etwas mit diesem Mädchen anfängst, das ich kaufen und mit nach oben nehmen will, dann wehe dir!" Mit diesen Worten ging er zum Durchschlupf und kroch zurück in den dahinterliegenden Gang.

Als der Ventai verschwunden und die Tür verschlossen war, legte jemand von hinten Tarzan die Hand auf die Schulter, und eine Männerstimme nannte ihn bei seinem Namen: „Tarzan!" Er klang ungewohnt, hier in diesem tiefen, unterirdischen Gewölbe, in einer fremden Stadt und bei einem fremden Volk, von dem noch niemand seinen Namen vernommen hatte. Als er sich aber nach dem Mann umblickte, der ihn angesprochen hatte, trat Erkennen in seine Augen. Er lächelte freudig, und seine Miene hellte sich auf.

„Kom-!" wollte er ausrufen, aber der andere legte den Finger an die Lippen. „Nicht hier!" sagte er. „Hier bin ich Aoponato."

„Aber deine Größe! Du bist genau so groß wie ich. Das geht über meinen Verstand! Wie kommt's, daß die Minunier zu solch gigantischen Proportionen gelangen?"

Komodoflorensal meinte lächelnd: „Menschliche Selbstgefälligkeit hindert dich daran, diese Veränderung dem entgegengesetzten Grund zuzuschreiben."

Tarzan blickte seinen königlichen Freund mit gerunzelter Stirn lange und gedankenvoll an. Ein Ausdruck zwischen Unglaube und Belustigung malte sich bald auf sein Gesicht.

„Du meinst, daß ich zu einem Minunier geschrumpft worden bin?" fragte er langsam.

Komodoflorensal nickte: „Ist das nicht einleuchtender als die Vorstellung, ein gesamtes Volk sei mit all seinem Besitz, den Unterkünften, den Steinen, aus denen sie gebaut sind, und all seinen Waffen und Reittieren vergrößert worden?"

„Aber ich sage dir, das ist doch völlig unmöglich!" rief der Affenmensch.

„Vor einigen Monaten hätte ich genauso geredet", erwiderte der Prinz. „Als das Gerücht umging, man hätte dich verkleinert, konnte ich es erst lange Zeit nicht glauben, und bis ich dieses Gewölbe betrat und dich mit eigenen Augen sah, war ich noch immer ein wenig skeptisch."

„Wie haben sie das gemacht?" bohrte Tarzan.

„Zoanthrohago ist der größte Denker von Veltopismakus, vielleicht von ganz Minunien", erklärte Komodoflorensal. „Das wissen wir schon seit vielen Monaten, denn in Friedenszeiten besteht ein gewisser Informationsaustausch, gibt es Handelsbeziehungen zwischen den beiden Städten, und so sind uns viele der Wunder zu Ohren gekommen, die diesem größten aller Walmaks zugeschrieben werden."

„Ich habe in Minunien niemanden von einem Zauberer reden hören", sagte Tarzan, denn er glaubte, daß sei die Bedeutung des Wortes Walmak, und vielleicht war dies auch der Fall, soweit man in unserer Sprache überhaupt ein Wort dafür kennt. Eine genauere Definition wäre wahrscheinlich: ein Wissenschaftler, der Wunder vollbringen kann.

„Es war auch Zoanthrohago, der dich gefangen genommen hat", fuhr Aoponato fort. „Er hat deinen Sturz teils durch wissenschaftliche Methoden, teils durch Zauberei herbeigeführt. Als du am Boden lagst, sorgte er dafür, daß du das Bewußtsein verlorst, und dann wurdest du von zwanzig Tieren auf einer schnell improvisierten Bahre aus kleinen, entästeten, fest aneinandergebundenen Bäumen hierhergeschleift. Als sie dich sicher in Veltopismakus hatten, machte sich Zoanthrohago mit einem selbstgebauten Apparat daran, dich zu verkleinern. Ich habe gehört, wie sie sich darüber unterhielten und sagten, es habe nicht lange gedauert."

„Ich hoffe, Zoanthrohago ist auch in der Lage, wieder rückgängig zu machen, was er getan hat", sagte der Affenmensch.

„Man sagt, das sei nicht sicher. Bisher hat er es noch nie geschafft, ein Wesen zu vergrößern, nachdem er in zahlreichen Experimenten viel primitivere Tiere immer nur verkleinert hat. Tatsache ist, daß er Forschungen betreibt, um die Veltopismakusier zu vergrößern, damit sie alle anderen Völker Minuniens besiegen können. Bisher gelang es ihm aber nur, ein Verfahren mit der genau entgegengesetzten Wirkung zu entwickeln, und wenn er andere nicht zu vergrößern vermag, bezweifle ich, daß er dich auch nur ein kleines Stück größer machen kann, als du jetzt bist."

„Da werde ich den Feinden meiner eigenen Welt ja voll und ganz ausgeliefert sein", sagte Tarzan traurig.

„Darüber brauchst du dir keine Sorgen zu machen", sagte der Prinz beruhigend.

„Warum nicht?" fragte der Affenmensch.

„Weil sehr wenig Aussicht besteht, daß du je wieder in deine Welt zurückkehrst", entgegnete der Prinz etwas traurig. „Auch glaube ich nicht, daß ich Trohanadalmakus je wiedersehe. Nur wenn die Armee meines Vaters Veltopismakus vollends überwältigt, besteht eine Hoffnung, denn niemand anders könnte die Wachen am Eingang zum Steinbruch besiegen. In feindlichen Städten nehmen wir oft die weißgekleideten Sklaven gefangen, die grüngekleideten indes sehr selten. Gelegentlich nur gelingt es uns, einige der grüngekleideten Sklaven an der Erdoberfläche gefangen zu nehmen, wenn wir bei Tageslicht einen Überraschungsangriff starten. Doch solche Überraschungsangriffe am hellichten Tag kommen, wenn überhaupt, nur einmal im Leben vor."

„Du glaubst, daß wir den Rest unseres Lebens in diesem unterirdischen Loch verbringen müssen?" forschte Tarzan.

„Sofern man uns nicht gelegentlich eine Arbeit oben zuteilt", erwiderte der Prinz von Trohanadalmakus mit bitterem Lächeln.

Der Affenmensch zuckte die Schultern und sagte: „Das werden wir ja sehen."

Nach Kalfastobans Abgang war auch Caraftap, das abstoßende Gesicht finster und verzerrt, leise vor sich hin murmelnd in eine entfernte Ecke des Gewölbes fortgehumpelt.

„Ich fürchte, er wird dir noch Schwierigkeiten bereiten", sagte Talaskar zu Tarzan und wies mit einer Kopfbewegung auf den zornigen Sklaven. „Es tut mir leid, alles ist meine Schuld."

„Wieso?" fragte Komodoflorensal.

„Ja, Caraftap hat mich bedroht, dann hat sich Aopontando eingemischt und ihn bestraft," erwiderte die junge Frau.

„Aopontando?" fragte Komodoflorensal.

„Das ist meine Nummer", erklärte Tarzan.

„Und du hast dich Talaskars wegen geprügelt? Ich danke dir, mein Freund. Es tut mir leid, daß ich nicht da war, um sie zu beschützen. Talaskar kocht für mich. Sie ist eine liebe Frau." Komodoflorensal sah sie an, während er sprach, und Tarzan bemerkte, wie sie dem Blick auswich und eine feine Röte in ihre Wangen stieg. Er lächelte ahnungsvoll und fragte Talaskar: „Also das ist jener Aoponato, von dem du mir erzählt hast?"

„Ja."

„Es tut mir leid, daß er gefangen wurde, aber es ist schön, hier einen Freund zu haben", bemerkte der Affenmensch. „Wir drei sollten doch in der Lage sein, eine Fluchtmöglichkeit zu finden." Aber beide schüttelten traurig lächelnd den Kopf.

Nach dem Essen saßen sie eine Zeitlang beisammen und unterhielten sich. Gelegentlich gesellten sich andere Sklaven zu ihnen, denn Tarzan besaß viele Freunde, seit er Caraftap einen Denkzettel verpaßt hatte. Sie hätten sich die ganze Nacht so unterhalten, doch schließlich fragte der Affenmensch Komodoflorensal nach den Schlafgelegenheiten der Sklaven.

Komodoflorensal lachte und wies auf einige Gestalten, die sich hier und da auf dem harten Erdboden ausgestreckt hatten. Die Männer, Frauen und Kinder schliefen größtenteils dort, wo sie zu Abend gegessen hatten.

„Grüngekleidete Sklaven verwöhnt man nicht", bemerkte er lakonisch.

„Ich kann überall schlafen, am besten jedoch, wenn es dunkel ist. Ich werde warten, bis die Lichter gelöscht sind", sagte Tarzan.

„Dann wirst du wohl noch ewig warten müssen", erklärte Komodoflorensal.

„Werden sie nie gelöscht?“ fragte der Affenmensch.

„Wenn doch, wären wir alle bald nicht mehr am Leben“, erwiderte der Prinz. „Diese Lichter haben zwei Aufgaben – sie erhellen die Finsternis und verzehren die unreinen Gase, die uns andernfalls bald vergiften würden. Diese Kerzen wurden nach Erkenntnissen und Erfindungen eines uralten minunischen Wissenschaftlers weiterentwickelt, sie verzehren die giftigen Gase und setzen dabei Sauerstoff frei. Deswegen nutzt man sie in ganz Minunien, weniger wegen des Lichtes. Sogar unsere Gebäude wären dunkel, muffig und gefährlich ohne sie, und in den Steinbrüchen könnte man überhaupt nicht arbeiten.“

„Dann warte ich auch nicht, daß sie ausgehen“, sagte Tarzan, streckte sich auf dem Geröllboden aus und nickte Talaskar und Komodoflorensal mit einem „Tuano!“ – dem minunischen „Gute Nacht“ zu.

13

Als Talaskar am nächsten Morgen das Frühstück zubereitete, sagte Komodoflorensal zu Tarzan, er wünschte, sie wären an der selben Arbeitsstelle beschäftigt, denn dann blieben sie immer zusammen.

„Sollte sich tatsächlich einmal eine Fluchtmöglichkeit ergeben, wie du glaubst, dann ist es besser, wir sind zusammen", sagte er.

„Wenn wir fliehen, müssen wir Talaskar mitnehmen", erwiderte Tarzan.

Komodoflorensal blickte den Affenmenschen kurz an, sagte jedoch nichts zu diesem Vorschlag.

„Du würdest mich mitnehmen!" rief Talaskar aus. „Ach, ginge dieser Traum nur in Erfüllung! Ich würde dich als deine Sklavin nach Trohanadalmakus begleiten, da ich weiß, daß du mir kein Leid zufügst. Aber leider ist es nur ein schöner Traum, zumal ein sehr kurzlebiger, denn Kalfastoban bemüht sich um mich, und mein Besitzer wird zweifellos froh sein, mich verkaufen zu können. Ich habe viele Sklaven sagen hören, er verkaufe oft welche, um mehr Geld für die Steuern zu haben."

„Wir werden tun, was in unserer Macht steht, und wenn Aoponato und ich einen Fluchtweg finden, nehmen wir dich mit", sagte Tarzan. „Aber zuerst überlegen wir, wie wir uns häufiger sehen können."

„Ich habe einen Plan, wie wir das zustande bringen", sagte Komodoflorensal. „Sie glauben, daß du unsere Sprache weder verstehst noch sprichst. Mit einem Sklaven zu arbeiten, mit dem sie sich nicht austauschen können, ist, gelinde gesagt, schwierig. Ich werde ihnen sagen, ich könne mich mit dir verständigen, dann stecken sie uns wahrscheinlich in denselben Trupp."

„Aber wie willst du dich mit mir unterhalten, wenn nicht auf minunisch?" fragte der Affenmensch.

„Überlaß das mir", erwiderte Komodoflorensal. „Solange sie nicht auf irgendeinem anderen Weg herausfinden, daß du minunisch sprichst, wird es mir schon gelingen, sie zu täuschen."

Bald darauf wurde der Plan in Angriff genommen. Die Wachen

erschienen, um die Sklaven zu holen, und die meisten verschwanden aus dem Gewölbe und gesellten sich in den Gängen zu jenen tausend anderen, die ebenfalls zur täglichen Arbeit unterwegs waren. Der Affenmensch schloß sich der Zimmermannsgruppe im Tunnel dreizehn auf Ebene sechsunddreißig an und machte sich ein weiteres Mal an die monotone Arbeit, die Wände und Decken des Ganges abzustützen. Dabei zeigte er einen Enthusiasmus, der sogar dem finsteren Kalfastoban ein Lob entlockte, während Caraftap, der unweit von Tarzan Felsstücke forträumte, ihm oft giftige Blicke zuwarf.

Sie hatten vielleicht zwei oder drei Stunden gearbeitet, als zwei Krieger den Schacht entlangkamen und neben Kalfastoban stehenblieben. Bei ihnen befand sich ein grüngekleideter Sklave, dem Tarzan nicht mehr Beachtung schenkte als den Wachen, bis Bruchstücke der Unterhaltung zwischen den Kriegern und Kalfastoban an seine Ohren drangen. Daraufhin warf er einen kurzen Blick in ihre Richtung und erkannte in dem Sklaven Komodoflorensal, den Prinzen von Trohanadalmakus, den man in den Steinbrüchen von Veltopismakus als den Sklaven Aoponato, oder Nr. $800^3 + 19$ kannte; in minunischen Hieroglyphen sieht das so aus: .

Tarzans Nummer Aopontando, oder 800^3+21, war als das folgende Zeichen an der Schulter seines grünen Umhanges zu sehen: 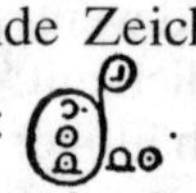. Obwohl die minunische Form weniger Platz einnimmt als der bei uns gebräuchliche Ausdruck von Tarzans Nummer, nämlich 512 000 021, wäre sie schwieriger zu lesen, würde man sie in Worten ausdrücken, denn das wäre (zehn mal zehn mal acht) hoch drei plus (sieben mal drei). Die Minunier übersetzen es jedoch anders. Für sie ist es ein Gesamtausdruck, und zwar Aopontando, was auf den ersten Blick ebenso ein Ganzes darstellt, wie die Ziffern 37 in unserer Denkweise eine bestimmte Menge ausdrücken, von der wir nie als (drei mal zehn) plus sieben denken, was eigentlich dasselbe ist. Das minunische Zahlensystem hat, so umständlich und seltsam es vom Standpunkt des Europäers aus scheinen mag, dennoch auch seine guten Seiten.

Als Tarzan zu Komodoflorensal schaute, fing dieser seinen

Blick auf und winkte ihm zu, dann rief Kalfastoban den Affenmenschen mit einer Kopfbewegung zu sich, der daraufhin zu ihm kam und schweigend vor dem Vental stehenblieb.

„Laß uns hören, wie du zu ihm redest!“ forderte Kalfastoban Komodoflorensal auf. „Ich glaube nicht, daß er dich versteht. Wie denn auch, wenn er uns nicht versteht?“ Der Mann konnte sich offenbar nicht vorstellen, daß es noch andere Sprachen gab.

„Ich frage ihn in seiner Muttersprache“, erwiderte Komodoflorensal. „Wenn er mich versteht, werdet Ihr sehen, daß er zustimmend nickt.“

„In Ordnung, frag ihn!“ befahl Kalfastoban.

Komodoflorensal wandte sich an Tarzan und gab in einem unverständlichen Kauderwelsch einige Silben von sich. Als er geendet hatte, nickte der Affenmensch.

„Sehen Sie!“ sagte Komodoflorensal.

Kalfastoban kratzte sich am Kopf und gab bedauernd zu: „Er hat recht, der Zertalacolol hat eine Sprache.“

Tarzan unterdrückte ein Lächeln über die raffinierte Art und Weise, in der Komodoflorensal die Veltopismakusier Glauben machte, er habe mit Tarzan in einer unbekannten Sprache geredet. Solange es ihm gelang, alle Informationen in Fragen umzuwandeln, die sich mit Ja oder Nein beantworten ließen, konnten sie sie weiterhin irreführen. Aber wenn dies nicht möglich war, gerieten sie unweigerlich in die Klemme. Tarzan fragte sich, welchen Ausweg der einfallsreiche Trohanadalmakusier aus dieser Situation dann finden würde.

„Sag ihm, daß sein Herr, Zoanthrohago, nach ihm schickt, und frag ihn, ob er weiß, daß er ein Sklave ist und daß sein Wohlergehen, ja, sogar sein Leben, von seinem guten Verhalten abhängt, denn Zoanthrohago vermag ebenso über Leben und Tod zu entscheiden wie die Königsfamilie. Wenn er in botmäßiger Haltung zu seinem Herren kommt und ihm gehorcht, wird es ihm nicht schlecht ergehen. Ist er indes faul, unverschämt und gewalttätig, bekommt er die Schwertspitze eines Edelmannes zu spüren.“

Komodoflorensal sprudelte nun eine viel längere Anhäufung sinnloser Silben hervor, bis er kaum noch ernst bleiben konnte.

Tarzan entgegnete auf englisch, das natürlich niemand verstehen konnte: „Sag ihnen, daß ich meinem Herren bei erstbester Gelegenheit das Genick umdrehen werde; daß es nur einer kleinen Ermutigung bedarf, einen dieser Holzpfähle zu packen und Kalfastoban und den restlichen Kriegern hier den Schädel zu zertrümmern, und daß ich bei der ersten sich bietenden Gelegenheit mit dir und Talaskar davonlaufen werde."

Komodoflorensal lauschte aufmerksam, bis Tarzan geendet hatte, und wandte sich dann an die beiden Krieger, die ihn zum Affenmenschen begleitet hatten.

„Zuanthrol sagt, er verstünde seine Lage ganz und gar, und er sei froh, dem vornehmen und berühmten Zoanthrohago dienen zu dürfen. Doch er hat noch einen Wunsch", gab der Prinz aus Trohanadalmakus in sehr freier Übersetzung wieder.

„Was für einen?" fragte einer der Krieger.

„Daß mir erlaubt wird, ihn zu begleiten, um so die Wünsche seines Herren besser erfüllen zu können, da er ohne mich ja nicht erfahren würde, was man von ihm verlangt", erklärte Aoponato.

Tarzan war nun klar, wie Komodoflorensal mögliche Sprachschwierigkeiten meistern würde, und er spürte, daß er in den Händen seines schlagfertigen Freundes sicher war, solange er nur nicht verriet, daß er Minunisch konnte.

„Daran dachten wir schon, als wir erfuhren, daß du mit diesem Mann reden kannst, Sklave", sagte der Krieger, dem Komodoflorensal den Vorschlag unterbreitet hatte. „Ihr beide werdet zu Zoanthrohago gebracht, der seine Entscheidung zweifellos fällen wird, ohne dich oder irgendeinen anderen Sklaven zu fragen. Kommt! Kalfastoban Vental, wir übernehmen die Verantwortung über den Sklaven Zuanthrol." Sie überreichten dem Ventral ein Stück Papier, das mit einigen seltsamen Hieroglyphen bedruckt war.

Mit gezogenen Schwertern hießen sie Komodoflorensal und Tarzan den Gang vor sich hergehen, denn auch ihnen war zu Ohren gekommen, wie Tarzan mit Caraftap umgesprungen war, und sie wollten kein Risiko eingehen.

Sie durchquerten einen geraden Schacht und gelangten dann auf einem serpentinenartigen Weg nach oben, wo Tarzan das Sonnenlicht und die frische Luft beinahe mit einem dankbaren Schluchzer begrüßte, denn für den Affenmenschen bedeutete bereits dieser eine Tag Gefängnis eine wirklich grausame Strafe. Erneut sah er Unmassen von Sklaven, die ihre schweren Lasten hin und her trugen; die schmucken, hochmütigen Krieger zu beiden Seiten der sich abrackernden Leibeigenen, die reich herausgeputzten Adligen höherer Schichten, die Unzahl weißgekleideter Sklaven, die hierhin und dahin eilten, um Besorgungen für ihre Herren zu erledigen, oder in persönlichen Angelegenheiten unterwegs waren, vielleicht auch zum eigenen Vergnügen, denn viele von ihnen besaßen in bestimmten Maße einige Freiheiten und eine Unabhängigkeit, die sie fast mit freien Bürgern gleichstellte. Sie trugen immer die weiße Kleidung ihres Herren, ihre zumeist einzige Lehnspflicht bestand bei den Handwerkern oft nur darin, ihm einen bestimmten Anteil ihres Einkommens zukommen zu lassen. Sie bildeten das Bürgertum und die höhere Dienerklasse von Minunien. Im Unterschied zu den grüngekleideten Sklaven erübrigte sich deren Bewachung, denn es bestand keine Gefahr, daß sie flohen, da es in ganz Minunien keine Stadt gab, in der sich ihre Stellung verbessern würde. Überall sonst würde man sie wie fremde Gefangene behandeln und sofort zu grüngekleideten Sklaven machen, und dann müßten sie ihr Leben lang hart arbeiten.

Die Bauwerke von Veltopismakus waren ebenso imposant wie jene in Trohanadalmakus. Eigentlich erschienen sie Tarzan sogar noch viel größer, da er nur mehr ein Viertel so groß war wie in Trohanadalmakus. Acht Gebäude waren besetzt, ein neuntes befand sich gerade im Bau, denn in Veltopismakus lebten bereits vierhundertundachzigtausend Einwohner zu ebener Erde, und da das Königsgebäude nicht überfüllt werden durfte, reichten die übrigen sieben nicht mehr aus.

Tarzan und Komodoflorensal wurden zum Königsgebäude gebracht, betraten es aber nicht durch den Königskorridor, vor dessen Toren das Weiß und Gold der königlichen Standarte wehte, sondern durch den Kriegerkorridor auf der Westseite. Im Gegensatz zu Trohanadalmakus waren die Bauwerke in Veltopismakus von Blumen, Gebüsch und Bäumen umgeben, die von kiesbestreuten Wegen und breiten Landstraßen durchzogen wurden. Vor dem Königsgebäude fand gerade eine Parade statt, eine Abteilung berittener Soldaten wurde ausgebildet. Es waren ihrer eintausend. Sie bildeten einen Amak, der aus vier Novanden mit je zweihundertfünfzig Mann bestand. Der größere Truppenteil wurde von einem Kamak, der kleinere von einem Novand befehligt. Fünf Entex von je fünfzig Mann bildeten einen Novand, ein Entex umfaßte fünf Entals von zehn Mann; diese Einheiten wurden von einem Vental beziehungsweise einem Ventex befehligt. Die Manöver des Amak verliefen mit äußerster Schnelligkeit, so behende und gut dressiert waren die winzigen Diadets. Man übte gerade eine ganz bestimmte Truppenbewegung ein, die den Affenmenschen äußerst faszinierte. Zwei Novande formierten sich auf einer Seite des Übungsplatzes, zwei auf der anderen. Auf Befehl des Kamak stürmten die tausend Mann in zwei eisernen Reihen mit höchster Geschwindigkeit aufeinander zu. Als ein ernsthafter Zusammenstoß bereits unausweichlich schien, und es im nächsten Moment zu einem blutigen Knäuel aus Reittieren und Reitern kommen würde, zogen die nach Osten preschenden Krieger ihre beweglichen Reittiere nach oben. Diese flogen über die Köpfe der Gegner hinweg, landeten in einer geschlossenen Schlachtreihe auf der anderen Seite und stürmten weiter auf das andere Ende des Paradefeldes zu.

Als sie im Kriegergang ihrer Begleitung so weit voraus waren, daß Tarzan leise sprechen konnte, ohne daß die Wache mithören konnte, äußerte er Komodoflorensal gegenüber sein Erstaunen über das Manöver und die reizvolle Umgebung der Stadt.

„Es ist ein schönes Manöver und wurde mit einer selten erreichten Präzision durchgeführt“, erwiderte Komodoflorensal. „Ich habe gehört, daß Elkomoelhagos Truppen für die Genauigkeit ihres Drills ebenso berühmt sind, wie Veltopismakus für die Schönheit seiner Gehwege und Gärten, aber, mein Freund, eben diese Dinge machen die Schwächen der Stadt aus. Während Elkomoelhagos Krieger ständig daran feilen, ihr Auftreten auf einer Parade zu vervollkommnen, trainieren die Soldaten meines Vaters Adendrohahkis die Kriegskunst weit draußen vor der Stadt, außerhalb der Sichtweite von staunenden Frauen und herumspionierenden Sklaven unter den rauhen Bedingungen des Kampfes und des Feldlagers. Rein äußerlich übertreffen die Amaks von Elkomoelhago jene von Adendrohahkis, aber vor kurzem hast du ja gesehen, wie weniger als fünfzehntausend Trohanadalmakusier reichlich dreißigtausend Soldaten aus Veltopismakus zurückschlugen, denn an jenem Tag sind sie nicht am Fußvolk vorbeigekommen. Natürlich können sie auf der Parade wunderschön exerzieren, und sie sind mutig wie alle Minunier, doch haben sie sich nicht in den schwierigeren Kriegskünsten geübt – das liegt Elkomoelhago nicht. Er ist nachgiebig und verweichlicht, interessiert sich nicht für Krieg und folgt Ratschlägen, die ihm am meisten zusagen – denen von Schwächlingen und Frauen. Sie drängen ihn, vom Kriegführen gänzlich abzusehen, was nicht allzu schlimm wäre, könnte er die anderen auch davon überzeugen. Die schönen Bäume und das üppige Grün, das Veltopismakus einen waldähnlichen Charakter verleiht, und das du so bewunderst – sie gefallen mir auch – vor allem, wenn es sich um die Stadt eines Feindes handelt. Wie leicht wäre es für eine Armee von Trohanadalmakus, sich des Nachts in der Deckung prächtiger Bäume und des Buschwerkes an die Eingänge der Gebäude von Veltopismakus heranzupirschen! Verstehst du nun, mein Freund, warum du in meiner Stadt nicht ganz so vollkommene Paraden gesehen hast, und warum wir, obwohl wir Bäume und Buschwerk lieben, um die Stadt Trohanadalmakus herum keine angepflanzt haben?"

Einer der Wachposten, der sich ihnen schnell von hinten genähert hatte, tippte Komodoflorensal an die Schulter. „Du behauptest, daß Zuanthrol unsere Sprache nicht versteht. Warum redest du dann mit ihm, wenn er dich nicht verstehen kann?" fragte er.

Komodoflorensal wußte nicht, wie viel der Krieger mitgehört hatte. Wenn er Tarzan Minunisch hatte sprechen hören, würde es schwer sein, ihn zu überzeugen, daß der ‚Riese' die Sprache nicht verstand, aber er mußte eben darauf setzen, daß der Soldat nur ihn gehört hatte.

„Er möchte sie lernen, und ich versuche, sie ihm beizubringen", erwiderte Komodoflorensal schnell.

„Hat er schon etwas gelernt?" fragte der Krieger.

„Nein, er ist sehr einfältig", entgegnete Komodoflorensal.

Danach schwiegen sie eine Weile, liefen den serpentinenartig ansteigenden Weg hoch oder erklommen die einfachen Leitern, auf denen die Minunier zu den höhergelegenen Stockwerken der riesigen Bauwerke gelangten, die auf andere Weise nicht zu erreichen waren. Konnte man auf den Gängen weiter unten sehr viele Menschen antreffen, so war auf denen, die sie nun entlanggingen, kaum eine Menschenseele zu sehen. Selten nur kamen sie an einem bewohnten Raum vorbei, weitaus häufiger wurden die Kammern als Lager genutzt, vor allem für Lebensmittel, die in manchen Räumen in großen Mengen eingepökelt, getrocknet und sorgfältig verpackt bis zur Decke aufgestapelt waren.

Die Wände waren im allgemeinen weniger geschmückt, die Gänge schmaler als jene weiter unten. Dennoch kamen sie auch durch viele prächtig ausgestaltete Säle oder Hallen. In einigen von ihnen waren viele Menschen unterschiedlichen Geschlechts und Alters anzutreffen, die entweder Haushaltarbeiten verrichteten oder mit diesem oder jenem Handwerk beschäftigt waren.

Ein Silberschmied gestaltete ein Armband oder eine Filigranarbeit, ein anderer Handwerker schnitt schöne Arabesken in Leder. Manche töpferten, webten Stoffe, stanzten Metall, malten, oder gossen Kerzen – damit waren die meisten beschäftigt, denn Kerzen waren für diese Menschen lebenswichtig.

Weit oben erreichten sie endlich die höchste Ebene, wo die Räume dem Tageslicht mehr ausgesetzt waren und die Wände dünner, aber auch hier brannten die unentbehrlichen Kerzen. Mit einemmal befanden sich prächtige Verzierungen an den Wänden, gab es mehr Kerzen, und Tarzan spürte, daß sie sich dem Domizil eines reichen oder mächtigen Edelmanns näherten. Vor einem Eingang mit Schildwache blieben sie stehen, und ein Krieger ihrer Begleitung sprach den Posten an.

„Sage Zoanthrohago Zertol, daß wir Zuanthrol und einen weiteren Sklaven gebracht haben, der sich mit ihm in einer unbekannten Sprache unterhalten kann."

Der Posten schlug mit dem Speer gegen einen schweren Gong, und bald trat ein Mann heraus, dem der Posten die Meldung der Begleitwache wiedergab.

„Sie sollen eintreten", erklärte der Herausgetretene, ein weißgekleideter Sklave. „Mein ruhmreicher Herr, Zoanthrohago Zertol, erwartet seinen Sklaven Zuanthrol. Kommt mit!"

Sie folgten ihm durch einige Gemächer, bis sie schließlich vor einem prächtig gekleideten Krieger standen, der an einem riesigen Tisch saß, einer Art Schreibtisch, auf dem zahlreiche seltsame Instrumente lagen, gewaltige Folianten, minunisches Schreibpapier und das nötige Schreibgerät. Der Mann blickte bei ihrem Erscheinen auf.

„Zertol, das ist Euer Sklave Zuanthrol", verkündete der Mann, der sie hergeführt hatte.

„Und der andere?" Prinz Zoanthrohago wies auf Komodoflorensal.

„Dieser kennt die eigenartige Sprache des Zuanthrol und

wurde mitgenommen, damit Ihr Euch mit Zuanthrol unterhalten könnt, wenn es Euch beliebt.“ Zoanthrohago nickte, wandte sich an Komodoflorensal und befahl: „Frage ihn, ob er sich irgendwie anders fühlt, seit ich ihn verkleinert habe.“

Als Komodoflorensal Tarzan die Frage in seiner Phantasiesprache wiedergegeben hatte, in der sie sich angeblich verständigten, schüttelte der Affenmensch den Kopf und sprach einige Worte Englisch.

„Er sagt nein, erhabener Prinz“, gab Komodoflorensal die scheinbare Antwort wieder. „Er fragt, wann Ihr ihn wieder zurückverwandelt und ihm erlaubt, in sein Heimatland zurückzukehren, das weit von Minunien entfernt liegt.“

„Als Minunier müßte er wissen, daß er nie wieder in sein Land zurück darf, Trohanadalmakus wird ihn nie wiedersehen“, entgegnete der Zertol.

„Aber er stammt weder aus Trohanadalmakus noch aus Minunien“, erklärte Komodoflorensal. „Er kam zu uns, und wir machten ihn nicht zum Sklaven, sondern behandelten ihn wie einen Freund, da er aus einem Land kam, mit dem wir nie Krieg geführt haben.“

„Aus welchem Land?“ fragte Zoanthrohago.

„Das wissen wir nicht, aber er sagt, es gebe ein großes Land jenseits des Dornenwaldes, wo Millionen ebenso große Menschen leben wie er. Er erklärte, sein Volk würde unserem nichts tun, deswegen sollten wir ihn nicht versklaven, sondern wie einen Gast behandeln.“

Zoanthrohago lächelte. „Wenn du das glaubst, mußt du ein sehr einfältiger Mensch sein, Trohanadalmakusier. Wir alle wissen, daß hinter Minunien nichts ist außer dem undurchdringlichen Dornenwald, der sich bis zu dem blauen Gewölbe erstreckt, in dem wir alle wohnen. Ich will gern glauben, daß er nicht aus Trohanadalmakus ist, aber mit Sicherheit ist er ein Minunier, denn alle Geschöpfe leben in Minunien, seien sie von noch so unterschiedlicher Art. Er stellt ganz sicher eine unbekannte Form der Zertalacolols dar und kommt von einem Stamm aus einem entfernten, unzugänglichen Gebirge, das wir noch nicht erforscht haben; aber sei es, wie es sei, er wird nie – “

In diesem Moment wurde der Prinz vom Anschlagen des Gongs an der Außenpforte seiner Gemächer unterbrochen. Er hielt inne, um die Schläge zu zählen, und als der fünfte verklungen war, wandte er sich an die Soldaten, die Tarzan und Komodoflorensal hergebracht hatten.

„Bringt die Sklaven in ihren Raum“, befahl er und wies auf eine Tür im hinteren Teil des Gemachs, in dem er sie empfangen hatte. „Wenn der König gegangen ist, schicke ich wieder nach ihnen.“

Als sie auf die Tür zugingen, auf die Zoanthrohago gewiesen hatte, erschien ein Krieger im Haupteingang und verkündete:

„Elkomoelhago, Thagosto von Veltopismakus, Herrscher aller Menschen, Herr der Geschöpfe, Er, der am allerweisesten und allermutigsten ist und voll des Ruhmes! Kniet vor dem Thagosto nieder!“

Tarzan blickte sich beim Verlassen des Gemaches um und sah, daß Zoanthrohago und alle anderen niedergekniet waren und sich mit ausgestreckten Armen weit zurücklehnten, als Elkomoelhago in Begleitung eines Dutzend prächtig gekleideter Krieger eintrat. Er verglich diesen Herrscher unwillkürlich mit dem schlichten, würdevollen Soldaten, der Trohanadalmakus regierte und sich in seiner Stadt ohne pompöse Auftritte bewegte, oft nur von einem einzigen Sklaven begleitet; ein Herrscher, vor dem niemand niederknien mußte und dem dennoch Hochachtung und Respekt entgegengebracht wurde.

Und Elkomoelhago hatte bei seinem Eintritt die Sklaven und Soldaten gesehen, die den Raum verlassen hatten. Mit einer kurzen Handbewegung erwiderte er die Begrüßung Zoanthrohagos und seines Gefolges und befahl ihnen, sich zu erheben.

„Wer hat da soeben den Raum verlassen, als ich hereinkam?“ fragte er und blickte Zoanthrohago argwöhnisch an.

„Der Sklave Zuanthrol und ein anderer, der die fremde Sprache beherrscht und mir seine Worte übersetzt“, erklärte der Zertol.

„Hol sie zurück. Ich möchte mit dir über den Zuanthrol sprechen!“ befahl der Thagosto.

Zoanthrohago hieß seinen Sklaven, sie herbeizuholen. Währenddessen nahm Elkomoelhago den Platz am Schreibtisch ein, wo vorher sein Gastgeber gesessen hatte. Als Tarzan und Komodoflorensal den Raum betraten, führte der Posten sie bis auf einige Schritte vor den Schreibtisch, wo er sie niederknien und dem Thagosto alle Ehrerbietungen erweisen ließ.

Komodoflorensal, dem Trohanadalmakusier, waren die Verhaltensregeln der Sklaven seit seiner Kindheit bekannt. Mit gewissem Fatalismus ergab er sich in sein Schicksal, die Sklaverei, in die er durch die Kriegswirren geraten war. Ohne aufzubegehren und zu zögern, beugte er das Knie und entbot diesem fremden König einen unterwürfigem Gruß. Nicht jedoch Tarzan von den Affen, der dachte an Adendrohahkis. Er war vor ihm nicht niedergekniet, und so fiel es ihm auch nicht ein, Elkomoelhago, der von seinen Höflingen und Dienern verachtet wurde, eine größere Ehre zu erweisen als dem wirklich großen König von Trohanadalmakus.

Elkomoelhago blickte ihn an. „Der Mann kniet nicht nieder", raunte er Zoanthrohago zu, der sich so weit zurückgelehnt hatte, daß er die Respektlosigkeit des neuen Sklaven nicht bemerkte.

Der Zertol starrte Tarzan an und schrie: „Auf die Knie mit dir!" Dann fiel ihm ein, daß dieser kein Minunisch verstand, also befahl er Komodoflorensal, ihm zu sagen, er solle niederknien. Aber nachdem der trohanadalmakusische Zertolosto so getan hatte, als führe er den Befehl aus, schüttelte Tarzan nur den Kopf.

Elkomoelhago bedeutete den anderen, sich zu erheben. „Wir wollen es diesmal durchgehen lassen", sagte er, denn etwas in der Haltung des Sklaven hatte ihm zu verstehen gegeben, daß dieser nie vor ihm niederknien würde, und da er wegen des Experiments sehr wertvoll war, zog der König es vor, seinen Stolz hinunterzuschlucken, statt es zu riskieren, daß der Sklave bei dem Versuch, ihn mit Gewalt zum Niederknien zu zwingen, getötet wurde. „Er ist nur ein dummer Zertalacolol. Kümmere dich darum, daß er hinreichend unterwiesen wird, bevor wir ihn wieder zu Gesicht bekommen."

14

Fünfzig kräftige Alalusfrauen stürmten in den Wald, um die rebellischen Männchen zu bestrafen. Sie hatten ihre schweren Knüppel bei sich, sowie zahlreiche federgeschmückte Steine. Das Bedrohlichste an ihnen war jedoch ihre schreckliche Wut. Seit Menschengedenken hatte es kein Männchen gewagt, ihre Autorität in Frage zu stellen. Nie hatten sie sich angemaßt, bei ihrem Anblick etwas anderes als Furcht zur Schau zu stellen; aber nun waren sie sogar soweit gegangen, sie herauszufordern, anzugreifen und zu erschlagen, statt sich davonzumachen! So ein Zustand war zu unsinnig und widernatürlich – er durfte nicht länger andauern. Hätten sie eine Sprache gehabt, so hätten sie dies und viele andere Dinge geäußert. Es sah nicht gut aus für die Männchen, denn die Frauen waren schlechter Laune – was sollte man anderes von Frauen erwarten, denen keine Sprache gegeben war?

In dieser Verfassung trafen sie bei einer großen Lichtung auf die Männchen. Die Abtrünnigen hatten ein Feuer errichtet und brieten sich einige Antilopen. Noch nie hatten die Frauen ihre Männchen so geschmeidig und wohlgenährt gesehen. Bisher waren sie immer knochig und bis aufs Skelett abgemagert gewesen, denn früher war es ihnen nicht so gut ergangen wie seit jenem Tag, an dem Tarzan von den Affen dem Sohn der Ersten Frau Waffen gegeben hatte. Hatten die Männchen ihr Leben früher damit gefristet, vor den furchteinflößenden Frauen ständig zu fliehen, so daß ihnen kaum Zeit blieb, durch die Jagd zu anständiger Nahrung zu kommen, hatten sie nun Mußegang und immer Frieden dazu. Ihre Waffen versorgten sie mit Fleisch, das sie sich früher jahrelang versagen mußten. Anstelle von Raupen und Larven ernährten sie sich nun fast ständig von Antilopenfleisch.

Aber die Frauen schenkten dem Äußeren der Männchen wenig Beachtung, als sie auf sie trafen. Sie hatten sie gefunden, das genügte. Als sie näherkrochen, blickte eines der Männchen auf, entdeckte sie, und da die Gewohnheit noch in ihm steckte, vergaß es seine neue Unabhängigkeit, sprang auf und stürzte auf die Bäume zu. Die anderen warteten nicht erst ab, den Grund seiner Eile zu erfahren, und folgten ihm schnurstracks. Als die Männchen zwischen den Bäumen auf der gegenüberliegenden Seite verschwanden, rannten die Frauen über die Lichtung. Sie wußten, was die Männchen tun würden: hinter den nächsten Bäumen stehenbleiben und sich umblicken, ob ihre Verfolgerinnen ihnen folgten. Diese törichte Gewohnheit machte es den weniger wendigen Weibchen einfach, Männchen einzufangen.

Aber nicht alle Männchen waren verschwunden. Eines blieb nach wenigen Schritten wie angewurzelt stehen, fuhr herum und stellte sich den heranstürmenden Frauen entgegen. Es war der Sohn der Ersten Frau, dem Tarzan etwas mehr mitgegeben hatte als nur die neuen Waffen: der Herr des Dschungels hatte ihm Mut eingeflößt. So sahen seine weniger beherzten Kameraden, als sie im Schutz der Bäume innehielten und zurückschauten, daß er allein dem Angriff von fünfzig wutentbrannten Frauen trotzte. Er setzte einen Pfeil auf den Bogen, und auch die Frauen sahen das, verstanden jedoch nicht sofort. Dann schnellte die Sehne nach vorn, und die vorderste Frau stürzte mit durchbohrtem Herzen zu Boden. Die anderen stürmten weiter, denn alles war so schnell vor sich gegangen, daß es noch nicht in ihre dicken Schädel gedrungen war. Der Sohn der Ersten Frau setzte einen zweiten Pfeil auf und schloß. Die nächste Frau wälzte sich am Boden, und nun zögerten die anderen – sie zögerten, und das wurde ihnen zum Verhängnis, denn in dieser kurzen Pause schöpften die anderen Männchen hinter den Bäumen wieder Mut. Wenn schon einer von ihnen sich fünfzig Frauen entgegenstellen und sie zum Stehen bringen konnte, was vermochten dann elf Männchen nicht alles zu tun? Mit Speeren, Pfeil und Bogen stürmten sie nach vorn, gerade als die Frauen erneut angreifen wollten. Die gefederten Steine flogen schnell und in dichter Folge, doch schneller und genauer schwirrten die gefiederten Pfeile der Männchen. Die Anführerinnen stürmten mutig weiter auf die Männchen zu, um ihre Keulen einzusetzen und mit den riesigen Händen nach ihnen zu greifen, aber sie mußten erfahren, daß die Speere schrecklichere Waffen waren als die Keulen. So wandten sich jene, die nicht verwundet wurden oder stürzten, um und ergriffen die Flucht.

In diesem Moment trat bei dem Sohn der Ersten Frau eine gewisse Führungseigenschaft zutage, die den Ausgang der Sache für diesen Tag und vielleicht für immer entschied. Seine Handlungsweise leitete eine neue Epoche im Leben der Zertalacolols ein. Statt sich mit dem Zurückschlagen der Frauen zufriedenzugeben, statt sich auf den wohlverdienten Lorbeeren auszuruhen, drehte er den Spieß um und griff den Erzfeind an, nachdem er seinen Kameraden mittels Zeichen bedeutet hatte, ihm zu folgen, und als sie die Frauen fortlaufen sahen, waren sie vom Ende des jahrhundertealten Brauchs derart begeistert, daß sie ihnen schnell nachsetzten.

Sie glaubten, der Sohn der Ersten Frau beabsichtige, den Feind zu vernichten. Daher waren sie überrascht, als sie sahen, wie er eine anmutige, junge Frau am Haar packte und schnell entwaffnete. Es beeindruckte sie zutiefst, daß einer von ihnen, der eine Frau in seine Gewalt gebracht hatte, sie nicht sofort tötete, so daß sie wie angewurzelt stehenblieben, sich um ihn scharten und ihm in ihrer seltsamen Zeichensprache viele Fragen stellten.

„Warum hältst du sie fest?“, „Warum tötest du sie nicht?“, „Hast du keine Angst, daß sie dich tötet?“ waren einige davon.

„Ich möchte sie behalten“, erwiderte der Sohn der Ersten Frau. „Ich koche nicht gern. Sie soll es für mich tun. Wenn sie sich weigert, werde ich sie damit stechen.“ Er tippte mit dem Speer gegen die Rippen der jungen Frau, worauf sie sich angstvoll duckte und niederkniete.

Die Männchen gerieten vor Aufregung völlig aus dem Häuschen, als ihren dicken Schädeln einging, daß die Frau offensichtlich Angst hatte, und daß seine Idee durchaus Wert besaß.

„Wo sind die Frauen?“ fragten sie einander, aber diese waren verschwunden.

Einer der Männchen brach in die Richtung auf, in die sie gelaufen waren. „Ich gehe und hole mir auch eine eigene Frau, die für mich kochen soll!“ In wildem Eifer folgten die anderen und ließen den Sohn der Ersten Frau mit seinem Weibchen allein zurück. Er wandte sich an sie und forderte: „Wirst du für mich kochen?“

Auf seine Zeichen bleckte sie nur feindselig die Zähne. Daraufhin hob er den Speer, ließ den schweren Schaft auf ihrem Kopf niedersausen, daß sie hinfiel. Dann stellte er sich zähnefletschend und stirnrunzelnd über sie und drohte mit weiterer Bestrafung, während sie sich vor Angst duckte und nicht von der Stelle rührte. Daraufhin trat er sie in die Seite und befahl ihr aufzustehen.

Langsam richtete sie sich auf den Knien auf, umfaßte seine Beine und blickte ihn schmeichelnd und mit dem Ausdruck hündischer Ergebenheit an.

„Du wirst für mich kochen!" befahl er.

„Für immer und ewig!" erwiderte sie in der Zeichensprache ihres Volkes.

Tarzan blieb nur kurze Zeit in dem kleinen Nebengelaß des Zimmers, in dem Zoanthrohago Elkomoelhago empfing. Man ließ ihn holen, und als er den Raum betrat, hieß ihn sein Herr zum Schreibtisch treten, hinter dem die beiden Männer saßen. Außer ihnen befand sich niemand im Raum, selbst die Krieger waren entlassen worden.

„Du bist dir sicher, daß er unsere Sprache nicht versteht?" fragte der König.

„Seit seiner Gefangennahme hat er kein Wort gesprochen", entgegnete Zoanthrohago. „Wir glaubten, er sei eine neue Form der Zertalacolols, bis man entdeckte, daß er sich mit einem anderen Sklaven aus Trohanadalmakus verständigen konnte. Wir können ohne Scheu vor ihm sprechen, Allerweisester."

Elkomoelhago warf seinem Gastgeber einen kurzen, argwöhnischen Blick zu. Er hätte es gern gesehen, wenn gerade Zoanthrohago ihn mit 'Ruhmvoller' angeredet hätte – das war weniger doppeldeutig. Andere konnte er hinsichtlich seiner Weisheit täuschen, sogar sich selbst, aber er war sich vollkommen bewußt, daß Zoanthrohago sich nicht zum Narren halten ließ.

Der König fuhr fort: „Wir haben die Einzelheiten dieses Experiments nie ausführlich besprochen. Deswegen bin ich heute ins Laboratorium gekommen. Da nun der Gegenstand unserer Betrachtungen vor uns steht, laß uns die Sache tiefer beleuchten und überlegen, welche Schritte wir als nächstes unternehmen."

„Ja, Allerweisester", erwiderte Zoanthrohago.

„Nenn mich Thagosto", schnauzte Elkomoelhago.

„Aber gewiß, Thagosto", entgegnete der Prinz, wie Elkomoelhago befohlen hatte. Thagosto ist die minunische Bezeichnung für Königlicher Herrscher oder König. „Sehr schön, reden wir darüber." Er wußte, was Elkomoelhago mit dem Wort „besprochen" meinte. Er wolle von Zoanthrohago eine genauere Erklärung, wie dieser den Sklaven Zuanthrol auf ein Viertel seiner Größe gebracht hatte. Der Prinz wiederum wollte für diese Information, mit der sich der König, wie er wußte, später hervortun würde, ohne ihm all die Erfindungen und die langen Monate als Verdienst anzurechnen, die er der Vollendung des unglaublichen wissenschaftlichen Wunders geopfert hatte, wenn möglich etwas herausholen.

„Bevor wir mit der Besprechung beginnen, bitte ich Euch, Thagosto, daß Ihr mir einen langersehnten Wunsch erfüllt, den ich mich bisher zu äußern gescheut habe, wohl wissend, daß ich Eurerseits keine Anerkennung meiner armseligen Talente und meines kümmerlichen Dienstes für einen so erhabenen und mit Recht namhaften Herrscher verdiene", erwiderte er.

„Was für ein Wunsch ist das?" fragte Elkomoelhago unwirsch. Im Innersten fürchtete er diesen weisen Mann, und da er ein Feigling war, haßte er ihn auch. Mit Freuden hätte er sich Zoanthrohagos entledigt, aber das konnte er sich nicht leisten, denn von diesem größten aller Walmaks kam alles, was er, der König, als eigene wissenschaftliche Erkenntnisse zur Schau stellen konnte, dazu noch die vielen wichtigen Erfindungen zum Schutz seiner Person.

„Ich möchte mit im königlichen Rat sitzen", sagte Zoanthrohago kurz und bündig.

Der König wand sich. Von allen Edelleuten in Veltopismakus war dies der letzte, den er unter den königlichen Räten sitzen sehen wollte, die er alle hauptsächlich ihrer Beschränktheit wegen ausgewählt hatte.

„Es gibt keine freien Stellen", erwiderte er schließlich.

„Der Herrscher aller Menschen kann mit Leichtigkeit eine schaffen", schlug Zoanthrohago vor. „Oder er kann einen neuen Posten erfinden – beispielsweise Assistent des Obersten Rates, denn falls Gofoloso nicht anwesend ist, wäre ein Stellvertreter für ihn da. Andererseits möchte ich auf den Ratsversammlungen gar nicht teilnehmen, sondern meine Zeit der Vervollkommnung unserer Entdeckungen und Erfindungen widmen."

Das war ein Ausweg, und Elkomoelhago nutzte ihn. Er hatte nichts dagegen, wenn Zoanthrohago königlicher Rat wurde und demzufolge die hohe Einkommenssteuer nicht zahlen mußte, denn die Erfinder dieser Steuer hatten peinlichst darauf geachtet, daß sie davon befreit waren. Seiner Ansicht nach war das wahrscheinlich der einzige Grund, warum Zoanthrohago im königlichen Rat sitzen wollte. Nein, der König hatte gegen diese Ernennung nichts einzuwenden, sofern der neue Minister an keiner Ratsversammlung teilnahm, denn sogar Elkomoelhago hätte sich doch ein wenig gescheut, die bedeutenden Erfindungen Zoanthrohagos in dessen Anwesenheit als die seinen zu bezeichnen.

„Gut. Du wirst noch heute ernannt – und wenn ich dich bei den Ratsversammlungen dabeihaben will, lasse ich nach dir schicken."

Zoanthrohago verbeugte sich und sagte: „Kommen wir nun zu unseren Experimenten, die hoffentlich einen Weg eröffnen, wie wir unsere Krieger vergrößern können, bevor sie gegen unsere Feinde in die Schlacht ziehen, und wie wir sie bei ihrer Rückkehr wieder verkleinern können."

Der König erschauderte und rief: „Ich möchte nicht vom Krieg sprechen!"

„Wir müssen aber darauf vorbereitet sein, wenn man uns zum Kampf zwingt", warf Zoanthrohago ein.

„Natürlich. Wenn wir unsere Methode vervollkommnet haben, brauchen wir nur eine Handvoll Krieger, den Rest erledigen wir dann auf friedlichem Wege", stimmte der König zu. „Also fahre fort."

Zoanthrohago unterdrückte ein Lächeln, erhob sich, ging um den Tisch herum und blieb neben dem Affenmenschen stehen. Er wies mit dem Finger auf Tarzans Schädelbasis. „Wie Ihr wißt, befindet sich hier ein kleiner, ovaler, rotgrauer Körper, der eine Flüssigkeit enthält, die das Wachstum des Gewebes und der Organe beeinflußt. Schon lange habe ich mir überlegt, daß eine Einwirkung auf die normale Funktionsweise dieser Drüse die Größe des jeweiligen Subjektes verändern müßte. Ich habe Versuche mit kleinen Nagetieren durchgeführt und bemerkenswerte Ergebnisse erzielt, jedoch das, was ich angestrebt habe, nämlich die Vergrößerung des Menschen, ist mir leider noch nicht gelungen. Ich habe viele Verfahren ausprobiert, und eines Tages werde ich das richtige schon noch herausfinden. Ich denke, ich bin auf dem richtigen Weg, nun muß ich nur noch experimentieren. Ihr kennt das angenehme Gefühl, wenn man mit einem glatten Steinchen leicht über das Gesicht streicht. Wiederholt Ihr dieselbe Handlung mit nur viel größerem Druck, so empfindet Ihr das vollkommene Gegenteil. Fahrt mit dem Stein mehrere Male langsam über Euer Gesicht und wiederholt das Ganze dann mit derselben Bewegung, nur schneller, dann werdet Ihr sehen, daß die Ergebnisse völlig verschieden sind. Ich bin der Lösung ziemlich nahegekommen, ich habe die richtige Methode, weiß nur noch nicht, wie man sie richtig anwendet. Ich kann Lebewesen verkleinern, jedoch nicht vergrößern, und obwohl das Schrumpfen keine Probleme bereitet, kann ich nicht sagen, wie lange der Zustand anhält. In einigen Fällen haben die Versuchstiere ihre normale Größe nicht vor neununddreißig Monaten wiedererlangt, in anderen schon innerhalb von drei Monaten. Es gab auch Fälle, wo sie ihre normale Größe schrittweise nach sieben Tagen wiedererlangten, und andere, wo das Lebewesen nach weniger als hundert Herzschlägen seine normale Größe zurückgewann; dieses Phänomen wurde immer von Ohnmachtsanfällen und Bewußtlosigkeit begleitet, wenn es nicht während des Schlafes dazu kam."

„Aber natürlich", bemerkte Elkomoelhago. „Nun, überlegen wir mal. Ich glaube, die Angelegenheit ist einfacher, als du denkst. Du sagst, um dieses Geschöpf zu verkleinern, hast du ihm mit einem Stein auf den Schädel geschlagen. Demzufolge wäre das natürlichste und wissenschaftlichste Herangehen, ihm einen ähnlichen Schlag auf die Stirn zu versetzen, um es zu vergrößern. Hol den Stein, dann werden wir die Richtigkeit meiner Theorie beweisen."

Einen Augenblick lang wußte Zoanthrohago nicht, wie er das törichte Vorhaben des Königs verhindern sollte, ohne seinen Stolz zu verletzen und ihn zu verärgern, aber die Höflinge Elkomoelhagos waren es gewohnt, in solchen Notfällen schnell zu denken, und Zoanthrohago fand rasch einen Ausweg aus dem Dilemma.

„Euer Scharfsinn ist der Stolz Eures Volkes, Thagosto", sagte er, „und Eure glänzende Übertreibung die Verzweiflung Eurer Höflinge. Mit kluger Rede schlagt Ihr den Weg des Erfolgs vor. Indem wir die Methode umkehren, mit der wir Zuanthrol verkleinert haben, sollten wir ihn vergrößern können, doch habe ich das leider bereits versucht und ohne Erfolg. Aber wartet, wiederholen wir doch das Experiment so, wie es ursprünglich durchgeführt wurde, und dann können wir vielleicht feststellen, warum es bisher fehlgeschlagen ist."

Schnell trat er zu einem großen Wandschrank und holte einen Käfig mit einigen Nagetieren heraus. Eines davon brachte er zurück zum Tisch, wo er es, alle vier von sich gestreckt, mit hölzernen Pflöcken und Schnur fest auf einem glatten Brett befestigte. Der Unterkiefer lag auf einer kleinen Metallplatte, die an das Brett gesetzt war. Dann trug er eine kleine Holzkiste und eine große Metallscheibe herbei, die senkrecht zwischen zwei Stützen stand, und die man mit einer Kurbel schnell drehen konnte. An derselben Achse war eine weitere, nicht drehbare runde Scheibe befestigt. Sie bestand aus sieben unterschiedlichen Materialien, aus jedem Segment ragte ein Stück oder ein Büschel soweit heraus, daß es leicht gegen die sich drehende Scheibe drückte.

Von der Rückseite eines jeden Segments führte ein Draht zu einem von sieben Stäben auf der Oberseite der Holzkiste. Ein einzelner Draht an einem Stab an der Seite der Kiste verband die Kiste mit einer kleinen, gebogenen Metallplatte an der Innenseite eines Lederkragens. Diesen legte Zoanthrohago um den Hals des Nagetieres, so daß die Metallplatte mit dessen Kopfhaut nahe der Hypophysisdrüse in Berührung kam.

Dann wandte er sich erneut der Holzkiste zu, auf deren Oberseite sich neben jenen sieben Stäben noch eine Skala mit Hieroglyphen befand. Aus der Mitte der Skala traten sieben konzentrische Röhren hervor, von denen jede eine Nadel unterschiedlicher Form und Farbe hielt. Darunter waren sieben kleine Metallscheiben in den Deckel der Kiste eingelassen, sie lagen halbkreisförmig um einen drehbaren Metallstab, dessen oberes Ende nach Belieben zu jeder der sieben Scheiben bewegt werden konnte.

Als Zoanthrohago mit den Vorbereitungen fertig war, richtete er den Zeiger auf eine der Metallscheiben, ließ währenddessen die Skala aber nicht aus den Augen. Die sieben Nadeln bewegten sich, während er den Zeiger Punkt um Punkt verstellte.

Elkomoelhago beobachtete ihn gespannt, wenn auch etwas verwirrt. Der Sklave Zuanthrol hatte sich dem Tisch unbemerkt etwas genähert, um dieses Experiment besser verfolgen zu können, das so viel für ihn bedeutete.

Zoanthrohago fuhr fort, mit dem Zeiger zu hantieren, und die Nadeln bewegten sich auf der Skala mit den Hieroglyphen hin und her, bis der Walmak endlich zufrieden zu sein schien.

„Es ist nicht immer einfach, das Instrument mit der Schwingung des betreffenden Organs in Einklang zu bringen. Sogar von einer solch unfaßbaren Sache wie dem Gedanken werden identische Teilchen ausgesendet, die so unendlich klein sind, daß nicht einmal das empfindlichste meiner Instrumente sie bemerkt. Diese Teilchen bilden die Grundstruktur aller belebten und unbelebten, greifbaren oder ungreifbaren Dinge. Die Frequenz, die Menge und der Rhythmus dieser Ausstrahlungen bestimmen die Eigenschaften des Stoffes. Nachdem wir auf diesem Zifferblatt den Koeffizienten der betreffenden Drüse abgelesen haben, müssen wir nun die Frequenz verlangsamen und die Ausstrahlungsmenge erhöhen, damit wir den Rhythmus ändern können und das Wachstum des Lebewesens somit nicht nur stoppen, sondern tatsächlich umkehren. Genau das werde ich jetzt tun." Er drückte auf verschiedene kleine Knöpfe an der Seite der Kiste, griff nach der Kurbel der freihängenden Scheibe und fing an, sie schnell zu drehen.

Im Nu trat eine Reaktion ein. Das Nagetier schrumpfte vor ihren Augen, während seine Proportionen unverändert blieben. Tarzan hatte jede Bewegung und jedes Wort des Walmaks genau erfaßt und sich weit vorgebeugt, um sich die Position der sieben Nadeln fest einzuprägen. Elkomoelhago blickte auf und bemerkte sein Interesse.

„Wir brauchen diesen Mann jetzt nicht", sagte er zu Zoanthrohago. „Laß ihn fortbringen."

„Aber gewiß, Thagosto", erwiderte Zoanthrohago, rief einen Krieger herbei und befahl ihm, Tarzan und Komodoflorensal in einen anderen Raum zu bringen, wo sie bleiben sollten, bis ihre Anwesenheit wieder erforderlich war.

15

Man führte sie durch mehrere Räume und Korridore in Richtung des Zentralschachts, blieb aber auf dem Stockwerk, auf dem sich die Gemächer des Walmaks befanden. Schließlich stieß man sie in einen kleinen Raum und verriegelte hinter ihnen die schwere Tür.

Im Raum gab es keine Beleuchtung, dennoch herrschte ein Halbdunkel, so daß sie etwas erkennen konnten – zwei Bänke und einen Tisch –, das war alles. Offenbar drang durch die stark vergitterte Schießscharte Tageslicht herein.

„Wir sind allein. Endlich können wir uns unterhalten", flüsterte Komodoflorensal. „Aber Vorsicht! ‚Trau nicht einmal den Steinen in deinem Zimmer'", zitierte er.

„Wo sind wir?" fragte Tarzan. „Du kennst dich mit minunischen Gepflogenheiten besser aus als ich."

„Wir befinden uns auf dem obersten Stockwerk des Königsgebäudes", erwiderte der Prinz. „Solch einen inoffiziellen Besuch führt ein König nicht außerhalb seines Gebäudes durch. Du kannst dir sicher sein, daß dies hier Elkomoelhagos Herrscherhaus ist. Wir sind in einem der innersten Räume neben dem Mittelschacht, der vom Erdboden bis zum Dach führt. Deswegen brauchen wir auch keine Kerze, um zu überleben – wir erhalten genügend Luft durch diese Fensterscharte. Und nun erzähl mir, was in dem Raum zwischen Elkomoelhago und Zoanthrohago vor sich ging."

„Ich habe erfahren, wie sie mich verkleinert haben", erwiderte Tarzan. „Aber auch, daß ich meine normale Größe fast jederzeit wiedererlangen kann – das kann zwischen drei und neununddreißig Monaten nach meiner Verkleinerung geschehen. Sogar Zoanthrohago vermag nicht zu sagen, wann es soweit ist."

„Dann hoffen wir, daß es nicht passiert, solange wir in diesem kleinen Raum sind", rief Komodoflorensal.

„Da hätte ich kaum Zeit, herauszukommen", stimmte Tarzan zu.

„Das würdest du überhaupt nicht schaffen", versicherte ihm sein Freund. „Während du vor der Verkleinerung noch durch einige der größeren Korridore des ersten oder zweiten Stockwerkes hättest kriechen können, hättest du niemals in die kleineren Gänge der oberen Stockwerke gepaßt. Die sind schmaler, da sie dem Außendruck standhalten müssen, der immer größer wird, je höher man kommt."

„Dann sollte ich so schnell wie möglich von hier verschwinden", sagte Tarzan.

Komodoflorensal schüttelte den Kopf. „Hoffnung ist eine schöne Sache, mein Freund", sagte er. „Aber wenn du ein Minunier wärst, wüßtest du, daß du unter den gegenwärtigen Umständen damit nur deine Energie verschwendest. Schau dir doch mal diese Stangen an." Er trat ans Fenster und rüttelte an den schweren Eisenstäben, die die Fensterscharte abriegelten. „Glaubst du, die beseitigen zu können?"

„Ich habe sie mir noch nicht angesehen", erwiderte der Affenmensch. „Aber die Hoffnung, zu entkommen, gebe ich nie auf, im Gegensatz zu euren Leuten, und das ist zweifellos der Hauptgrund, daß sie für immer und ewig in Gefangenschaft bleiben. Du sieht alles zu schwarz, Komodoflorensal."

Bei diesen Worten trat er neben den Prinz und prüfte die Eisenstangen vor dem Fenster. „Sie scheinen nicht allzu dick zu sein", bemerkte er und versuchte, sie zu verbiegen. Sie gaben dem Druck nach! Im Nu war sein Interesse erwacht und auch das Komodoflorensals. Er nahm all seine Kraft zusammen, mit dem Erfolg, daß zwei der Stangen fast zusammenklappten und aus dem Gemäuer gerissen wurden.

Komodoflorensal blickte ihn fassungslos an und sagte: „Zoanthrohago hat deine Größe verändert, deine frühere Stärke jedoch gelassen."

„Einen anderen Grund kann es wohl nicht geben", erwiderte Tarzan, der nun die übrigen Stangen nacheinander aus der Mauer holte. Er bog eine von den kürzeren wieder gerade und reichte sie Komodoflorensal. „Das ist eine gute Waffe, falls wir unseren Weg in die Freiheit erkaufen müssen", sagte er und bog auch für sich eine zurecht.

Der Trohanadalmakusier blickte ihn erstaunt an und fragte: „Hast du wirklich die Absicht, einer Stadt von vierhundertachtzigtausend Menschen mit nur einem Eisenstück Trotz zu bieten?"

„Und mit meinem Verstand", ergänzte Tarzan.

„Den wirst du brauchen“, sagte der Prinz.

„Und das werde ich auch“, versicherte ihm Tarzan.

„Und wann brichst du auf?“ zog ihn Komodoflorensal auf.

„Heute nacht, morgen, im nächsten Monat – wer weiß?“ erwiderte der Affenmensch. „Die Zeit muß reif dafür sein. Bis dahin werde ich beobachten und Pläne schmieden. In diesem Sinne habe ich bereits von dem Moment an begonnen, meine Flucht vorzubereiten, als ich mein Bewußtsein wiedererlangte und von meiner Gefangenschaft erfuhr.“

Komodoflorensal schüttelte den Kopf.

„Vertraust du mir nicht?“ fragte Tarzan.

„Das ist genau das, was ich tue. Ich vertraue dir“, erwiderte Komodoflorensal. „Mein gesunder Menschenverstand sagt mir, daß du keinen Erfolg haben kannst, und doch verbünde ich mich mit dir auf Gedeih und Verderb und hoffe auf Erfolg, ja ich glaube sogar daran. Wenn das kein Vertrauen ist, dann weiß ich nicht, wie man es sonst nennt.“

Der Affenmensch lächelte. Er lachte selten laut, wenn überhaupt.

„Dann machen wir uns an die Arbeit“, sagte er. „Zuerst werden wir die Stangen wieder so einsetzen, daß es von der Tür so aussieht, als seien sie noch an Ort und Stelle, denn ich nehme an, daß man uns ab und zu beobachtet. Irgend jemand wird uns zumindest etwas zu essen bringen, und derjenige darf dann nicht mißtrauisch werden.“

Gemeinsam setzten sie die Stäbe so ein, daß man sie schnell aus- und wieder einbauen konnte. Als sie fertig waren, war es im Raum ziemlich dunkel geworden. Kurz darauf öffnete sich die Tür, und zwei Krieger erschienen, die mit Kerzen ihren Weg beleuchteten. Sie begleiteten einen Sklaven, der in zwei eimerartigen Gefäßen etwas zu essen und in glasierten Tonflaschen Wasser brachte.

Als sie dies alles neben der Tür abstellt hatten, die Kerzen aufnahmen und wieder gehen wollten, sprach Komodoflorensal sie an.

„Wir haben keine Kerzen, Soldat. Läßt du uns eine davon da?“

„Hier braucht ihr keine“, erwiderte der Befragte. „Eine Nacht im Dunkeln wird euch gut tun, und morgen kehrt ihr in den Steinbruch zurück. Zoanthrohago ist mit euch fertig. Im Steinbruch habt ihr genügend Kerzen." Er verließ den Raum und schloß die Tür.

Die beiden Sklaven hörten, wie der schwere Riegel auf der anderen Seite der Tür zuschnappte. Im Dunkeln waren die Gefäße mit dem Essen und das Wasser nur schwer zu finden.

„Was nun?" fragte Komodoflorensal und langte in eines der Gefäße. „Glaubst du noch immer, daß es so einfach ist, wenn du morgen wieder im Steinbruch bist, vielleicht fünfhundert Huale unter der Erde?"

„Aber ich werde nicht dort sein", erwiderte Tarzan. „Und du auch nicht."

„Warum nicht?" fragte der Prinz.

„Weil aus der Tatsache, daß sie uns morgen in die Steinbrüche zurückbringen wollen, hervorgeht, daß wir heute nacht fliehen müssen", erklärte Tarzan.

Komodoflorensal lachte nur.

Als Tarzan sich sattgegessen hatte, erhob er sich, trat zum Fenster, baute die Stangen aus, nahm die eine, die er als Waffe vorgesehen hatte, und kroch zum Ende der Scharte, denn sogar so dicht unter dem Dach war die Wand sehr dick – etwa zehn Huale. Ein Hual entspricht nach unseren Maßstäben ungefähr drei Zoll, es stellt in Minunien das Grundmaß dar und kommt unserem Fußmaß sehr nahe. In dieser Höhe waren die Fensterscharten viel kleiner als auf den weiter unten gelegenen Stockwerken, wo alle so groß waren, daß ein Krieger aufrecht darin gehen konnte. Hier war Tarzan gezwungen, auf allen vieren zu kriechen.

Am Ende blickte er in das schwarze Nichts der Umgebung. Hoch oben blinkten die Sterne, links und rechts markierten schwache Lichttupfer die erleuchteten Räume des Gebäudes. Bis zur Gebäudespitze war es nicht mehr weit, zum Erdboden etwa vierhundert Huale.

Nachdem Tarzan sich alles angesehen hatte, kehrte er in den Raum zurück. „Wie weit ist es von dieser Fensterscharte bis zum Dach des Gebäudes?" fragte er.

„Vielleicht zwölf Huale", erwiderte der Trohanadalmakusier.

Tarzan nahm die längste Stange aus der Scharte und maß ab. „Zu weit", meinte er.

„Was ist zu weit?" fragte Komodoflorensal.

„Das Dach", erklärte Tarzan.

„Was für eine Rolle spielt das denn – du hast doch nicht etwa erwartet, über das Dach fliehen zu können?“

„Doch – wenn es erreichbar gewesen wäre“, erwiderte der Affenmensch. „Nun müssen wir durch den Schacht fliehen, das bedeutet, daß wir noch einmal durch das ganze Gebäude zum Ausgang müssen. Der andere Weg wäre nicht so gefährlich gewesen.“

Komodoflorensal lachte laut auf. „Du scheinst zu glauben, daß man aus einer minunischen Stadt fliehen kann, indem man auf und davon läuft. Das geht überhaupt nicht. Was ist mit den Wachen? Und den Außenpatrouillen? Man würde dich entdecken, wenn du noch auf dem halbem Weg aus dem Gebäude bist, vorausgesetzt, du kommst soweit, ohne dich zu Tode zu stürzen.“

„Dann ist der Schacht vielleicht sicherer“, erwiderte Tarzan. „Da entdeckt man uns wahrscheinlich nicht, bevor wir unten sind, denn soweit ich sehen konnte, ist es dort stockfinster.“

„In den Schacht steigen?“ rief Komodoflorensal aus. „Du bist verrückt! Du kannst nicht von einer Etage in die nächste klettern, ohne abzustürzen, und bis zum Boden sind es vierhundert Huale.“

„Warte mal!“ mahnte Tarzan.

Komodoflorensal hörte, wie sein Freund im Raum umherlief. Dann kratzte etwas Metallisches auf Stein, und bald darauf ertönte ein schwerer, jedoch nicht sehr lauter Schlag.

„Was machst du da?“ fragte er.

„Moment noch“, sagte Tarzan.

Komodoflorensal wartete gespannt. Dann ließ sich Tarzan wieder vernehmen.

„Würdest du das Gewölbe im Steinbruch wiederfinden, in dem Talaskar festgehalten wird?“ fragte er.

„Warum?“ fragte der Prinz.

„Wir holen sie heraus“, erklärte Tarzan. „Wir haben ihr versprochen, nicht ohne sie aufzubrechen.“

„Ich finde es“, erwiderte Komodoflorensal, nach Tarzans Meinung aber ziemlich barsch.

Eine Zeitlang arbeitete der Affenmensch schweigend, man hörte nur die gedämpften Schläge und das Kratzen von Metall auf Stein oder Metall auf Metall.

„Kennst du eigentlich jeden Bewohner in Trohanadalmakus?“ fragte Tarzan plötzlich.

„Wie denn? Dort leben eine Million Menschen, einschließlich der Sklaven. Ich kann sie nicht alle kennen“, entgegnete Komodoflorensal.

„Kennst du alle, die im Königsgebäude wohnen, wenigstens vom Sehen?“ fuhr der Affenmensch fort.

„Nein, nicht einmal die“, erwiderte der Trohanadalmakusier. „Obwohl ich sicher fast alle Edelleute vom Sehen gekannt habe und auch die Soldaten, wenn nicht namentlich.“

„Gab es jemanden, der alle kannte?“ fragte Tarzan.

„Ich glaube nicht“, war die Antwort.

„Sehr schön!“ sagte Tarzan.

Wieder herrschte Stille, bis der Engländer sie erneut brach.

„Darf ein Krieger sich ungefragt in jedem Gebäude seiner Stadt aufhalten?“ erkundigte er sich.

„Tagsüber normalerweise ja, mit Ausnahme des Königsgebäudes.“

„Nachts darf man demzufolge nicht umherspazieren?“ fragte Tarzan.

„Nein“, erwiderte sein Freund.

„Aber tagsüber darf ein Krieger in die Steinbrüche kommen und gehen, wie er will?“

„Normalerweise ja, wenn es so aussieht, als arbeite er, wird keiner ihn fragen.“

Schweigend betätigte sich Tarzan weiter. Bald darauf sagte er: „Komm, wir können gehen.“

„Ich folge dir, weil ich dein Freund bin und weil ich denke: besser tot als ein Sklave. Zumindest werden wir in der uns verbleibenden Zeit einiges erleben, auch wenn wir nicht mehr viel Zeit haben“, sagte Komodoflorensal.

„Ich glaube auch, daß wir einiges erleben, mein Freund“, erwiderte Zuanthrol. „Vielleicht mißlingt unsere Flucht, aber auch ich möchte eher sterben als für immer Sklave sein. Ich weiß, daß unsere Chancen, aus den Steinbrüchen zu entkommen, verschwindend gering sind, und heute ist unsere letzte Nacht an der Erdoberfläche.“

„Was schlägst du vor, wie kommen wir hier heraus?“

„Durch den Zentralschacht“, erwiderte Tarzan. „Aber sag mir

zuerst: Darf ein weißgekleideter Sklave tagsüber in die Steinbrüche gehen?"

Komodoflorensal fragte sich, welchen Sinn diese scheinbar unwesentliche Frage hatte, antwortete jedoch geduldig:

„Nein, weiße Kleidung sieht man in den Steinbrüchen nie."

„Hast du die Eisenstange, die ich dir zurechtgebogen habe?"

„Ja."

„Dann folge mir durch die Fensterscharte und bring die restlichen Stangen mit. Ich übernehme den Löwenanteil. Komm!"

Komodoflorensal hörte, wie Tarzan in die Fensterscharte kroch, und wie das Klirren der Eisenstangen die vorherrschende Stille unterbrach. Dann kletterte er hinterher. Ganz vorn fand er die Stangen, die Tarzan für ihn zurückgelassen hatte. Es waren vier, deren Enden zu Haken gebogen waren. Damit war Tarzan also die ganze Zeit beschäftigt gewesen – Komodoflorensal fragte sich nur, wozu. Aber da traf er auch schon auf ihn.

„Einen Augenblick noch", sagte der Affenmensch. „Ich bohre ein Loch in das Sims. Wir sind dann gleich soweit." Einen Augenblick später drehte er sich zu seinem Gefährten und sagte: „Gib mir bitte die Stangen."

Danach hörte Komodoflorensal Tarzan einige Minuten sehr leise mit den Stangen hantieren. Als der Affenmensch bald darauf wieder sprach, bemerkte er, daß dieser sich umgedreht hatte und sein Kopf sich direkt neben seinem befand.

„Ich gehe zuerst, Komodoflorensal", sagte er. „Kriech an den Rand der Fensterscharte, und wenn du mich einmal pfeifen hörst, folge mir."

„Wohin?" fragte der Prinz.

„Den Schacht hinab bis zur ersten Fensteröffnung, die wir finden können, und bete zu Gott, daß es innerhalb der nächsten achtzehn Huale unter uns eine gibt. Ich habe die Stangen miteinander verhakt und das obere Ende in das Loch im Sims gesteckt. Sie reichen achtzehn Huale hinunter."

„Auf Wiedersehen, mein Freund", sagte Komodoflorensal.

Tarzan lächelte und glitt über den Rand der Fensterscharte. In der einen Hand hielt er eine Stange als Waffe, mit der anderen Hand hielt er sich am Fenstersims fest. Eine etwa achtzehn Huale lange schmale Leiter aus Eisenhaken führte in die Tiefe. Vierhundert Huale weiter unten verhüllte pechschwarze Finsternis die

Pflastersteine des Innenhofes. Vielleicht war es aber auch das Dach des großen zentralen Thronsaal des Königs wie im Königsgebäude von Adendrohahkis. Die Wahrheit war ohnedies nicht von Bedeutung, falls die unsichere Halterung aus dem kleinen Loch in der Fensterkante glitt, oder einer der Haken unter dem Gewicht des Affenmenschen nachgab.

Er griff nach dem ersten Leiterstück, ließ die Kante los, faßte weiter unten wieder zu und ließ sich auf diese Weise einige Zoll hinab. Aus zwei Gründen bewegte er sich sehr langsam. Erstens fürchtete er, daß sich seine Hakenkette bei allzu plötzlichen Bewegungen aufbog und er in die Tiefe stürzte. Zweitens mußte alles sehr ruhig vor sich gehen. So weit oben war es stockfinster, aber das gereichte ihm eher zum Vorteil, denn falls jemand zufällig durch eines der Fenster auf der gegenüberliegenden Seite des Schachtes blickte, blieb er unsichtbar. Während des Abstieges tastete er die Wand in beiden Richtungen nach einer Öffnung ab, aber erst am Ende der Leiter wurde er fündig. Er ließ sich noch ein Stück weiter hinab, um in die Öffnung zu blicken, und stellte erleichtert fest, daß sie dunkel war und demzufolge unbewohnt. Auch hoffte er, daß die Fensterscharte nicht vergittert war und man die Tür nicht von außen verriegelt hatte.

Er pfiff leise einmal, und einen Augenblick später spürte er, wie sich die Eisenleiter bewegte. Also hatte Komodoflorensal mit dem Abstieg begonnen. Die Fensterscharte war größer als die vorherige, so daß er aufrecht stehen konnte. Bald darauf stand der Trohanadalmakusier neben ihm auf dem Fenstersims.

„Puh!“ stieß der Prinz flüsternd hervor. „Tagsüber hätte ich das nie getan, die ganze Zeit den Abgrund vor Augen. Was nun? Wir sind weiter gekommen, als ich zu träumen gewagt hätte. Langsam glaube ich, daß die Flucht durchaus gelingen könnte.“

„Wir haben doch noch gar nicht begonnen. Jetzt geht es erst richtig los“, erwiderte Tarzan. „Komm!“

Sie griffen nach ihren einfachen Waffen und stiegen achtsam in die Fensterscharte. Sie war nicht vergittert, so daß sie bald im Gemach standen. Sehr vorsichtig tasteten sie den Fußboden vor jedem Schritt mit dem Eisen ab. Tarzan tappte in der Kammer umher und stellte fest, daß sie voller Fässer und Flaschen war. Letztere befanden sich in Holzkisten und Weidenkörben. Komodoflorensal hielt sich dicht hinter ihm.

„Wir befinden uns einem der Räume, in denen die Edelleute, die für die Durchsetzung der Gesetze gegen Weinhandel verantwortlich sind, eingezogene Getränke versteckt halten“, flüsterte der Trohanadalmakusier. „Ich habe seit meiner Gefangenschaft viel darüber gehört – die Soldaten und auch die Sklaven scheinen über nichts anderes zu reden als darüber und über die hohen Steuern. Wahrscheinlich ist die Tür schwer verriegelt – man bewacht diese verbotenen Getränke schärfer als Gold und Juwelen.“

„Ich habe eine Tür entdeckt“, flüsterte Tarzan. „Darunter scheint Licht durch.“

Leise stahlen sie sich zur Tür und packten ihre Waffen fester, als Tarzan vorsichtig die Klinke berührte. Sie gab nach! Langsam drückte der Affenmensch die Tür auf, bis er durch einen winzigen Spalt in den Raum blicken konnte. Der Fußboden war mit prächtigen, dicken Teppichen ausgelegt. An der Wand hingen schwere Stoffe in vielen leuchtenden Farben, in die eigenartige, bedrohlich wirkende Muster gewebt waren. Auf dem Fußboden direkt vor ihm lag ein Mann mit dem Gesicht nach unten – in einer Blutlache, die sich auf dem weißen Teppich unter seinem Kopf ausbreitete.

Tarzan öffnete die Tür noch mehr und entdeckte weitere drei Männer. Zwei lagen auf dem Boden, der dritte auf einem flachen Diwan. Der Blick des Affenmenschen haftete noch einen Moment auf der farbenprächtigen, mystischen Szene, die von Tragik und gewaltsamem Tod kündete, dann stieß er die Tür weiter auf und sprang schnell mit erhobener Waffe mitten in den Raum, so daß ein hinter der Tür lauernder Feind keine Chance gehabt hätte, ihn niederzuschlagen.

Ein schneller Blick zeigte ihm sechs Männer, die hinter der halbgeöffneten Tür nicht zu sehen gewesen waren. Sie lagen in einer Ecke des Raumes.

16

Komodoflorensal stand neben Tarzan, bereit, seine Waffe gegen denjenigen zu erheben, der sie nach dem Grund ihrer Anwesenheit fragen würde. Bald jedoch ließ er die Eisenstange sinken. Ein breites Grinsen überzog sein Gesicht.

Tarzan blickte ihn an und fragte. „Wer sind die hier, und warum hat man sie getötet?"

„Sie sind nicht tot, mein Freund", erwiderte Komodoflorensal. „Es sind jene Edelleute, deren Aufgabe es ist, den Weingenuß zu verhindern. Sie sind nicht tot, sondern betrunken."

„Und die Blutlache unter dem Kopf des Mannes zu meinen Füßen?" forschte Tarzan.

„Das ist Rotwein und kein Blut", versicherte ihm sein Begleiter.

Schmunzelnd bemerkte Tarzan: „Sie hätten sich keine bessere Nacht für ihre Orgie aussuchen können. Wären sie nüchtern geblieben, hätten sie gewiß die Tür verschlossen, durch die wir hereingekommen sind."

„Bestimmt, und dann hätten wir es hier mit nüchternen Wachposten zu tun, statt mit zehn betrunkenen Edelleuten. Wir haben großes Glück, Zuanthrol."

Er hatte seinen Satz kaum beendet, als auf der anderen Seite eine Tür aufging und zwei Krieger eintraten, die erst sie musterten und dann auf die reglos daliegenden übrigen Anwesenden blickten.

„Was habt ihr hier zu suchen, Sklaven?" fragte einer von ihnen.

„Pst!" mahnte Tarzan und legte den Finger an die Lippen. „Kommt herein und schließt die Tür, bevor uns die anderen hören."

„Da ist niemand, der uns hören könnte", schnauzte einer der beiden, aber sie traten ein und schlossen die Tür. „Was ist los?"

„Ihr seid unsere Gefangenen", rief der Affenmensch, sprang hinter sie und verstellte mit dem Eisenstab in der Hand die Tür.

Beide Veltopismakusier grinsten höhnisch, zogen die Degen, sprangen auf den Affenmenschen zu und vergaßen für einen Moment den Trohanadalmakusier, der die Gelegenheit nutzte, die Eisenstange wegwarf und den Degen eines der betrunkenen Edelleute ergriff – eine Waffe, die Komodoflorensal zu einem der gefährlichsten Gegner ganz Minuniens machte, denn es gab keinen besseren Fechter unter den kriegerischen Geschlechtern von Trohanadalmakus, das in ganz Minunien für seine Klingen berühmt war.

Tarzan behielt die Eisenstange in den Händen und befand sich gegenüber den zwei Degenfechtern im Nachteil. Ohne Komodoflorensal wäre sein Untergang besiegelt gewesen, aber der Minunier sprang, kaum daß er die Waffe in der Hand hatte, nach vorn und griff einen der Krieger an. Der andere bedrängte Tarzan und höhnte dabei:

„Ich dein Gefangener, Sklave?“ Er hieb auf seinen Gegner ein, aber obwohl der Herr des Dschungels in der Fechtkunst vielleicht weniger bewandert war als der Angreifer, hatte er nicht umsonst Bolgani oder Numa gegenübergestanden. Tarzan bewegte sich blitzschnell und war ebenso stark wie vor seiner Verwandlung durch Zoanthrohago. Beim ersten Angriff sprang er zur Seite, um dem Stoß der Klinge auszuweichen, aber zu seiner wie auch zur Überraschung der beiden hatte ihn der schnelle Satz gleich durch den ganzen Raum getragen. Dann war der Mann wieder bei ihm, während der andere von dem Zertolosto von Trohanadalmakus hinreichend beschäftigt wurde.

Zweimal parierte Tarzan mit seiner schweren Stange die Schläge, dann entging er nur um Haaresbreite einem Stoß und konnte gerade noch zur rechten Zeit beiseite springen. Es war eine Sache von Sekunden, denn der Mann hatte nach seinem Unterleib gezielt – doch diese bedeuteten die Rettung für Tarzan und für seinen Gegner den Tod, denn als die Klinge neben ihm durch die Luft fuhr, schwang der Affenmensch die Stange gegen den ungeschützten Kopf des Veltopismakusiers, der mit einem Grunzen zu Boden sank. Sein Schädel war bis zum Nasenbein gespalten.

Nun wandte sich Tarzan um und wollte Komodoflorensal zu Hilfe eilen, aber der Sohn von Adendrohahkis benötigte dergleichen nicht. Just in diesem Moment trieb er seinen Mann gegen die Wand und durchbohrte ihm das Herz. Komodoflorensal fuhr herum, und als sein Blick auf den Affenmenschen fiel, hellte sich seine Miene auf.

„Mit einer Eisenstange hast du einen Fechter von Minunien besiegt!“ rief er. „Das ist unglaublich. Und ich habe mich bemüht, meinen Mann so schnell wie möglich loszuwerden, um dir zu Hilfe zu kommen, bevor es zu spät ist.“

Tarzan lachte und sagte: „Denselben Gedanken hatte auch ich deinetwegen.“

„Und es wäre bitter nötig gewesen, hätte ich nicht diesen Degen gehabt“, versicherte ihm Komodoflorensal. „Aber was nun? Wir sind wieder einmal viel weiter gekommen als eigentlich möglich. Nun kann mich nichts mehr überraschen.“

„Wir werden mit diesen beiden unglücklichen Herren die Kleidung tauschen“, erwiderte Tarzan, während er sich des grünen Umhangs entledigte.

Komodoflorensal folgte dem Beispiel seines Begleiters und kicherte dabei vor sich hin.

„Es gibt also noch andere ebenso großartige Völker wie die Minunier“, erklärte er. „Obwohl ich das nie geglaubt hätte, bevor ich dich traf.“

Einige Minuten später trugen beide die Uniform der Krieger von Veltopismakus, dann zog Tarzan demjenigen, den er getötet hatte, seinen grünen Umhang über.

„Warum machst du das?“ fragte der Prinz.

„Folge meinem Beispiel, und du wirst bald sehen, warum“, erwiderte Tarzan.

Komodoflorensal tat, wie ihm geheißen, und als sie fertig waren, warf sich der Affenmensch eine der Leichen über die Schulter und trug sie in den Nebenraum. Komodoflorensal folgte ihm gleich darauf mit der anderen. Tarzan ging bis zum Außenrand der Fensterscharte, warf seine Last hinaus, nahm Komodoflorensal die andere Leiche ab und schleuderte sie der ersten hinterher.

„Wenn sie sie nicht genauer untersuchen, macht diese List sie vielleicht glauben, daß wir beim Fluchtversuch umgekommen sind.“ Mit diesen Worten löste er zwei der Haken von der Leiter und ließ sie fallen. „Das wird die Geschichte noch etwas beleben“, fügte er als Erklärung hinzu.

Gemeinsam kehrten sie in den Lagerraum zurück, wo Komodoflorensal den schlafenden Edelleuten die dicken Geldbeutel abnahm.

„Wir werden alles brauchen, was wir kriegen können, wenn wir uns längere Zeit als veltopismakusische Krieger ausgeben wollen“, sagte er. „Ich kenne den Ruf dieses Volkes, und mit diesem Gold können wir viele Dinge erkaufen, die wir vielleicht benötigen – die Blindheit der Wachen und das Entgegenkommen von Beamten. Sie dürfen nur der Wahrheit nicht auf die Spur kommen.“

„Um diese Angelegenheiten mußt du dich kümmern, Komodoflorensal“, entgegnete Tarzan. „Ich kenne mich mit den Gepflogenheiten deines Volkes nicht aus. Aber wir müssen weg von hier. Diese Herren waren uns von großem Nutzen und auch sich selbst, denn ihre Verlogenheit und Unmoral hat ihnen das Leben gerettet, während jene beiden, die nüchtern blieben und treu und brav ihre Pflicht erfüllten, nun tot sind.“

„Das Leben verläuft eben in ungeraden Bahnen“, bemerkte Komodoflorensal dazu.

„In Minunien ebenso wie anderswo“, stimmte Tarzan zu und trat zur Tür, die, wie sie feststellten, zu einem Korridor führte und nicht in ein weiteres Gemach, wie sie aufgrund der Nähe zum Zentralschacht eigentlich erwartet hatten.

Schweigend gingen sie den Gang entlang, der zu dieser Morgenstunde menschenleer war. Dabei kamen sie an erleuchteten Räumen vorbei, in denen Männer und Frauen im Schein vieler Kerzen friedlich schlummerten. Sie sahen einen schlafenden Wachposten vor dem Eingang zu den Gemächern eines Edelmannes. Unbemerkt gingen sie den serpentinenartigen, endlosen Korridor hinab und querten eine Unzahl von Gängen, bis sie sich von jenem Teil des Königsgebäudes weit entfernt hatten, wo sie eingesperrt gewesen waren und wo man sie wahrscheinlich zuerst suchen würde, falls die Leichen, die sie in den Schacht geworfen hatten, noch nicht entdeckt worden waren oder man deren wahre Identität herausgefunden hatte.

Bald kam ihnen ein weißgekleideter Sklave entgegen. Er ging vorüber, ohne sie zu beachten, kurz darauf erschien ein zweiter, dritter, bis sie beide bemerkten, daß der Morgen nahte und es bald überall von Leuten wimmeln würde.

„Es wird das beste sein, uns solange zu verstecken, bis noch mehr unterwegs sind. In der Menge sind wir sicherer als unter wenigen, da fallen wir eher auf.“

Fast in allen Gemächern, an denen sie vorbeikamen, lebten Familien, während in den unbewohnten Räumen keine Kerzen standen, die demzufolge auch für kürzere Zeit als Versteck ungeeignet waren. Dann zog Komodoflorensal jedoch Tarzan am Arm und wies auf ein Zeichen neben einer Tür, der sie sich gerade näherten.

„Das ist genau das richtige“, sagte er.

„Was ist das?“ fragte Tarzan, als sie davor standen: „Himmel, hier sind ja lauter Männer! Wenn sie aufwachen, werden wir entdeckt.“

„Aber nicht erkannt“, erwiderte der Trohanadalmakusier und fuhr fort: „Zumindest sind die Chancen dafür sehr gering. Das ist ein Gemeinschaftsraum, in dem jeder für Geld übernachten kann. Zweifellos schlafen hier auch Besucher aus anderen Gebäuden, und deswegen achtet man nicht sonderlich auf Fremde.“

Er trat als erster ein. Ein weißgekleideter Sklave kam auf sie zu. „Kerzen für zwei“, verlangte Komodoflorensal und reichte dem Sklaven eine der kleineren Goldmünzen, die er den schlafenden Edelleuten weggenommen hatte.

Der Sklave führte sie in eine entfernte Ecke des Raumes, wo auf dem Boden sehr viel Platz war, zündete zwei Kerzen an und ließ sie allein. Einen Augenblick später lagen sie mit dem Gesicht zur Wand, um sich auch auf diese Weise vor der Entdeckung zu schützen, und waren bald eingeschlafen.

Als Tarzan erwachte, sah er, daß er und Komodoflorensal mit Ausnahme des Sklaven, der sie eingelassen hatte, die einzigen im Raum waren. Er weckte seinen Gefährten, da er nicht die geringste Aufmerksamkeit erwecken wollte. Man brachte ihnen einen Eimer Wasser, und sie wuschen sich über einer Rinne im Fußboden, die, wie in Minunien üblich, an den Wänden entlanglief. Das Abwasser gelangte durch Rohre zu den Feldern außerhalb der Städte, wo es zur Bewässerung genutzt wurde. Da alles Wasser mit Eimern in die Gebäude und in die verschiedenen Stockwerke gebracht werden mußte, wurde es zugeteilt, wobei die Soldaten und Edelleute den Löwenanteil erhielten. Die weißgekleideten Sklaven badeten zumeist in den Flüssen vor der Stadt. Den grüngekleideten Sklaven erging es am schlimmsten, sie litten wirklich unter dem Mangel an Bademöglichkeiten, denn die Minunier sind ein reinliches Volk. Wenn die Steinbruchsbesitzer freundlicher gesonnen waren und ihnen die Zeit dafür gewährten, halfen sie sich aus der Not und nutzten das Wasser zum Baden, das sich in jedem Steinbruch ansammelt und als Trinkwasser ungeeignet ist.

Nachdem sie sich gewaschen hatten, traten Tarzan und Komodoflorensal wieder in den Korridor, den breiten Verbindungsweg, wo nun in beiden Richtungen Menschen in zwei schier endlosen Reihen unterwegs waren. Dies bot ihnen die größte Sicherheit vor der Entdeckung. In regelmäßigen Abständen erhellten Kerzen die Umgebung und reinigten die Luft. Durch offene Eingänge konnten sie in die verschiedensten Geschäfte schauen, wo Männer und Frauen Waren eintauschten, und nun erfuhr Tarzan zum ersten Mal, wie das Leben in Veltopismakus wirklich verlief. Die Geschäfte wurden von weißgekleideten Sklaven geführt, und auch die Kundschaft setzte sich aus Sklaven und Soldaten zusammen, wo beide Geschlechter jedes Standes vertreten waren. Tarzan sah zum ersten Mal Frauen des Kriegerstandes außerhalb ihrer Wohnungen. Zwar war er Prinzessin Janzara in den Palastgemächern begegnet und hatte auch unterwegs viele Frauen gesehen, aber nun konnte er sie von nahem betrachten. Sie hatten die Gesichter zinnoberrot bemalt und die Ohren blau; ihre Kleidung ließ das linke Bein und den linken Arm unbedeckt. War indes der rechte Knöchel oder das rechte Handgelenk zu sehen, ordneten sie schnell ihre Kleidung, um sie wieder zu verdecken, da es ihnen offensichtlich sehr unangenehm und peinlich war. Als der Affenmensch dies sah, fielen ihm die fetten, gutsituierten Witwen seiner Heimat ein, die übermäßig ausgeschnittene Abendkleider trugen, aber lieber gestorben wären, als daß sie ein Knie entblößt hätten.

Die Frontseiten der Geschäfte waren mit grellbunten Gemälden und Hieroglyphen verziert, die meistens angaben, welche Waren verkauft wurden, und für den Eigentümer warben. Einer dieser Läden erweckte die Aufmerksamkeit des Trohanadalmakusiers, er zog Tarzan am Arm und wies ihn darauf hin.

„Hier werden Speisen angeboten. Komm, wir gehen essen“, sagte er.

„Das kommt nur wie gerufen. Ich bin schon fast am Verhungern“, versicherte ihm Tarzan. So betraten die beiden den kleinen Laden, in dem schon einige Kunden auf dem Boden saßen. Sie hatten vor sich kleine Bänkchen, auf denen in hölzernen Gefäßen Speisen serviert wurden. Komodoflorensal entdeckte einen Platz ganz hinten, neben dem Eingang zu einem anderen Geschäft, denn nicht alle Läden lagen so günstig an einem Gang. Manche konnten nur durch einen anderen betreten werden.

Sie setzten sich, stellten eine Bank vor sich, warteten auf die Bedienung und blickten sich um. Wie Komodoflorensal Tarzan mitteilte, handelte es sich offenbar um eine einfache Gaststätte für Sklaven und ärmere Soldaten. Man konnte ihre Armut an der schäbigen Ausrüstung und abgetragenen Kleidung unschwer erkennen. Im Geschäft nebenan waren weitere, weniger vom Glück begünstigte Kriegsleute damit beschäftigt, ihre Kleider mit den Stoffen zu flicken, die sie soeben von dem ebenfalls armen Verkäufer erworben hatten.

Das Essen wurde von einem Sklaven in einer weißen Uniform aus sehr billigem Tuch serviert, der äußerst überrascht war, als sie das Essen und die Bedienung mit einem Goldstück bezahlen wollten.

„Sehr selten kommen reiche Krieger, die Gold besitzen, in unser bescheidenes Geschäft. Eisenstücke, manchmal etwas Blei und viel Holzgeld wandert in meine Truhen, aber Gold sehe ich wirklich sehr selten. Ja, früher gehörten viele meiner Kunden zu den reichsten Leuten der Stadt. Seht dort drüben, den hochgewachsenen Mann mit dem runzeligen Gesicht. Einst war er reich – der reichste Krieger im ganzen Gebäude. Schaut ihn nun an! Und seht jene, die im Nebenraum Hilfsarbeiten verrichten, Männer, die einst derart wohlhabende Sklaven besaßen, daß diese ihrerseits Sklaven mieteten, die die niedrigeren Arbeiten für sie verrichteten. Sie alle sind Opfer der Steuern geworden, die Elkomoelhago den Gewerbetreibenden auferlegt hat.

Wenn man arm ist, hat man ein einfacheres Leben, als wenn man reich ist“, fuhr er fort. „Die Armen brauchen nämlich keine Steuern zahlen, während denjenigen, die hart arbeiten und sich Eigentum schaffen, für ihre Arbeit nur die Mühsal bleibt, da die Regierung ihnen alles in Form von Steuern wegnimmt.

Da drüben sitzt ein Mann, der früher sehr reich war. Er hat sein Leben lang hart gearbeitet und ein riesiges Vermögen angehäuft. Als Elkomoelhagos neue Steuer eingeführt wurde, mühte er sich noch einige Jahre ab, um soviel zu verdienen, daß er seinen

Lebensunterhalt bestreiten und zugleich seine Steuern bezahlen konnte, er mußte aber dann feststellen, daß es unmöglich war. Er besaß einen Feind, der ihm schweres Unrecht zugefügt hatte. Dieser war sehr arm, und ihm gab er alles, was von seinem großen Vermögen übriggeblieben war. Das war eine furchtbare Rache: aus einem zufriedenen Mann wurde ein abgehärmtes Wrack. Er müht sich nun unermüdlich achtzehn Stunden täglich in dem sinnlosen Versuch ab, sich ein Einkommen zu sichern, das seine Steuern bezahlt."

Als sie gegessen hatten, setzten die beiden Flüchtlinge ihren Weg nach unten fort. Dabei benutzten sie immer die stark bevölkerten Gänge, wo es am unwahrscheinlichsten war, entdeckt zu werden. Nun begegneten ihnen häufiger berittene Krieger, die sich auf den schmalen Wegen so schnell und rücksichtslos vorwärtsbewegten, daß Fußgänger Mühe hatten, nicht niedergeritten und zertrampelt zu werden. Es kam Tarzan beinahe wie ein Wunder vor, daß jeder von ihnen unverletzt sein Ziel erreichte. Als sie unten anlangten und nach einem der vier Ausgänge des Gebäudes suchten, wurde ihnen der Weg von einer großen Menschenmenge versperrt, die sich an einer Wegkreuzung angesammelt hatte. Die ganz hinten Stehenden reckten die Hälse, um zu sehen, was vorn vor sich ging. Jedermann befragte seinen Nachbarn, aber noch schien niemand von den Umstehenden zu wissen, was vorgefallen war, bis schließlich Bruchstücke von Gerüchten zu ihnen drangen. Tarzan und Komodoflorensal trauten sich nicht, Fragen zu stellen, hielten indes die Ohren offen und wurden bald durch einen offenbar zuverlässigen Bericht über den Grund der Menschenansammlung belohnt, als einer, der sich den Weg aus der Menge bahnte, erklärte, jene ganz vorn seien stehengeblieben, um sich die Überreste zweier Sklaven zu anzusehen, die beim Fluchtversuch ums Leben gekommen waren.

„Sie waren ganz oben in einer von Zoanthrohagos Zellen eingesperrt und haben versucht, über eine improvisierte Leiter durch den Mittelschacht zu fliehen", berichtete der Befragte. „Die Leiter brach, und sie stürzten auf das Dach des Thronsaales, wo man soeben ihre Körper schrecklich verstümmelt aufgefunden hat. Man bringt sie zu den Raubtieren. Einer von ihnen bedeutet für Zoanthrohago einen großen Verlust, denn es war der Zuanthrol, an dem er seine Experimente durchführte."

„Ah, die habe ich gestern noch gesehen“, rief ein Zuhörer.
„Du würdest sie heute nicht mehr erkennen, so schrecklich sind ihre Gesichter zugerichtet“, meinte der Informant herablassend.
Als sich die Menschenmenge aufgelöst hatte, setzten Tarzan und Komodoflorensal ihren Weg fort und entdeckten bald, daß der Sklavenkorridor direkt vor ihnen lag, und daß man die Leichname ihrer Feinde vom vorhergehenden Abend dort entlang trug.
„Was meinte er, als er sagte, daß man sie zu den Raubtieren brächte?“ fragte der Affenmensch.
„Auf diese Weise entledigen wir uns toter Sklaven“, erwiderte der Trohanadalmakusier. „Sie werden an den Rand des Dschungels gebracht, wo sie von den wilden Raubtieren gefressen werden. In der Nähe von Trohanadalmakus streifen einige alte und zahnlose Löwen umher, die sich nur mit Sklavenfleisch am Leben erhalten. Sie sind unsere Aasfresser und sind daran gewöhnt, gefüttert zu werden, daß sie den Trupps entgegenlaufen, die die Leichen bringen, und sie brüllend und knurrend bis zu der Stelle begleiten, wo die Körper niedergelegt werden.“
„Entledigt ihr euch all eurer Toten auf diese Weise?“
„Nur der toten Sklaven. Die Leichen unserer Krieger und Edelleute werden verbrannt.“
„Also besteht schon sehr bald keine Gefahr mehr, daß diese beiden richtig identifiziert werden“, fuhr Tarzan fort und wies mit dem Daumen zum Gang, wo die Körper der beiden toten Krieger auf den Rücken zweier Diadets hin und her baumelten.

17

„Wohin nun?“ fragte Komodoflorensal einen Augenblick später, als sie aus dem Sklavenkorridor traten und draußen im hellen Sonnenlicht standen.

„Führ uns zum Steinbruch, in das Gewölbe, in dem wir gefangen gehalten wurden.“

„Du mußt deiner kurzen Freiheit bereits überdrüssig sein“, bemerkte der Trohanadalmakusier.

„Wir holen Talaskar, wie ich es versprochen habe“, erinnerte ihn Tarzan.

„Ich kenne deine Treue und deinen Heldenmut und schätze beides sehr, aber gleichzeitig muß ich an deinem Urteilsvermögen zweifeln. Es ist unmöglich, Talaskar zu befreien. In einer anderen Situation wäre ich der erste, der ihr zu Hilfe eilen würde, aber sie weiß ebenso wie ich, daß sie auf die Freiheit nicht hoffen kann. Wir erreichen damit nur eines, nämlich wieder unseren Herren in die Hände zu fallen“, antwortete der Zertolosto.

„Hoffentlich nicht“, erwiderte Tarzan. „Aber wenn du wirklich denkst, daß unsere Bemühungen zum Scheitern verurteilt sind und wir nur wieder eingefangen werden, brauchst du doch nicht mitzukommen. Das einzige, wofür ich deine Hilfe benötige, ist, mich zu dem Gewölbe zu bringen, in dem Talaskar gefangen gehalten wird. Mehr verlange ich nicht.“

„Denkst du, daß ich mich vor der Gefahr scheue?“ fragte Komodoflorensal. „Nein! Wohin du gehst, will auch ich hingehen. Wenn du gefangen wirst, möchte auch ich gefangen werden. Vielleicht haben wir kein Glück, aber laß uns bitte nicht auseinandergehen. Ich bin bereit, dich überallhin zu begleiten.“

„Gut“, entgegnete Tarzan. „Nun führ uns zu dem Steinbruch, und nimm all dein Wissen über die Verhältnisse in Minunien und deinen ganzen Verstand zusammen und verschaff uns Eintritt, ohne daß wir viel reden müssen.“

Unbehelligt liefen sie die schattigen Wege zwischen den Gebäuden von Veltopismakus entlang, an dem großen Paradeplatz vorbei, wo prächtig herausstaffierte Soldaten mit größter Präzision komplizierte Manöver vollzogen, und gelangten dann aus der Stadt, wo sich eine Sklavenkolonne unter der Aufsicht stolzer Wachposten vorwärts schleppte. Sie schlossen sich den Wachen an, gingen neben der langen Reihe her zum Steinbruch, wo auch sie einst gefangen gehalten wurden, und standen bald vor dessen Eingang.

Mechanisch nahm man die Nummern der Sklaven auf und schrieb sie in ein großes Buch, schenkte den Wachen aber zu Tarzans großer Erleichterung keine Beachtung. Sie gelangten hinein, ohne kontrolliert oder gezählt zu werden, desgleichen Komodoflorensal, der Kronprinz von Trohanadalmakus, und Tarzan von den Affen.

Kaum hatten sie das Wachzimmer des Steinbruchs hinter sich, ließen sie sich allmählich hinter die Kolonne zurückfallen, so daß sie sich unbemerkt absondern konnten, als die Sklaven in ein Stockwerk abbogen, das über dem ihren lag. Eine Kolonne zu verlassen bedeutete lediglich, sich einer anderen zuzugesellen, denn eine schloß sich der anderen an. Oftmals liefen zwei Kolonnen sogar nebeneinander her. Als sie aber auf der fünfunddreißigsten Ebene angekommen waren und in den Schacht einbogen, der zu ihrem Gewölbe führte, stellten sie fest, daß sie allein waren, da außer morgens und abends, wenn die Männer zur Arbeit geführt oder zurückgebracht wurden, kaum jemand in den Gängen zu den Sklavenunterkünften unterwegs war.

Vor dem Zugang zum Gewölbe hockte ein einzelner Wachposten auf dem Boden, mit dem Rücken gegen die Wand gelehnt. Bei ihrer Ankunft erhob er sich jedoch und sprach sie an.

Komodoflorensal, der voranging, blieb stehen und sagte: „Wir kommen wegen dem Sklavenmädchen Talaskar."

Tarzan stand direkt hinter Komodoflorensal und sah, wie die Augen des Kriegers kurz aufblitzten. Hatte er sie erkannt?

„Wer schickt euch?" fragte der Krieger.

„Der Besitzer, Zoanthrohago", erwiderte der Trohanadalmakusier.

Die Miene des Kriegers spiegelte Verschlagenheit.

„Kriecht hinein und holt sie euch", sagte er, schob die Riegel zurück und öffnete die Tür.

Komodoflorensal kniete sich hin und kroch durch den niedrigen Zugang, Tarzan blieb indes stehen, wo er war.

„Kriech rein!“ sagte der Wachposten.

„Ich bleibe hier“, erwiderte der Affenmensch. „Es bedarf nicht zweier Leute, um ein einziges Sklavenmädchen zu finden und herauszuholen.“

Einen Augenblick zögerte der Krieger, dann schloß er schnell die Tür und schob die schweren Riegel vor. Als er sich wieder zu Tarzan umwandte, der sich nun allein mit ihm auf dem Gang befand, hielt er ein blankes Schwert in den Händen, mußte aber feststellen, daß Zuanthrol den Degen gezückt hatte.

„Ergib dich!“ schrie der Krieger. „Ich habe euch beide sofort erkannt.“

„Das habe ich mir gedacht. Du bist klug, nur verraten dich deine Augen“, entgegnete Zuanthrol.

„Auch mein Schwert ist kein Dummkopf“, stieß der Mann hervor, als er mit einem teuflischen Ausfall auf die Brust des Affenmenschen zielte.

Leutnant Paul D'Arnot von der französischen Marine war in der Armee als einer der besten Degenfechter bekannt gewesen und hatte seinem Freund Greystoke in den vielen Stunden, in denen sie die Klingen gekreuzt hatten, vieles von seinem Können vermittelt. Heute sandte Tarzan ein Dankesgebet an seinen weit entfernten Freund, dessen sorgfältiges Training ihm noch nach so vielen Jahren von Nutzen war, denn er bemerkte bald, daß sein Gegner, mochte er auch ein Meister der Fechtkunst sein, ihn keineswegs übertraf. Außerdem kamen dem Affenmenschen seine große Kraft und Beweglichkeit zugute.

Nach nur ein oder zwei Minuten wurde dem Veltopismakusier klar, daß er keinen gewöhnlichen Gegner vor sich hatte, und daß er sich außerdem im Nachteil befand, da er Tarzans Angriffen nicht ausweichen konnte, während sein Gegner mit dem Rücken zum Gang stand. Daraufhin versuchte er, Tarzan zurückzudrängen, erhielt für seine Bemühungen aber nur einen Stich in die Schulter und begann sogleich, um Hilfe zu rufen. Der Affenmenschen verstand, daß er ihn zum Schweigen bringen mußte, und zwar schnell. Ein Angriff des anderen bot ihm die Gelegenheit. Er wich aus, machte dann einen großen Satz nach vorn und stieß dem Veltopismakusier den Degen in die Brust. Kaum hatte er seine Waffe aus dem Körper seines Gegners gezogen, schob er die Türriegel zurück und öffnete den Zugang. Dahinter tauchte mit weißem Gesicht Komodoflorensal auf, dessen Miene sich aufhellte, als sein Blick auf Tarzan und den toten Wachposten fiel. Einen Augenblick später stand er neben seinem Freund.

„Wie ist das passiert?“ fragte er.

„Er hat uns erkannt. Aber was ist mit Talaskar? Kommt sie nicht mit?“

„Sie ist nicht hier. Kalfastoban hat sie weggebracht, er hat sie Zoanthrohago abgekauft.“

Tarzan wandte sich um und sagte: „Schieb die Riegel wieder vor und laß uns hier verschwinden.“

Komodoflorensal tat, wie ihm geheißen und fragte dann: „Wohin nun?“

„Wir müssen Kalfastobans Unterkunft finden“, erwiderte der Affenmensch.

Komodoflorensal zuckte mit den Schultern und folgte seinem Freund in Richtung der Oberfläche. Unbehelligt gelangten sie bis zur sechzehnten Ebene, als ihnen in einer Kolonne, die vor ihnen den Gang überquerte, plötzlich ein Sklave das Gesicht zuwandte. Einen Augenblick lang begegneten seine Augen denen Tarzans, dann war der Mann im Seitengang verschwunden.

„Wir müssen uns beeilen“, raunte Tarzan seinem Begleiter zu.

„Warum auf einmal?“ fragte Komodoflorensal.

„Hast du nicht den Mann gesehen, der soeben an uns vorbeigegangen ist und sich noch einmal nach mir umgedreht hat?“

„Nein, wer war es?“

„Garaftap“, erwiderte Tarzan.

„Hat er dich erkannt?“

„Das kann ich nicht sagen, aber offensichtlich kam ihm etwas an mir bekannt vor. Hoffen wir, daß er sich nicht an mich erinnert, obwohl ich es leider annehme.“

„Dann dürfen wir keine Zeit verlieren und müssen so schnell wie möglich von hier und aus Veltopismakus verschwinden.“

Sie liefen schneller. „Wo mögen Kalfastobans Gemächer sein?“ fragte Tarzan.

„Ich weiß nicht. In Trohanadalmakus werden die Soldaten nur für kurze Dauer in die Steinbrüche abkommandiert und beziehen dort auch kein Quartier oder nehmen Sklaven mit. Ich weiß nicht, was hier üblich ist. Es kann sein, daß Kalfastobans Dienstzeit in den Steinbrüchen schon zu Ende ist. Andererseits ist es auch möglich, daß die Soldaten für längere Zeit in die Steinbrüche abkommandiert werden, dann könnte seine Unterkunft dicht unter der Oberfläche liegen. Wir müssen uns erkundigen."

Bald darauf trat Tarzan auf einen Krieger zu, der in derselben Richtung marschierte wie sie. „Wo kann ich Kalfastoban Vental finden?" fragte er.

„Das sagt man euch im Wachzimmer, sofern es euch etwas angeht", erwiderte er, und warf beiden einen kurzen Blick zu. „Ich weiß es nicht."

Als sie den Mann hinter sich gelassen hatten und er nach einer Wegbiegung nicht mehr zu sehen war, beschleunigten sie ihren Schritt, denn jeder noch so kleine Zwischenfall machte sie mißtrauisch. Ihr einziger Wunsch bestand nun nur darin, unbehelligt aus dem Steinbruch zu kommen. In der Nähe des Ausgangs schlossen sie sich einer Sklavenkolonne an, die sich, mit schweren Steinbrocken für das neue Gebäude beladen, den Gang empormühte, und gelangten mit ihnen zum Wachraum, wo die Sklaven kontrolliert wurden. Der Offizier und seine Bediensteten arbeiteten mechanisch, und es schien zunächst ebenso leicht zu sein, den Steinbruch zu verlassen, wie sie ihn betreten hatten, als der Offizier plötzlich die Stirn runzelte und zu zählen begann.

„Wieviel Sklaven sind in diesem Trupp?" fragte er.

„Einhundert", erwiderte einer der Begleitsoldaten.

„Warum dann vier Wachposten?" fragte der Offizier.

„Wir sind nur zwei", entgegnete der Krieger.

„Wir gehören nicht dazu", beeilte sich Komodoflorensal zu erklären.

„Was sucht Ihr hier?" wollte der Offizier wissen.

„Könnten wir mit Euch unter vier Augen sprechen, so könnten wir Euch das schnell erklären", erwiderte der Trohanadalmakusier.

Der Offizier winkte dem Trupp, weiterzugehen, und nickte Komodoflorensal und Tarzan zu, ihm in den Nebenraum zu folgen, ein kleines Vorzimmer, in dem der Befehlshaber der Wache schlief.

„Nun, zeigt mir eure Pässe", forderte er.

„Wir haben keine", erwiderte Komodoflorensal.

„Keine Pässe! Das wird schwierig zu erklären sein."

„Nicht einem Mann von Eurem Urteilsvermögen", erwiderte

der Prinz und klimperte rein zufällig mit den Goldmünzen in seiner Tasche. „Wir suchen nach Kalfastoban. Wie wir erfahren haben, besitzt er einen Sklaven, den wir kaufen wollen, und da es uns in der kurzen Zeit, die uns zur Verfügung steht, nicht gelungen ist, einen Paß zu bekommen, haben wir es eben ohne diesen versucht, da es sich um eine so unbedeutende Angelegenheit handelt. Könntet Ihr uns den Weg zu Kalfastoban zeigen?" Erneut klimperte er mit den Münzen.

„Mit dem größten Vergnügen", erwiderte der Offizier. „Seine Unterkunft befindet sich im fünften Stockwerk des Königsgebäudes auf dem Zentralgang, etwa auf halbem Weg zwischen dem Königskorridor und dem Kriegerkorridor. Da er erst heute morgen vom Dienst im Steinbruch abgelöst worden ist, werdet Ihr ihn zweifellos dort finden."

„Wir danken Euch", sagte Komodoflorensal, beugte sich dabei in der in Minunien üblichen Weise weit zurück und fuhr fort: „Und nun wären wir Euch sehr dankbar, wenn Ihr uns erlaubtet, Euch dieses kleine Zeichen unserer Wertschätzung dazulassen." Er zog eine große Goldmünze aus der Tasche und überreichte sie dem Offizier.

„Um nicht undankbar zu erscheinen, muß ich Euer großzügiges Geschenk annehmen, mit dem ich das Leiden der Armen lindern kann. Möge Euer Weg immer gesegnet sein!"

Die drei verneigten sich, dann verließen Tarzan und Komodoflorensal das Wachzimmer und standen einen Augenblick später im Freien.

„Sogar in Minunien!" flüsterte Tarzan.

„Was meinst du?" fragte sein Freund.

„Ich habe gerade an meinen schlichten, ehrlichen Dschungel gedacht, an jene Geschöpfe Gottes, die von den Menschen als Raubtiere bezeichnet werden."

„Wie sollte man sie sonst nennen?" fragte Komodoflorensal.

„Nach den Maßstäben, die sich die Menschen auferlegen und die sie zu befolgen unfähig sind, sollte man sie Halbgötter nennen", erwiderte der Affenmensch.

„Ich glaube, ich weiß, was du meinst", antwortete sein Freund lachend. „Aber denk doch mal nach! Hätte ein Löwe den Eingang zum Steinbruch bewacht, so hätte uns keine Goldmünze etwas genutzt. Die menschlichen Schwächen haben auch ihre Vorteile, ihretwegen hat das Rechte soeben über das Unrechte triumphiert, und die Bestechung trug den Mantel der Tugend."

Sie kehrten zum Königsgebäude zurück und begaben sich zur Nordseite, wo wie in jedem Gebäude der Sklavenkorridor zu finden sein mußte. Zuletzt hatten sie den Rundbau durch den nach Westen führenden Kriegerkorridor verlassen. Ihrer Ansicht nach war es zu gefährlich, mehrere Male an ein und derselben Stelle vorbeizukommen. Falls jemand sie dort nämlich beim ersten Mal halb erkannte, wäre er sich dann vollends sicher, wenn er sie noch ein zweites oder drittes Mal erblickte.

Als sie den Rundbau betreten hatten, brauchten sie nur wenige Minuten bis zum fünften Stockwerk. Selbstbewußt auftretend begaben sie sich zu der Stelle am Zentralgang, wo sich der Aussage des Wachoffiziers zufolge Kalfastobans Unterkunft befand und vielleicht auch Kalfastoban selbst. Beide sahen die größte Gefahr darin, daß Kalfastoban sich an ihre Gesichter erinnerte, denn von allen Veltopismakusiern hatte er sie, vor allem Tarzan, am häufigsten gesehen.

Sie befanden sich auf halbem Wege zwischen dem Sklavenkorridor und dem Kriegerkorridor, als Komodoflorensal eine junge Sklavin anredete, ob sie wisse, wo sich die Räume von Kalfastoban befänden.

„Um zu Kalfastoban zu gelangen, muß man die Unterkunft von Hamadalban durchqueren", erwiderte das Mädchen. „Das ist der dritte Eingang", sie wies in die Richtung, in der sie gerade unterwegs waren.

Als sie verschwunden war, fragte Tarzan Komodoflorensal, ob er glaube, daß es schwierig sei, zu Kalfastobans Räumen Zutritt zu erlangen.

„Nein", erwiderte dieser. „Die Schwierigkeiten besteht darin, zu wissen, was wir tun, wenn wir erst drinnen sind."

„Wir wissen, warum wir hergekommen sind", erwiderte der Affenmensch. „Wir müssen nur unseren Plan ausführen und alle möglichen Hindernisse aus dem Weg räumen."

„So einfach ist das?" fragte der Prinz lachend.

Tarzan mußte lächeln. „Um ehrlich zu sein: Ich habe nicht die geringste Vorstellung, was wir tun, wenn wir Talaskar ausfindig gemacht haben. Aber das ist nichts Außergewöhnliches, denn ich habe sowieso kaum eine Vorstellung, was in dieser fremden Stadt und dieser fremden Welt im nächsten Augenblick auf mich zukommt. Wir können nur unser Bestes geben, mehr nicht. Wir sind schneller hierher gelangt als erwartet – vielleicht haben wir keinen weiteren Widerstand zu überwinden – vielleicht werden wir aber auch innerhalb der nächsten zwölf Schritte angehalten, und das dann für immer."

Sie blieben vor dem dritten Eingang stehen und blickten hinein. Einige Frauen hockten auf dem Boden, zwei davon entstammten dem Militärstand, die anderen trugen die weiße Kleidung der Sklaven. Kühn trat Komodoflorensal ein.

„Sind dies die Räume von Hamadalban?" erkundigte er sich.

„Ja", erwiderte eine der Frauen.

„Liegen dahinter die von Kalfastoban?"

„Ja."

„Und hinter ihnen?" fragte der Trohanadalmakusier.

„Dort führt ein lange Galerie zum Außengang. Von dieser Galerie gehen viele Räume ab, in denen Hunderte von Menschen wohnen. Ich kenne nicht alle. Wen sucht Ihr?"

„Palastokar", erwiderte Komodoflorensal schnell. Er nannte den erstbesten Namen, der ihm gerade einfiel.

„An diesen Namen kann ich mich nicht erinnern", sagte die Frau und runzelte dabei nachdenklich die Brauen.

„Dank deiner Hilfe werde ich ihn nun jedoch finden", sagte Komodoflorensal. „Denn meine Anweisungen lauten, die Gemächer von Hamadalban und Kalfastoban zu durchqueren, dann würde ich zu einer Galerie gelangen, von der Palastokars Räume abgehen. Vielleicht ist Kalfastoban auch zu Hause, er kann mir den Weg genauer beschreiben."

„Kalfastoban ist mit Hamadalban ausgegangen", erwiderte die Frau. „Ich erwarte sie aber jeden Moment zurück. Möchtet Ihr warten?"

„Vielen Dank", lehnte Komodoflorensal hastig ab. „Ich denke, wir finden Palastokars Unterkunft schon allein. Mögen Eure Kerzen lang und hell brennen!" Ohne weitere Umstände durchquerte er den Raum und trat mit Tarzan in die Gemächer Kalfastobans.

„Mein Freund, ich glaube, wir müssen uns beeilen", sagte der Prinz.

Tarzan blickte sich schnell um. Der Raum war leer und besaß

mehrere Nebengelasse, einige hatten Holztüren, andere waren einfach verhangen. Der Affenmensch trat rasch zur ersten besten Tür und berührte den Knauf. Er gab nach, und Tarzan stieß die Tür auf. Drinnen war alles finster.

„Hol mir mal eine Kerze, Komodoflorensal“, sagte er.

Der Prinz nahm zwei aus den Wandnischen. „Das ist ein Vorratsspeicher“, sagte er, als der Lichtschein den Raum erhellte. „Nahrungsmittel, Kerzen und Kleidung. Kalfastoban ist kein armer Mann. Der Steuereintreiber hat ihn noch nicht ruiniert.“

Tarzan stand hinter Komodoflorensal im Eingang zum Lagerraum, wandte sich plötzlich um und blickte durch das andere Zimmer. Er hatte in Hamadalbans Räumen Stimmen gehört – Männerstimmen, und eine davon gleich erkannt – es war Kalfastoban Vental.

„Komm!“ dröhnte dieser. „Komm mit in meine Wohnung, Hamadalban. Ich will dir meine neue Sklavin zeigen.“

Tarzan schob Komodoflorensal vor sich in den Vorratsraum und verschloß die Tür. „Hast du das gehört?“ flüsterte er.

„Ja, das war Kalfastoban!“

Die Tür zu diesem Lagerraum war mit einem kleinen Gitterfenster versehen, vor dem ein dicker Stoffvorhang hing. Wenn man ihn zur Seite schob, konnte man in den Nebenraum blicken und alles mitanhören, was die beiden Männer sagten, die nun aus Hamadalbans Wohnung kamen.

„Ich sage dir, es ist der beste Kauf, den ich je gemacht habe“, schwadronierte Kalfastoban laut. „Aber warte, ich werde sie holen.“ Er begab sich zu einer anderen Tür, drehte den Schlüssel, stieß sie weit auf und brüllte: „Komm heraus!“

Eine junge Frau trat in der stolzen Haltung einer Königin langsam in das Gemach – sie verhielt sich nicht im geringsten unterwürfig, reckte das Kinn hoch, hielt den Blick gerade und sah den Vental beinahe verächtlich an. Und sie war schön. Es war Talaskar. Komodoflorensal wurde sich zum ersten Mal bewußt, von welcher wahrhaften Schönheit diese junge Sklavin war, die für ihn das Essen zubereitet hatte. Kalfastoban hatte ihr ein weißes Kleid aus gutem Stoff gegeben, das ihre olivenfarbene Haut und die prächtige Fülle schwarzen Haares wesentlich wirkungsvoller hervorhob als der billige, grüne Fetzen, in dem er sie sonst immer gesehen hatte.

„Ich habe sie von Zoanthrohago gekauft", erklärte Kalfastoban seinem Freund. „Aber ich glaube nicht, daß er sie jemals gesehen hat, denn sonst hätte er sich nie für eine so lumpige Summe von ihr getrennt."

„Wirst du sie zur Frau nehmen und in deinen Stand erheben?" fragte Hamadalban.

„Nein, denn dann wäre sie nicht länger eine Sklavin, und ich könnte sie nicht verkaufen. Frauen sind zu teuer. Ich werde sie eine Zeitlang behalten und dann verkaufen, wenn sie noch einen hohen Wert besitzt, denn ich möchte ein hübsches Sümmchen für sie herausschlagen", erwiderte Kalfastoban.

Tarzan machte Handbewegung, als würge er einen Feind, und Komodoflorensal griff nach seinem Degen.

Eine Frau kam aus Hamadalbans Gemächern und blieb im Eingang stehen.

„Zwei Wachposten aus dem Steinbruch sind hier mit einem grüngekleideten Sklaven, der Kalfastoban sprechen will", sagte sie.

„Schick sie herein", befahl der Vental.

Einen Augenblick später traten die drei ein – der Sklave war Caraftap.

„Aha, mein guter Sklave Caraftap, der beste im Steinbruch!" rief Kalfastoban aus. „Warum bringt man ihn her?"

„Er sagt, er besitzt eine Information von großer Bedeutung", erwiderte einer der Wachposten. „Aber er will sie niemandem außer Euch sagen. Er bürgt mit seinem Leben für ihren Wert, und der Novand der Wache befahl, ihn hierher zu bringen."

„Um was für eine Information handelt es sich?" fragte Kalfastoban.

„Sie ist von großer Bedeutung", rief Caraftap. „Der Edelmann Zoanthrohago und sogar der König werden dafür dankbar sein, aber wenn ich sie Euch mitteile und dann in die Steinbrüche zurückkehre, bringen mich die anderen Sklaven um. Ihr habt mich immer gut behandelt, Kalfastoban Vental, und so wollte ich zu Euch, da ich weiß: Wenn Ihr mir versprecht, mich mit einer weißen Uniform zu belohnen, sollte mein Dienst soviel wert sein, kann ich mich darauf verlassen."

„Du weißt, daß ich das nicht zu tun vermag", erwiderte Kalfastoban.

„Aber der König kann es, und wenn Ihr für mich Fürsprache einlegt, wird er nichts dagegen haben."

„Ich kann versprechen, mich bei dem König für dich einzusetzen, wenn deine Information wertvoll ist, aber das ist alles, was ich tun kann."

„Euer Versprechen genügt mir", sagte Caraftap.

„Gut, ich verspreche es. Was ist es, das der König so dringend erfahren muß?"

„Neuigkeiten verbreiten sich schnell in Veltopismakus", sagte Caraftap. „So haben wir in den Steinbrüchen vom Tod der zwei Sklaven Aoponato und Zuanthrol schon vernommen, kaum daß man sie gefunden hatte. Da beide Sklaven Zoanthrohago gehörten, wohnten sie mit bei uns im Gewölbe und so kannte ich sie gut. Nun stellt Euch meine Überraschung vor, als ich die beiden, Zuanthrol und Aoponato, in der Kleidung von Kriegern erblickte. Sie waren unterwegs zur Oberfläche, als unsere Kolonne einen der Serpentinengänge querte."

„Wie sehen die beiden aus?" fragte plötzlich einer der Krieger, die Caraftap aus dem Steinbruch gebracht hatten.

Der Sklave beschrieb sie, so gut er konnte.

„Es sind dieselben! Die beiden haben mich am Hauptkorridor angehalten und sich nach Kalfastobans Unterkunft erkundigt!" rief der Krieger aus.

Eine Menge Frauen und Männer hatten sich am Eingang zu Kalfastobans Räumen versammelt, neugierig, was der grüngekleidete Sklave in Begleitung der Steinbruchswache hier zu suchen habe. Unter ihnen befand sich auch eine junge Sklavin.

„Auch mich haben diese beiden Männer gefragt, es ist noch nicht lange her. Auch von mir wollten sie das wissen!" rief sie aus.

Eine von Hamadalbans Frauen stieß einen kurzen Schrei aus. „Sie sind erst vor wenigen Minuten durch unsere Räume in die von Kalfastoban gegangen, aber sie haben nicht nach ihm gefragt, sondern nach jemand anderem, den ich nicht kannte – mit einem seltsamen Namen."

„Palastokar", erinnerte eine ihrer Gefährtinnen.

„Ja, Palastokar, und sie sagten, seine Unterkunft liege an der Galerie, die von Kalfastobans Räumen zum Außengang führt."

„Jemanden mit diesem Namen gibt es nicht im Königsgebäude“, sagte Kalfastoban. „Es war nur eine List, um in meine Wohnung zu gelangen.“

„Oder sie zu durchqueren“, bemerkte einer von der Steinbruchswache.

„Wir müssen ihnen nacheilen“, sagte der andere.

„Behaltet Caraftap hier, bis wir zurückkehren, Kalfastoban“, sagte der erste Wachposten. „Und durchsucht sorgfältig Eure eigenen und die anliegenden Räume. Komm!“ Er nickte dem anderen Wachposten zu und verschwand in Richtung der Galerie, gefolgt nicht nur von seinem Kameraden, sondern von Hamadalban und allen anderen schaulustigen Männern. Sie ließen Kalfastoban und Caraftap mit den Frauen in den Gemächern des Ventals allein zurück.

18

Kalfastoban wollte sich sofort an die Durchsuchung der einzelnen Räume seiner Wohnung machen, aber Caraftap legte ihm abwehrend die Hand auf den Arm.

„Warte, Vental", bat er. „Wäre es, falls sie hier sind, nicht das Klügste, erst alle Türen zu verschließen, die von deiner Wohnung abgehen? Dann säßen sie garantiert in der Falle."

„Das ist eine gute Idee, Caraftap", erwiderte Kalfastoban. „Dann können wir uns mit der Suche nach ihnen Zeit lassen. Hinaus!" brüllte er die Frauen an und scheuchte sie zurück in Hamadalbans Räume. Ein Augenblick später waren die beiden Zugänge, die zu dessen Wohnung und zur Galerie führten, verschlossen.

„Mein Herr, da sie zu zweit sind, wäre es gut, wenn ich eine Waffe hätte", schlug Caraftap vor.

Kalfastoban schlug sich auf die Brust. „Kalfastoban bringt ein Dutzend von ihnen allein zur Strecke", rief er. „Aber hol dir ein Schwert aus dem Nebenraum, damit auch du dich verteidigen kannst. Inzwischen werde ich dieses stolze Kätzchen wieder in seine Zelle sperren."

Während Kalfastoban Talaskar in die Kammer brachte, in der er sie gefangenhielt, trat Caraftap zum Vorratsspeicher, wo er nach den Worten des Ventals eine Waffe finden würde.

Der Vental trat gleich hinter dem Mädchen zur Tür und packte sie am Arm.

„Nicht so schnell, meine Schöne!" brüllte er. „Einen Kuß, bevor du mich verläßt, und gräm dich nicht! Sobald wir sicher sind, daß sich diese schurkischen Sklaven nicht hier befinden, besuche ich dich wieder. Brauchst dich also nicht nach deinem Kalfastoban zu sehnen!"

Talaskar fuhr herum und schlug ihm ins Gesicht. „Nimm deine dreckigen Hände von mir, du Tier!" schrie sie und versuchte, sich aus seinem Griff zu befreien.

„Oho! Sie ist ja wirklich eine Katze!" rief der Mann, ließ sie indes nicht los, und so verschwanden sie, miteinander ringend, in der Zelle. Im selben Augenblick legte Caraftap, der Sklave, seine Hand auf den Knauf zur Speichertür und trat ein.

Sofort griffen stählerne Finger aus der Dunkelheit nach ihm und legten sich um seinen Hals. Vor Entsetzen wollte er aufschreien, brachte aber keinen Laut heraus – er kämpfte und schlug nach dem Wesen, das ihm die Kehle zudrückte – einem übermächtigen Wesen, das seiner Ansicht nach unmenschliche Kräfte besaß, dann raunte ihm eine kalte, furchteinflößende Stimme ins Ohr:

„Stirb, Caraftap! Erleide dein verdientes Schicksal, von dem du sehr wohl wußtest, daß du es verdienst, als du sagtest, du wagtest dich nicht zurück in das Gewölbe der Sklaven Zoanthrohagos, nachdem du zwei von deinen Leuten verraten hast. Stirb, Caraftap! Und vernimm vor deinem Tode, daß eben jener dein Mörder ist, den du verraten hast. Du hast nach Zuanthrol gesucht – und du hast ihn gefunden!“ Beim letzten Wort schlossen sich die schrecklichen Hände um die Kehle des Mannes. Zappelnd rang er nach Luft. Dann drehten sich die Hände in die entgegengesetzte Richtung und rissen ihm den Kopf ab.

Tarzan ließ den Leichnam fallen und stürzte aus dem Vorratsraum zu Talaskars Zelle, dicht gefolgt von Komodoflorensal. Die Tür war von den beiden während des Kampfes zugestoßen worden, und als Tarzan sie aufriß, sah er das Mädchen in den Klauen des riesigen Vental, der, offensichtlich erbost über ihren Widerstand, nun die Geduld verloren hatte und ihr Schläge ins Gesicht versetzte, die sie abzuwehren versuchte.

Eine schwere Hand fiel dem Vental auf die Schulter. „Du suchst uns!“ raunte ihm eine leise Stimme zu. „Hier sind wir!“

Kalfastoban ließ das Mädchen los und fuhr herum, mit der Hand am Schwert. Vor ihm standen die zwei Sklaven, beide bewaffnet, obwohl nur Aoponato seinen Degen gezogen hatte. Zuanthrol, der ihn gepackt hielt, hatte seinen noch nicht gezückt.

„‚Kalfastoban bringt ein Dutzend von ihnen allein zur Strecke‘“, zitierte Tarzan. „Hier sind wir, Prahlhans, und wir sind nur zu zweit, aber so leid es uns tut, wir können nicht warten, bis du uns gezeigt hast, wie stark du bist. Hättest du diese junge Frau nicht belästigt, so hätte ich dich nur eingesperrt, und hier hätte man dich bald gefunden. Aber deiner Brutalität wird nur eine Strafe gerecht – der Tod.“

„Caraftap!“ schrie Kalfastoban. Er war nicht länger ein großtuerischer Aufschneider, seine vormals dröhnende Stimme klang nun schrill, er zitterte im Griff des Affenmenschen und schrie: „Caraftap! Zu Hilfe!“

„Caraftap ist tot“, sagte Tarzan. „Er mußte sterben, da er seine Leute verraten hatte, und du wirst sterben, weil du einem hilflosen Sklavenmädchen Gewalt angetan hast. Durchbohre sein Herz, Komodoflorensal! Wir haben keine Zeit zu verlieren.“

Als der Trohanadalmakusier seinen Degen wieder aus Kalfastobans Brust gezogen hatte und dessen Leichnam zu Boden glitt, lief Talaskar auf den Affenmenschen zu und warf sich ihm vor die Füße.

„Zuanthrol und Aoponato!“ rief sie. „Nie hätte ich gedacht, euch je wiederzusehen! Was ist geschehen? Warum seid ihr hier? Ihr habt mich gerettet, aber nun seid ihr verloren. Flieht – ich weiß zwar nicht, wohin – aber verschwindet von hier! Sie sollen euch hier nicht finden. Es ist mir unverständlich, warum ihr hier seid.“

„Wir sind auf der Flucht“, erklärte Komodoflorensal. „Zuanthrol wollte nicht ohne dich gehen. Er hat zuerst im Steinbruch nach dir gesucht, dann im Königsgebäude. Dabei hat er Unmögliches vollbracht, aber er hat dich gefunden.“

„Warum tust du das für mich?“ fragte Talaskar und blickte den Affenmenschen fragend an.

„Da du gut zu mir warst, als man mich in das Gewölbe von Zoanthrohagos Sklaven brachte“, erwiderte der Affenmensch, „und weil ich versprochen habe, daß wir drei zusammen fliehen, wenn die Zeit dafür gekommen ist.“

Mit diesen Worten half er ihr auf und führte sie in das Hauptgemach. Komodoflorensal stand ein wenig abseits und hielt den Blick gesenkt. Tarzan sah zu ihm, und ein Ausdruck von Erstaunen trat in seine Augen, aber welcher Gedanke ihm auch kam, angesichts dringenderer Aufgaben schob er ihn schnell beiseite.

„Komodoflorensal, du weißt am besten, welche Fluchtwege am ungefährlichsten sind, und wo man uns am wenigsten findet. Sollen wir durch Hamadalbans Wohnung gehen oder durch die Galerie, von der sie sprachen? Auf diese Fragen weiß ich selbst keine befriedigende Antwort. Aber sieh!“ Er hatte sich bei seinen Worten suchend in der Kammer umgeschaut. „Da ist eine Luke in der Decke. Wohin sie wohl führen mag?“

„Überall – oder nirgendwohin!“ erwiderte der Trohanadalmakusier. „Viele Zimmer besitzen solche Öffnungen. Manchmal führen sie in kleine, abgeschlossene Speicher, dann wieder in Geheimzimmer oder sogar in ein anderes Stockwerk.“

Jemand hämmerte von Hamadalbans Seite an die Wohnungstür, und eine Frauenstimme rief laut: „Kalfastoban, öffnet! Hier ist ein Ental von der Steinbruchswache, der nach Caraftap sucht. Der Wachposten am Eingang zum Sklavengewölbe von Zoanthrohago wurde tot aufgefunden, und sie möchten Caraftap verhören, da sie glauben, daß unter den Sklaven eine Verschwörung im Gange ist.“

„Wir müssen durch die Galerie verschwinden“, flüsterte Komodoflorensal und trat schnell zur Tür auf der anderen Seite.

Als er davor stand, legte jemand von der Gegenseite die Hand auf den Knauf und versuchte, die verriegelte Tür zu öffnen.

„Kalfastoban!“ rief eine Stimme von der dahinterliegenden Galerie. „Laßt uns ein! Die Sklaven sind nicht diesen Weg gegangen. Beeilt Euch, öffnet schnell!“

Tarzan von den Affen blickte kurz um sich und fletschte fast die Zähne, denn ein weiteres Mal war er das umzingelte Raubtier. Er maß den Abstand bis zur Luke an der Decke, nahm einen kurzen Anlauf und sprang mühelos hinauf. Dabei hatte er vergessen, in welchem Ausmaß sich die Verringerung seines Gewichtes auf seine Beweglichkeit auswirkte. Er hatte gedacht, mit den Händen am Rand der Luke Halt zu finden, statt dessen schoß er in voller Länge hindurch und landete auf beiden Füßen in einer dunklen Kammer. Dann wandte er sich nach seinen Freunden um. Fassungslosigkeit malte sich auf ihren Gesichtern, aber darüber brauchte er sich nicht zu wundern, denn er war ebenso überrascht.

„Schafft ihr es, bis nach oben zu springen?“ fragte er.

„Es ist zu hoch“, antworteten sie.

Er hakte sich rücklings kopfüber durch die Luke und hielt sich allein mit den Unterschenkeln. Das Klopfen an der Tür zur Galerie wurde langsam hartnäckig, an der Tür zu Hamadalbans Wohnung hatte sich der Frauenstimme die eines Mannes zugesellt, der wütend Einlaß forderte.

„Öffne!“ schrie er. „Im Namen des Königs, öffne!“

„Öffne selber!“ rief derjenige, der an der gegenüberliegenden

Tür hämmerte, des Glaubens, der Befehl, die Tür zu öffnen, komme aus dem Raum, zu dem er Eintritt begehrte.

„Wie denn! Die Tür ist von deiner Seite versperrt!“ schrie der andere.

„Nein, von deiner Seite!“ brüllte es erbost zurück.

„Du lügst!“ schrie es auf Hamadalbans Seite. „Wenn ich das dem König melde, wirst du dafür büßen!“

Tarzan hing kopfüber ins Zimmer und streckte die Hände nach seinen Freunden aus. „Reich mir Talaskar“, wies er Komodoflorensal an, und als dieser seiner Aufforderung nachkam, packte er die junge Frau bei den Handgelenken und zog sie soweit hoch, bis sie seinen Ledergürtels ergreifen und sich daran festhalten konnte, ohne hinunterzufallen. Dann faßte er sie etwas tiefer und half ihr nach oben.

Die wütenden Krieger an den beiden Türen wollten sich nun offensichtlich mit Gewalt Eintritt verschaffen. Schwere Schläge prasselten gegen die soliden Holzplatten, die in jedem Moment zu zersplittern drohten.

„Pack noch Kerzen ein, Komodoflorensal, dann spring nach meinen Händen“, sagte Tarzan.

„Ich habe schon alle Kerzen aus dem Lager mitgenommen, die ich finden konnte“, erwiderte der andere. „Halt dich fest, ich komme jetzt.“

Ein Türbalken barst, von der Galerieseite schwirrten Holzsplitter in den Raum, als Tarzan gerade die ausgestreckten Hände Komodoflorensals ergriff. Als beide Männer einen Augenblick später in der dunklen Kammer hockten und in das Zimmer unten blickten, flog die gegenüberliegende Tür auf und ein Vental stürmte herein, gefolgt von einem Ental, zehn Kriegern.

Einen Moment blickten sie sich völlig verdattert um, dann wurde ihre Aufmerksamkeit von den Schlägen an der anderen Tür in Anspruch genommen. Ein Lächeln glitt über das Gesicht des Ventals, er trat schnell hin und schob den Riegel zurück. Wütende Soldaten warfen sich auf ihn, aber als er den Irrtum aufgeklärt hatte, dem beide Gruppen bei ihrem Versuch, sich Eintritt zu verschaffen, erlegen waren, begannen alle zu lachen, wenn auch ein wenig verlegen.

„Aber wer war hier drin?“ fragte der Vental, der die Soldaten aus dem Steinbruch anführte.

„Vielleicht Kalfastoban und der grüngekleidete Sklave Caraftap?“ bemerkte eine Frau aus Hamadalbans Wohnung.

„Sie müssen sich irgendwo versteckt haben“, sagte ein Krieger.

„Durchsucht die Wohnung!“ befahl der Vental.

„Einen haben wir schon gefunden“, sagte ein anderer Krieger und wies auf den Boden neben dem Eingang zum Speicherraum.

Die anderen erblickten eine menschliche Hand. Die Finger schienen erstarrt zu sein und hatten etwas Klauenartiges an sich. Stumm kündeten sie vom Tod. Einer der Krieger öffnete schnell die Tür des Lagerraumes und zog Caraftaps Leiche heraus, dessen Kopf nur noch an einem Fleischfetzen hing. Selbst die Krieger traten entsetzt zurück und blickten sich hastig um.

„Beide Türen waren von innen versperrt“, sagte der Vental. „Wer auch immer das getan hat, er muß sich noch im Raum befinden.“

„Das kann kein Mensch gewesen sein“, flüsterte eine Frau aus der Nebenwohnung.

„Durchsucht alles“, befahl der Vental, und da er ein mutiger Mann war, trat er als erster in eines der Zimmer, dann ins nächste. Im letzten fanden sie Kalfastoban mit durchbohrtem Herzen.

„Es ist Zeit, von hier zu verschwinden, falls es irgendeinen Weg gibt“, flüsterte Tarzan Komodoflorensal zu. „Einer von ihnen wird diese Luke entdecken.“

Beide Männer tasteten äußerst vorsichtig die Wände der dunklen und stickigen Bodenkammer ab. Dicker Staub, der Staub von Jahrhunderten stieg auf, erschwerte das Atmen, zeugte davon, daß die Kammer seit Jahren, vielleicht sogar seit Jahrhunderten nicht mehr benutzt worden war. Bald vernahm Komodoflorensal ein „H-st-st!“ von dem Affenmenschen, der ihn zu sich rief. „Kommt beide her. Ich habe etwas gefunden.“

„Was?“ fragte Talaskar und trat näher.

„Eine Öffnung unten an der Wand“, erwiderte Tarzan. „Sie ist groß genug, daß ein Mensch durchkriechen kann. Komodoflorensal, ob wir hier wohl eine Kerze anzünden können?“

„Nein, nicht jetzt“, erwiderte der Prinz.

„Dann werde ich ohne sie gehen“, sagte der Affenmensch. „Ich muß wissen, wohin die Luke führt.“

Er ließ sich auf die Knie nieder, dann spürte Talaskar, die ihm am nächsten stand, daß er sich fortbewegte. Sie konnte ihn nicht sehen – es war zu finster.

Beide warteten, aber Tarzan kehrte nicht zurück. Sie vernahmen die Stimmen im Zimmer unter sich und fragten sich, wann man die Kammer entdecken würde. Aber in Wirklichkeit hatten sie nichts zu befürchten. Der Suchtrupp hatte beschlossen, den Platz zu belagern – das war ungefährlicher, als in die dunkle Luke zu kriechen und nach einem unbekannten Wesen zu suchen, das einem Mann den Kopf abreißen konnte. Wenn es herabkam – und das würde es müssen – waren sie darauf vorbereitet, es zu vernichten oder gefangenzunehmen. In der Zwischenzeit wollten sie lieber warten.

„Was ist mit ihm geschehen?" fragte Talaskar ängstlich.

„Du machst dir große Sorgen um ihn, nicht wahr?" fragte Komodoflorensal.

„Warum nicht? Du doch auch?" fragte die junge Frau.

„Ja", entgegnete Komodoflorensal.

„Er ist großartig", sagte sie.

„Ja."

Als hätte man ihren Wunsch erhört, drang ein leises Pfeifen aus der Luke, in die Tarzan gekrochen war. „Kommt!" flüsterte der Affenmensch.

Auf allen vieren tasteten sich die beiden in dem sich windenden Schacht durch die Dunkelheit, bis Talaskar, die vorankroch, schließlich vor sich ein Licht aufflackern sah. Zuanthrol hatte eine Kerze angezündet. Er war auf ein kleines Gelaß gestoßen, das gerade so groß war, daß ein Mann aufrecht darin sitzen konnte.

„Bis hierher bin ich gekommen, und da es ein gutes und bequemes Versteck ist, in dem wir unbemerkt Licht machen können, habe ich euch hergerufen. Hier können wir eine Zeitlang warten, bis ich den Schacht weiter erforscht habe. Soweit ich es beurteilen kann, hat noch kein Zeitgenosse seinen Fuß an diesen Ort gesetzt. Es ist also sehr unwahrscheinlich, daß man uns hier vermutet", teilte er ihnen mit.

„Glaubst du, man wird uns folgen?" fragte Talaskar.

„Ich denke ja", erwiderte Komodoflorensal. „Da wir nicht zurück können, wird es besser sein, sofort weiter vorzustoßen. Logischerweise müßte dieser Schacht zu einem anderen Gemach führen, und vielleicht finden wir dort einen Fluchtweg."

„Da hast du recht, Komodoflorensal", stimmte Tarzan zu. „Wir können nichts erreichen, wenn wir hier bleiben. Ich gehe als erster, laß Talaskar hinter mich, und du kommst dann als letzter. Falls es eine Sackgasse ist, haben wir es wenigstens versucht."

Diesmal beleuchteten ihnen Kerzen den Weg, als die drei unter großen Anstrengungen auf dem unebenen Felsboden entlangkrochen. Der Stollen wand sich oft nach links und rechts, als führe er um Gemächer herum, bis er zu aller Erleichterung mit einemmal sowohl höher als auch breiter wurde und sie sich aufrichten konnten. Es ging nun nach unten zu einem niedrigeren Stockwerk, und einen Augenblick später standen sie in einer kleinen Kammer, wo Talaskar auf einmal vor Schreck die Luft anhielt und Tarzan am Arm zog.

„Was ist das, Zuanthrol?" flüsterte sie und wies in das Dunkel vor ihnen.

Auf dem Fußboden dicht an der Wand lag eine zusammengekrümmte, kaum erkennbare Gestalt.

„Und das!" rief die junge Frau aus und zeigte auf eine andere Stelle.

Tarzan streifte ihre Hand ab, hielt die Kerze höher, griff mit der anderen Hand zum Degen und trat schnell zu der daliegenden Gestalt. Als er sich darüber beugte, um sie genauer zu betrachten, und sie schließlich berührte, fühlte er nur Staub.

„Was ist das?" fragte die junge Frau.

„Das war einmal ein Mensch, aber er ist schon viele Jahre tot. Er war an die Wand gekettet – sogar die Kette ist durchgerostet", entgegnete Tarzan.

„Und das andere auch?" fragte Talaskar.

„Hier sind noch mehr", sagte Komodoflorensal. „Siehst du? Hier und dort."

„Zumindest können sie sich uns nicht in den Weg stellen", sagte Tarzan und trat zu einer Tür auf der anderen Seite.

„Aber wir erfahren etwas von ihnen", erklärte Komodoflorensal.

„Nämlich?" fragte der Affenmensch.

„Daß dieser Gang zu den Gemächern eines sehr mächtigen

Veltopismakusiers führt“, erwiderte der Prinz. „Eines so mächtigen, daß er sich seiner Gegner ungefragt auf diese Weise entledigen konnte. Und sie sagen uns außerdem, daß all dies vor vielen langen Jahren geschehen ist.“

„Davon zeugt der Zustand, in dem sie sich befinden“, sagte Tarzan.

„Nicht ganz“, erwiderte Komodoflorensal. „Binnen kürzester Zeit hätten die Ameisen sie vernichtet. In den vergangenen Jahrhunderten ließ man die Toten in den Gebäuden, sie wurden daraufhin von den Ameisen beseitigt. Damals haben diese Tiere allen Unrat vertilgt, manchmal aber auch die Lebenden angegriffen. Sie wurden schließlich zu einer Bedrohung, so daß man nichts tun durfte, was sie herbeilockte. Auch wir haben sie bekämpft. In Trohanadalmakus fanden zwischen Minuniern und Ameisen große Schlachten statt, Tausende unserer Krieger wurden bei lebendigem Leibe verzehrt, und obwohl wir Milliarden von Ameisen töteten, konnten sich ihre Königinnen schneller fortpflanzen, als daß wir die Angreifer, ihre unfruchtbaren Arbeitstiere, vernichten konnten. Schließlich haben wir uns auf ihre Behausungen konzentriert. Es kam zu einem entsetzlichen Blutvergießen, aber wir konnten ihre Königinnen ausrotten, und seitdem sind keine Ameisen mehr in unsere Gebäude gekommen. Sie leben draußen, aber sie fürchten uns. Dennoch gehen wir das Risiko nicht mehr ein, sie herbeizulocken, indem wir unsere Toten in den Gebäuden lassen.“

„Dann führt dieser Schacht deiner Meinung nach zu den Gemächern eines mächtigen Edelmannes?“ erkundigte sich Tarzan.

„Früher sicher einmal. Im Laufe der Jahrhunderte ändert sich vieles. Das Ende kann zugemauert sein. In den Räumen, zu denen der Gang führt, hat vielleicht ein Königssohn gewohnt, als diese Menschen noch lebten. Heute kann es eine Soldatenunterkunft oder ein Stall für Diadets sein. Alles, was wir darüber sagen können, ist, daß er seit langer Zeit nicht betreten wurde und den Veltopismakusiern demzufolge wahrscheinlich gar nicht bekannt ist.“

Hinter dem Kerker ging es abwärts, und schließlich gelangten sie in eine dritte Kammer, die größer als alle anderen war. Auf dem Fußboden lagen viele menschliche Skelette.

„Die waren nicht angekettet“, bemerkte Tarzan.

„Nein, sie sind im Kampf umgekommen, wie man an ihren gezogenen Schwertern und der Lage der Gebeine sehen kann.“

Während sie sich noch in der Kammer umblickten, drang eine menschliche Stimme an ihr Ohr.

19

Als die Tage vergingen und Tarzan noch immer nicht nach Hause zurückgekehrt war, wuchs die Besorgnis seines Sohnes. Boten wurden in nahegelegene Dörfer ausgesandt, aber jeder kehrte mit derselben Nachricht zurück. Niemand hatte den Big Bwana gesehen. Korak erkundigte sich telegraphisch in allen wichtigen Städten Afrikas, in denen der Affenmensch gelandet sein konnte, ob irgend jemand etwas von ihm gesehen oder gehört habe, aber immer war die Antwort negativ.

Schließlich begab sich Korak, der Killer, halbnackt und nur mit seinen primitiven Waffen ausgestattet, in Begleitung von zwanzig der schnellsten und mutigsten Waziri auf die Suche nach seinem Vater. Lange und unermüdlich durchforschten sie den Dschungel und die Wälder, oftmals mit Hilfe befreundeter Dörfer, an denen ihr Weg sie vorbeiführte, bis sie ein riesiges Gebiet auf eine Weise durchgekämmt hatten, wie es genauer niemand hätte tun können. Trotz aller Sorgfalt und Hartnäckigkeit fanden sie nicht den kleinsten Hinweis auf das Schicksal und den Aufenthaltsort Tarzans von den Affen, und so suchten sie fast schon entmutigt Meile um Meile den dunstigen, undurchdringlichen Dschungel und das felsige Hochland ab, von dessen Unwirtlichkeit die verkümmerten Dornenbüsche berichteten, die vereinzelt dort wuchsen.

Im Königsgebäude Elkomoelhagos, des Thagosto von Veltopismakus, hielten drei Menschen in einer geheimen Kammer inne und lauschten auf die menschliche Stimme, die von allen Seiten zu ihnen zu dringen schien. Zu ihren Füßen lagen, eingehüllt vom Staub der Jahrhunderte, die Gebeine längst Verblichener.

Die junge Frau trat zu Tarzan und flüsterte: „Wer ist das?"

Tarzan schüttelte den Kopf.

„Es ist eine Frauenstimme", sagte Komodoflorensal.

Der Affenmensch hob die Kerze hoch, ging auf die linke Wand zu und zeigte auf etwas. Über seinem Kopf erblickten die anderen eine etwa ein bis zwei Huale große Luke. Tarzan reichte Komodoflorensal die Kerze, zog das Schwert, legte es auf den Boden und sprang leichtfüßig nach oben. Einen Moment lang hielt er sich am Lukenrand fest, lauschte und ließ sich wieder herab.

„Es ist stockfinster“, sagte er. „Wessen Stimme das auch ist, er ist in einem Zimmer hinter dem, in das ich gerade geblickt habe. Drinnen war keine Menschenseele zu sehen.“

„Wie kannst du das dann wissen, wenn es stockfinster war?“ fragte Komodoflorensal.

„Wäre jemand dort gewesen, hätte ich ihn gerochen“, erwiderte der Affenmensch.

Die anderen blickten ihn erstaunt an. „Ich bin mir sicher, denn ich konnte deutlich den Luftzug spüren, der aus dem Zimmer durch die Öffnung strömte. Wäre dort ein Mensch gewesen, dann wäre sein Geruch in meine Nase gedrungen“, fügte der Affenmensch hinzu.

„Und du hättest ihn wahrgenommen?“ fragte Komodoflorensal. „Mein Freund, ich glaube dir alles, aber nicht das.“

Tarzan lächelte. „Zumindest verleiht meine Überzeugung mir Mut, denn ich werde hinüberklettern und es herausfinden. Da die Stimme so deutlich zu uns dringt, kann die Wand nicht sehr dick sein. Es muß einen Weg in den Raum geben, in dem sich die Frau befindet, und weil wir keine Fluchtmöglichkeit ausschließen sollten, werde ich ihn mir anschauen.“ Er trat wieder zur Wand.

„Oh, wir sollen uns nicht trennen“, rief die junge Frau. „Wo der eine hingeht, sollten auch alle anderen gehen.“

„Zwei Schwerter sind besser als eines“, sagte Komodoflorensal, obwohl seine Rede nicht ganz so überzeugt klang.

„Nun gut“, entgegnete Tarzan. „Ich gehe zuerst, und dann reichst du mir Talaskar hoch.“

Komodoflorensal nickte. Eine oder zwei Minuten später standen die drei auf der anderen Seite. Im Kerzenschein erblickten sie einen schmalen Gang, der aussah, als werde er wesentlich häufiger benutzt denn jener, durch den sie hierher gelangt waren. Die Wand hinter ihnen bestand aus Stein, die gegenüberliegende jedoch aus beschlagenen, rauhen Brettern.

„Dieser Gang verläuft hinter einem getäfelten Zimmer entlang“, flüsterte Komodoflorensal. „Die Rückseite dieser rauhen Bretter stützt eine glänzende Täfelung aus Holz oder Metall.“

„Dann müßte es doch dort eine Tür geben, durch die man in den Nebenraum gelangen kann, oder?“ fragte Tarzan.

„Wahrscheinlich eher eine Geheimtür", erwiderte er.

Aufmerksam lauschend folgten sie dem Gang. Zuerst hatten sie nur eine Frauenstimme erkennen können, nun verstanden sie jedoch die einzelnen Worte.

„– hätten sie ihn mir überlassen", war das erste, was sie vernahmen.

„Wunderschöne Herrin, das wäre dann nicht geschehen", ertönte eine andere Frauenstimme.

„Zoanthrohago ist ein Dummkopf und hat den Tod verdient, aber mein erhabener Vater, der König, ist ein noch größerer", sprach die erste Stimme. „Er wird Zoanthrohago beseitigen, und somit werden wir nie erfahren, wie man unsere Krieger in Riesen verwandelt. Hätten sie mich diesen Zuanthrol kaufen lassen, wäre er nicht entkommen. Sie dachten, ich wolle ihn töten, aber nichts lag mir ferner."

„Was hattet Ihr mit ihm vor, wunderbare Prinzessin?"

„Es steht einem Sklaven nicht an, das zu fragen oder zu wissen", entgegnete die Herrin schnippisch.

Eine Zeitlang war es still.

„Das ist die Prinzessin Janzara, die da spricht", raunte Tarzan Komodoflorensal zu. „Sie ist die Tochter Elkomoelhagos, die du entführen und zur Frau nehmen wolltest. Damit hättest du dir aber etwas aufgehalst."

„Ist sie wirklich so schön, wie man sagt?" fragte Komodoflorensal.

„Sie ist bildhübsch, aber eine Teufelin."

„Es wäre meine Pflicht gewesen, sie zur Frau zu nehmen", sagte Komodoflorensal.

Tarzan entgegnete nichts. In ihm reifte gerade ein Plan. Dann ertönte wieder die Stimme jenseits der Wand.

„Er war sehr schön. Viel schöner als unsere Soldaten", sagte sie, und nach einer Pause: „Du kannst gehen, Sklavin. Und kümmere dich darum, daß man mich nicht stört, bevor die Sonne zwischen dem Frauenkorridor und dem Königskorridor steht."

„Mögen Eure Kerzen so ewig brennen wie Eure Schönheit, Prinzessin", erwiderte die Sklavin, während sie rückwärts gehend das Zimmer verließ.

Einen Augenblick später hörten die drei hinter der Täfelung eine Tür zuklappen.

Auf der Suche nach der Geheimtür zu dem Gemach, in dem Prinzessin Janzara sich zu Bett begeben hatte, kroch Tarzan vorsichtig durch den Gang, aber schließlich wurde Talaskar fündig.

„Hier!“ flüsterte sie. Gemeinsam untersuchten die drei die Tür. Sie war von einfacher Konstruktion und ließ sich anscheinend von der anderen Seite öffnen, wenn man auf eine bestimmte Stelle der Täfelung drückte.

„Wartet hier!“ sagte Tarzan zu seinen Begleitern. „Ich hole Prinzessin Janzara. Geht auf unserer Flucht etwas schief, können wir uns mit ihr als Geisel die Freiheit erkaufen.“

Ohne Einwände abzuwarten, zog Tarzan vorsichtig den Haken zurück, der die Geheimtür hielt, und stieß sie sanft auf. Vor sich sah er Janzaras Gemach – ein Raum von etwas makaberer Schönheit –, in dessen Mitte die Prinzessin auf einer Marmorplatte lag, mit je einer riesigen Kerze am Kopf- und Fußende.

Ungeachtet ihrer luxuriösen Umgebung, ihres Reichtums oder ihrer gesellschaftlichen Stellung schlafen die Minunier niemals auf einem weicheren Material als einer Lage Stoff. Sie bereiten sie auf dem Boden oder auf Schlafplatten aus Holz, Stein oder Marmor aus – je nachdem, welcher Schicht sie angehören.

Tarzan ließ die Geheimtür offen, trat ein und begab sich geradewegs zu der Prinzessin, die mit geschlossenen Augen dalag und entweder schon eingeschlafen war oder geflissentlich um Morpheus Gunst warb. Er befand sich noch auf halbem Weg zu ihrem kalten Lager, als ein unerwarteter Luftzug die Holztafel mit einem Geräusch zuschob, das einen Toten aus dem Sarg geschreckt hätte.

Augenblicklich war die Prinzessin auf den Beinen. Eine Zeitlang blickte sie Tarzan schweigend an, dann kam sie leicht federnd langsam und mit einer anmutigen Haltung auf ihn zu, die den Herren des Dschungels an die wilde Erhabenheit von Sabor, der Löwin, erinnerte.

„Bist du es, Zuanthrol?“ flüsterte die Prinzessin. „Bist du meinetwegen gekommen?“

„So ist es, Prinzessin“, erwiderte der Affenmensch. „Schreit nicht, und Euch wird kein Leid geschehen.“

„Ich schreie nicht“, hauchte Janzara, schritt mit halbgeschlossenen Augen näher und schlang ihm die Arme um den Hals.

Tarzan wich zurück und löste sich sanft aus der Umarmung. „Ihr versteht nicht, Prinzessin“, erklärte er. „Ihr seid meine Gefangene. Ihr kommt mit mir.“

„Ja“, hauchte sie. „Ich bin deine Gefangene, aber du bist es, der nicht versteht. Ich liebe dich. Ich habe das Recht, mir jeden Sklaven zum Prinzen zu wählen, den ich will. Ich habe dich auserwählt.“

Tarzan schüttelte ungeduldig den Kopf. „Ihr liebt mich nicht“, sagte er. „Es tut mir leid, daß Ihr es glaubt, denn ich liebe Euch nicht. Ich habe keine Zeit zu verlieren. Kommt!“ Er trat näher und wollte sie beim Handgelenk packen.

Ihre Augen verengten sich. „Bist du verrückt?“ fragte sie. „Oder kann es sein, daß du nicht weißt, wer ich bin?“

„Janzara, die Tochter von Elkomoelhago“, erwiderte Tarzan. „Ich weiß sehr wohl, wer Ihr seid.“

„Und du wagst es, meine Liebe abzuweisen!“ Sie atmete hörbar, und ihre Brust hob und senkte sich, dem heftigen Gefühlsausbruch entsprechend.

„Es geht jetzt nicht um Liebe“, erwiderte der Affenmensch. „Ich will nur das Leben und die Freiheit für mich und meine Begleiter.“

„Du liebst eine andere?“ fragte Janzara.

„Ja“, entgegnete Tarzan.

„Wer ist es?“ wollte die Prinzessin wissen.

„Kommt Ihr so mit, oder muß ich Gewalt anwenden?“ fragte er ohne auf die Frage einzugehen.

Einen Augenblick lang stand die Frau schweigend vor ihm, jeder Muskel gespannt, die dunklen Augen zwei lodernde Feuer, dann änderte sich ihre Haltung langsam, das Gesicht verlor an Härte, und sie streckte ihm die Hand entgegen.

„Ich will dir helfen, Zuanthrol“, sagte sie. „Ich will dir bei deiner Flucht behilflich sein – ich mache das, weil ich dich liebe. Komm! Folge mir!“ Sie wandte sich um und schwebte durch das Gemach.

„Und meine Begleiter? Ich kann nicht ohne sie gehen“, sagte der Affenmensch.

„Wo sind sie?“

Der Affenmensch antwortete nicht, da er von der Lauterkeit ihrer Absichten keinesfalls überzeugt war.

„Zeigt mir den Weg, und ich hole sie dann“, sagte er statt dessen.

„Gut“, erwiderte sie. „Ich zeige dir den Weg. Dann liebst du mich vielleicht mehr als die andere.“

Im Gang hinter der Wandverkleidung warteten Talaskar und Komodoflorensal, was bei Tarzans Unternehmung herauskommen würde. Deutlich drang jedes Wort der Unterhaltung zwischen ihm und der Prinzessin zu ihnen.

„Er liebt dich“, sagte Komodoflorensal. „Siehst du, er liebt dich.“

„Ich sehe nichts davon“, entgegnete Talaskar. „Daß er Prinzessin Janzara nicht liebt, muß nicht heißen, daß er mich liebt.“

„Aber er liebt dich wirklich – und du liebst ihn. Mir fiel es sofort auf, als er kam. Wäre er nicht mein Freund, dann würde ich ihm das Herz durchbohren.“

„Warum würdest du ihm das Herz durchbohren, weil er mich liebt – wenn dem wirklich so wäre?“ fragte die junge Frau. „Bin ich so wenig wert, daß du deinen Freund lieber tot siehst als mit mir verheiratet?“

„Ich –“, er zögerte. „Ich kann dir nicht sagen, was ich meine.“

Die junge Frau lachte und wurde plötzlich wieder ernst. „Sie führt ihn aus ihrem Gemach. Wir sollten ihnen besser folgen.“

Gerade als Talaskar ihre Hand auf die Feder legte, die den Verschluß löste, der die Geheimtür fixierte, geleitete Janzara Tarzan zu einer anderen Seitentür als jener, durch die ihre Sklavin verschwunden war.

„Folge mir, und du wirst sehen, was es heißt, von Janzara geliebt zu werden“, flüsterte sie.

Tarzan, der bezüglich ihrer Absichten noch immer Zweifel hatte, folgte ihr vorsichtig.

„Du hast Angst“, sagte sie. „Du traust mir nicht! Nun gut, dann komm her und schaue selbst hinein, bevor du eintrittst.“

Komodoflorensal und Talaskar hatten gerade den Fuß in das Gemach gesetzt, als Tarzan zu der Tür ging, neben der Janzara stand. Sie sahen, wie auf einmal der Boden unter seinen Füßen nachgab und er einen Augenblick später verschwunden war. Er stürzte durch ein glattes Rohr in die Tiefe, und das wilde Gelächter Prinzessin Janzaras folgte ihm in die unbekannte Dunkelheit.

Komodoflorensal und Talaskar stürmten los, aber zu spät. Der

Boden, der unter Tarzans Füßen nachgegeben hatte, war leise wieder zurückgeglitten. Janzara stand vor Wut bebend darüber und starrte auf die Stelle, an der der Affenmensch verschwunden war. Im ungebändigten Sturm ihrer Leidenschaft zitterte sie am ganzen Leib.

„Wenn du nicht zu mir kommen willst, dann sollst du auch nie zu einer anderen gehen!“ schrie sie, wandte sich um und sah Komodoflorensal und Talaskar auf sich zukommen. Was nun folgte, geschah so schnell, daß es unmöglich ist, die Ereignisse in so kurzer Zeit zu erzählen, wie sie in Wirklichkeit abliefen. Alles war in dem Moment vorbei, als Tarzan unten auf dem Erdboden ankam und sich wieder aufrichtete.

Er befand sich an einem Ort, der von mehreren Kerzen in vergitterten Nischen beleuchtet wurde. Eine Gittertür führte in einen Nebenraum. Darin saß ein Mann mit gesenktem Kopf entmutigt auf einer niedrigen Bank. Bei dem Geräusch, das Tarzans Aufprall verursachte, hob er den Kopf und sprang auf, als er ihn erkannte.

„Dort, links!“ schrie er. Tarzan wandte sich um und erblickte zwei riesige, grünäugige Raubtiere, die gerade zum Sprung ansetzten.

Im ersten Impuls wollte er sich die Augen reiben, um die Schreckgespenster eines Alptraumes zu verjagen, denn vor sich hatte er zwei ganz gewöhnliche afrikanische Wildkatzen – gewöhnlich hinsichtlich Form und Eigenschaften, jedoch von riesenhafter Größe. Einen Moment lang vergaß er, daß er nur ein Viertel seiner normalen Größe maß und daß diese Tiere, die ihm wie ausgewachsene Löwen erschienen, in Wirklichkeit nicht größer als normale Katzen waren.

Als sie auf ihn zukamen, zog er sein Schwert und bereitete sich darauf vor, um sein Leben zu kämpfen, wie er es zuvor schon so oft mit ihren riesenhaften Vettern im heimischen Dschungel getan hatte.

„Wenn du sie aufzuhalten vermagst, kann ich dich durchlassen“, rief der Mann im Nebenraum. „Der Riegel ist auf dieser Seite.“ Aber noch während er sprach, griff eine der Katzen an.

Komodoflorensal schob Janzara beiseite und sprang auf die Stelle, an der Tarzan verschwunden war, und als der Boden unter ihm nachgab, stieß die Prinzessin von Veltopismakus einen wilden Schrei aus und wandte sich an Talaskar.

„So bist du es, die er liebt? Aber er soll dich nicht bekommen – nein! Nicht einmal nach seinem Tod!" Das war das letzte, was Komodoflorensal hörte, als das schwarze Rohr ihn verschluckte.

Talaskar sah sich nun der wütenden Janzara gegenüber und wich zurück, denn die Prinzessin stürmte mit gezücktem Dolch auf sie zu.

„Stirb, Sklavin!" schrie sie und stieß nach der weißen Brust des Sklavenmädchens, aber diese packte sie am Handgelenk, und einen Augenblick später wälzten sie sich eng umschlungen am Boden. Die Tochter Elkomoelhagos wollte ihr die schmale Klinge in die Brust stoßen, während Talaskar den bedrohlichen Stahl abzuwehren versuchte und ihre Gegnerin an der Kehle packte.

Gleich nach der ersten Katze folgte die zweite, die sich ihren Anteil an der Beute nicht entgehen lassen wollte, denn beide waren ausgehungert und gierig. Just in dem Moment, als der Affenmensch sich der ersten entgegenstellte, ihr auswich und gleich darauf wieder neben sie sprang, um ihr einen Stich in die Seite zu verpassen, kam Komodoflorensal mit gezücktem Schwert in das unterirdische Gewölbe und beinahe in den Rachen des zweiten Raubtieres geschossen. Dieses geriet angesichts des plötzlichen Erscheinens dieses zweiten Menschenwesens in Verwirrung, fuhr herum und flüchtete in die entfernteste Ecke des Gewölbes, um wieder Mut für den zweiten Angriff zu sammeln.

Im Gemach oben kämpften Talaskar und Janzara erbittert miteinander wie zwei Tigerinnen in Menschengestalt. Sie wälzten sich auf dem Boden, zerrten aneinander und verteilten Schläge. Janzara schrie dabei: „Stirb, Sklavin! Du sollst ihn nicht haben!" Aber Talaskar bewahrte die Ruhe und sparte ihre Kraft, so daß sie langsam die Oberhand über ihre Gegnerin bekam, bis sie zufällig auf eben jene Stelle rollten, durch die Tarzan und Komodoflorensal in den Raubtierkäfig gestürzt waren.

Als Janzara dies bemerkte, schrie sie erschrocken auf. „Die Katzen! Die Katzen!" Dann verschwanden beide im dunklen Schacht.

Komodoflorensal folgte der Katze nicht, die sich in die entfernteste Ecke zurückgezogen hatte, sondern eilte Tarzan zu Hilfe. Gemeinsam vertrieben sie die erste Bestie und wichen dabei nach hinten auf die Eisentür zu, wo der Mann bereitstand, sie in den sicheren Nebenraum zu lassen.

Die beiden Katzen griffen an, zogen sich zurück, sprangen erneut schnell vor und wieder zurück, da sie den scharfen Stahl kennengelernt hatten, mit dem sich die Menschen verteidigten. Die beiden Männer standen nun fast am Gitter, noch einen Moment, und sie würden durchschlüpfen können. Die Katzen griffen erneut an und flüchteten danach in die andere Ecke der Grube. Der Mann im Nebenraum stieß die Gittertür auf.

„Schnell!“ rief er. Im selben Augenblick kamen zwei Gestalten durch die Mündung des Rohres geschossen und rollten eng umschlungen auf den Boden, den angreifenden Raubtieren genau in den Weg.

20

Als Tarzan und Komodoflorensal sahen, daß Talaskar und Janzara den hungrigen Bestien ausgeliefert waren, sprangen beide den jungen Frauen zu Hilfe. Wie schon zuvor wurden auch diesmal die Katzen vom plötzlichen Auftauchen der neuen Menschen derartig in Verwirrung gebracht, daß sie sich im ersten Überraschungsmoment in die entfernteste Ecke zurückzogen.

Janzara hatte beim Sturz in den Schacht ihren Dolch verloren, den Talaskar nun neben sich auf dem Boden liegen sah. Sie ließ die Prinzessin los, griff sich die Waffe und sprang auf. Tarzan und Komodoflorensal standen bereits neben ihr, und da griffen die Katzen erneut an.

Janzara erhob sich langsam und blickte halb benommen um sich. Ihr beeindruckend schönes Gesicht war von Schrecken entstellt. Als der Mann im Nebenraum sie erkannte, rief er:

„Janzara! Meine Prinzessin, ich komme!" Er packte die Bank, auf der er gesessen hatte, den einzigen Gegenstand in der Umgebung, den man als Waffe gebrauchen konnte, riß das Tor auf und gesellte sich zu den vieren, die den gereizten Bestien gegenüberstanden.

Beide Tiere waren blutüberströmt und rasend wild vor Schmerz, Wut und Hunger. Brüllend und fauchend warfen sie sich den beiden Männern, die sich vor die jungen Frauen gestellt hatten und langsam zur Gittertür zurückwichen, in die Degen. Dann gesellte sich der Mann mit der Bank zu ihnen, und zu dritt vermochten sie den Angriff der wutentbrannten Katzen abzuwehren.

Die Bank zeigte ebenso Wirkung wie die Degen, so daß die fünf gemeinsam den Rückzug antraten, bis beide Katzen unerwartet seitlich vorbei und hinter die Männer sprangen, als spürten sie, daß die Frauen die leichtere Beute waren. Eine von ihnen hätte beinahe Janzara angefallen, wäre nicht der Mann mit der Bank, von offenbar unbändiger Wut gepackt, mit seiner seltsamen Waffe auf sie zugesprungen und hätte so erbittert auf sie eingeprügelt, daß sie von der Prinzessin ablassen mußte.

Selbst dann gab der Mann seine Verfolgung nicht auf, schwang die Bank und setzte beiden Katzen mit so furchtbarem Gebrüll und kraftvollen Schlägen nach, daß sie plötzlich vor ihm in den Nebenraum flüchteten, in dem er zuvor gesessen hatte. Bevor sie wieder angriffen, schlug er das Gitter zu und verriegelte es. Dann wandte er sich zu den anderen um.

„Zoanthrohago!" rief die Prinzessin.

„Immer zu Euren Diensten!" erwiderte der Edelmann, beugte das Knie und lehnte sich mit ausgestreckten Armen weit zurück.

„Du hast mir das Leben gerettet, Zoanthrohago!" sagte Janzara. „Und das alles nach den Beschimpfungen, mit denen ich dich bedacht habe! Wie kann ich das wiedergutmachen?"

„Ich liebe Euch, Prinzessin, wie Ihr schon lange wißt", erwiderte der Mann. „Aber nun ist es zu spät, denn morgen soll ich nach des Königs Willen sterben. Elkomoelhago hat sein Urteil gesprochen, und wenn du auch seine Tochter bist, scheue ich mich nicht zu sagen, daß seine Dummheit grenzenlos ist, und er deshalb einen einmal gefaßten Beschluß nicht abzuändern vermag."

„Ich weiß", entgegnete Janzara. „Obwohl er mein Vater ist, liebe ich ihn nicht. In einem Anfall unbegründeter Eifersucht hat er meine Mutter getötet. Er ist ein Dummkopf – der dümmste aller Dummköpfe."

Da wies sie plötzlich auf die anderen. „Diese Sklaven sind auf der Flucht, Zoanthrohago", rief sie. „Ich könnte ihnen dabei helfen. Gemeinsam mit ihnen könnten auch wir fliehen und in ihrem Land Asyl finden."

Tarzan, der darin einen wundersamen Weg in die Freiheit sah, sagte: „Dies hier ist der Sohn von Adendrohahkis, dem König von Trohanadalmakus, – der älteste Sohn und Zertolosto."

Bei diesen Worten blickte Janzara ihn an. „Ich war sehr gemein, Zuanthrol", sagte sie. „Aber ich glaubte, dich zu begehren, und da ich eine Königstochter bin, blieb mir bisher selten ein Wunsch versagt." Dann wandte sie sich an Talaskar: „Nimm deinen Mann, meine Liebe, und sei glücklich mit ihm", und schob Talaskar sanft zu Tarzan, aber Talaskar wich zurück.

„Ihr irrt, Janzara", sagte sie. „Ich liebe Zuanthrol nicht, und er liebt mich auch nicht."

Komodoflorensal blickte kurz zu Tarzan, als erwarte er seinen Widerspruch, aber der Affenmensch nickte nur zustimmend.

„Heißt das, du liebst Talaskar nicht?“ fragte Komodoflorensal und blickte seinem Freund direkt in die Augen.

„Im Gegenteil. Ich liebe sie sehr“, erwiderte Tarzan. „Aber nicht so, wie du geglaubt hast, oder soll ich sagen ‘gefürchtet’? Ich liebe sie, da sie ein gutes Herz hat, eine freundliche und treue Freundin ist, und auch, weil sie in Schwierigkeiten steckte und die Liebe und den Schutz brauchte, den nur wir beide ihr geben konnten, aber ich liebe sie nicht, wie ein Mann seine Frau liebt, denn ich habe eine Frau in meinem Land jenseits des Dornenwaldes.“

Komodoflorensal sagte nichts mehr, versank jedoch in tiefes Nachdenken. Er überlegte, was geschehen würde, wenn er in seine Heimatstadt zurückkehrte, wo er der Zertolosto war und jahrhundertealten Bräuchen zufolge eine Prinzessin aus einer anderen Stadt heiraten mußte. Aber er wollte keine Prinzessin – er wollte Talaskar, die kleine Sklavin aus Veltopismakus, die ihre Mutter kaum kannte und von ihrem Vater höchstwahrscheinlich nie etwas gehört hatte.

Er wollte Talaskar, aber in Trohanadalmakus konnte er sie nur als Sklavin bekommen. Da er sie aufrichtig liebte, wollte er sie nicht mit diesem Gedanken verletzen. Konnte er sie nicht zu seiner Prinzessin machen, so wollte er sie überhaupt nicht haben. Deshalb war Komodoflorensal, der Sohn des Adendrohahkis, tief traurig.

Indes hatte er nicht viel Zeit, sich seinem Kummer hinzugeben, denn die anderen überlegten, wie die Flucht am besten zu bewerkstelligen sei.

„Die Wärter kommen zur Fütterung der Katzen hier herunter“, sagte Zoanthrohago und wies auf eine kleine Tür gegenüber der Zelle, in der er eingesperrt gewesen war.

„Wahrscheinlich ist sie auch nicht verriegelt, denn ein Gefangener könnte sie nicht erreichen, da er erst durch den Raum müßte, in dem die Katzen gehalten wurden“, sagte Janzara.

„Mal sehen“, sagte Tarzan, lief zur Tür und stieß sie auf.

Einen Augenblick später krochen die fünf hintereinander durch die enge Öffnung und traten, den Weg mit Kerzen aus dem Raubtierkäfig beleuchtend, den ansteigenden, schmalen Gang hinauf. Oben befand sich eine Tür, die auf einen breiten Korridor führte, auf dem ganz in der Nähe ein Krieger vor einer Tür Wache hielt.

Tarzan öffnete die Tür einen Spalt breit, und Janzara schaute hinaus. Sie erkannte sowohl den Korridor als auch den Posten. „Sehr schön!“ rief sie aus. „Das ist mein Gang, und der Krieger ist mein Wächter. Ich kenne ihn gut. Mir hat er es zu verdanken, daß er in den vergangenen dreißig Monaten keine Steuern zahlen mußte. Er würde sein Leben für mich opfern. Kommt, wir haben nichts zu befürchten!“ Sie trat entschlossen hinaus auf den Gang und ging zu dem Wachposten, die anderen folgten ihr.

Es bestand die Gefahr, daß er sie nicht erkannte und Alarm schlug, aber als er sie erblickte, war er sofort wie Wachs in ihren Händen.

„Du bist blind!“ wies sie ihn an.

„Wenn es die Prinzessin Janzara so befiehlt“, erwiderte er.

Sie teilte ihm ihre Wünsche mit – fünf Diadets und einige schwere Soldatenumhänge. Als er sich ihre Begleiter ansah, erkannte er offenbar Zoanthrohago und überlegte, wer die anderen beiden Männer seien.

„Für meine Prinzessin bin ich nicht nur blind“, sagte er. „Morgen opfere ich mein Leben für sie.“

„Dann besorg sechs Diadets“, sagte die Prinzessin.

Sie wandte sich an Komodoflorensal. „Ihr seid der Kronprinz von Trohanadalmakus?“ fragte sie.

„Ja.“

„Und wenn wir Euch den Weg in die Freiheit zeigen, schickt Ihr uns dann auch nicht in die Sklaverei?“

„Ich werde euch als meine Leibsklaven mit in die Stadt bringen und euch dann die Freiheit schenken“, entgegnete er.

„Das ist bisher sehr selten vorgekommen, wenn überhaupt“, sagte sie nachdenklich. „Seit Menschengedenken ist dies in Veltopismakus nie geschehen. Ich frage mich, ob Euer Vater das erlaubt.“

„Es gibt schon einige Beispiele“, erwiderte Komodoflorensal. „Zwar hat man es selten getan, aber es ist vorgekommen. Ich denke, ihr könnt eines herzlichen Empfangs am Hofe von Adendrohahkis gewiß sein, wo Zoanthrohagos Weisheit nicht lange unbeachtet und unbelohnt bleiben wird.“

Erst nach einer längeren Zeit kehrte der Krieger mit den Diadets zurück. Sein Gesicht war schweißüberströmt, seine Hände waren voller Blut.

„Ich mußte um sie kämpfen“, erklärte er. „Und wir werden darum kämpfen müssen, überhaupt aufsitzen zu können, wenn wir uns nicht beeilen. Hier, Prinz, ich habe Euch Waffen mitgebracht.“ Er überreichte Zoanthrohago ein Schwert und einen Dolch.

Schnell schwangen sie sich in die Sättel. Tarzan saß zum ersten Mal auf einem der drahtigen, lebhaften, kleinen Reittiere, aber er fand den Sattel bequem, und das Tier war gehorsam.

„Sie werden mir vom Königskorridor folgen“, sagte Oratharc, der Krieger, der die Reittiere geholt hatte. „Daher wird es das beste sein, das Gebäude durch einen anderen zu verlassen.“

„Trohanadalmakus liegt östlich von Veltopismakus“, erklärte Zoanthrohago und fuhr fort: „Wenn wir mit zwei Sklaven aus Trohanadalmakus durch den Frauenkorridor reiten, schlußfolgern sie, daß wir dorthin wollen. Wählen wir hingegen einen anderen Gang, wird sie das verunsichern, und sollten sie beim Aufbruch noch ein wenig Zeit verlieren, gereicht es uns entsprechend zum Vorteil. Fliehen wir geradewegs in Richtung Trohanadalmakus, wird man uns höchstwahrscheinlich einholen, da sie zu unserer Verfolgung die schnellsten Diadets nehmen. Unsere einzige Hoffnung liegt darin, sie hinsichtlich unseres Zieles irrezuführen, und dafür sollten wir meiner Meinung nach entweder durch den Kriegerkorridor oder den Sklavenkorridor reiten, die Hügel nördlich der Stadt überqueren, weit nach Nordosten vorstoßen und erst nach Süden abbiegen, wenn wir uns jenseits von Trohanadalmakus befinden. So nähern wir uns der Stadt von Osten, während unsere Verfolger das Gebiet westlich davon überwachen werden.“

„Laßt uns durch den Kriegergang aufbrechen“, schlug Janzara vor.

„Die Bäume und das Gebüsch werden uns Deckung geben, wenn wir durch die Stadt reiten“, warf Komodoflorensal ein.

„Wir sollten uns sofort auf den Weg machen“, drängte Oratharc.

„Dann reite du mit der Prinzessin voran, vielleicht läßt die Wache am Eingang sie mit ihrer Eskorte durch. Wir verkriechen uns in den Soldatenmänteln. Brechen wir auf!“ sagte Zoanthrohago.

In gleichmäßigem Trab ritten sie mit Janzara und Oratharc an der Spitze den Außengang entlang. Als sie in den Kriegergang einbogen, bemerkten sie erste Anzeichen ihrer Verfolger. Obwohl sie bereits Männerstimmen hinter sich hören konnten, hüteten sie sich, eine schnellere Gangart anzuschlagen, um nicht den Verdacht der Wachposten zu erwecken, an denen sie kurz vorm Ausgang vorbeimußten.

Den Mitgliedern der Gruppe war der Kriegergang nie so lang erschienen wie in dieser Nacht; nie hatten sie mehr gewünscht, ihre Diadets antreiben zu können. Trotzdem hielten sie die Tiere im gleichmäßigen Schritt, so daß niemandem, und sei er noch so argwöhnisch, der Gedanke gekommen wäre, diese sechs Menschen befänden sich auf der Flucht.

Kurz vor dem Ausgang bemerkten sie, daß ihre Verfolger im Kriegergang schnell näherkamen.

Janzara und Oratharc hielten neben dem Wachposten an, der heraustrat und sie aufhalten wollte.

„Die Prinzessin Janzara!" verkündete Oratharc. „Platz für die Prinzessin Janzara!"

Die Prinzessin warf die Kapuze des Umhangs zurück, so daß man ihr Gesicht sehen konnte, das jeder Soldat im Königsgebäude gut kannte – und fürchtete. Der Mann zögerte.

„Beiseite, Mann!" rief die Prinzessin. „Oder ich reite dich nieder!"

Von hinten ertönte lautes Geschrei. Krieger preschten auf schnell galoppierenden Diadets durch den Gang. Sie riefen etwas, dessen Sinn im Lärm zwar unterging, dennoch den Wachposten mißtrauisch machte.

„Wartet, bis ich den Novand der Wache herbeigerufen habe, Prinzessin", rief er. „Hier stimmt etwas nicht, und ich wage nicht, jemanden ohne Befugnis durchzulassen, aber wartet! Da kommt er schon." Die sechs Flüchtlinge wandten sich um und erblickten einen Novand, der in Begleitung einiger Krieger aus der Tür des Wachraumes trat.

„Reitet los!" rief Janzara und trieb ihr Diadet direkt auf den Wachposten zu, der ihnen im Weg stand.

Die anderen zogen ihre Reittiere schnell nach oben und folgten ihr. Der Mann ging zu Boden, schlug mit seinem Degen jedoch heldenhaft gegen die Beine und Bäuche der fliegenden Diadets. Der Novand stürmte mit seinen Leuten genau zu dem Zeitpunkt aus dem Wachraum, als die Verfolger eintrafen, von denen sie natürlich annahmen, es handle sich um weitere Flüchtlinge, die etwas zurückgeblieben waren. Es kam zu einem kurzen Handgemenge, bevor alles geklärt werden konnte. Das gab den Flüchtlingen wiederum Zeit, unter den Bäumen in den Westteil der Stadt zu reiten und dann nach Norden abzubiegen, geradewegs zu den Anhöhen, deren undeutliche Umrisse sich in der klaren, aber mondlosen Nacht düster abzeichneten.

Oratharc führte sie an, denn er hatte gesagt, er kenne das Hügelland wie seine Westentasche, die anderen folgten möglichst dicht hintereinander. Komodoflorensal und Tarzan bildeten den Schluß. Schweigend ritten sie durch die Nacht, schlängelten sich steil ansteigende Gebirgswege hinauf, setzten hier und da an unwegsamen Stellen von Fels zu Fels, schlitterten in dunstige Schluchten, krochen auf tunnelartigen, sich windenden Pfaden durch das unwegsame Buschwerk und Gehölz und erklommen auf der gegenüberliegenden Seite einen schmalen Kamm oder ein weites Plateau. Die ganze Nacht war nichts von Verfolgern zu sehen oder zu hören.

Als schließlich der Morgen anbrach, standen sie auf dem Gipfel eines hohen Bergkammes und blickten auf eine schier endlose Ebene, die sich weit nach Norden erstreckte. In der Ferne erblickte man Anhöhen, Wälder und mächtige Ströme. Sie beschlossen, in eines der zahlreichen sumpfigen Grasländer zwischen den vor ihnen liegenden Hügeln hinabzureiten, damit ihre Reittiere sich dort ausruhen und etwas fressen konnten, denn für diese war es eine anstrengende Nacht gewesen.

Sie wußten, daß sie sich im Hügelland gut verstecken konnten, da es so verwildert und unwegsam war. Eine Stunde nach Sonnenaufgang schlugen sie in einem winzigen, von großen Bäumen umgebenen Talkessel ihr Lager auf, fütterten die Tiere und fühlten sich zum ersten Mal seit dem Verlassen von Veltopismakus einigermaßen sicher.

Oratharc begab sich zu Fuß auf Jagd und erlegte einige Wachteln, Tarzan konnte im Fluß mehrere Fische speeren. Sie wurden zubereitet und verspeist, und dann schliefen sie bis in den Nachmittag, da keiner von ihnen in der vorherigen Nacht ein Auge zugetan hatte. Die Männer lösten sich beim Wachehalten ab.

Dann machten sie sich wieder auf den Weg, so daß sie sich bereits weit draußen im Flachland befanden, als die Dunkelheit sie einholte. Komodoflorensal und Zoanthrohago schlugen sich seitwärts in die Büsche und suchten nach einem geeigneten Lagerplatz. Zoanthrohago war es, der schließlich einen fand. Als sich alle dort versammelt hatten, konnte Tarzan im schwindenden Tageslicht daran jedoch nichts feststellen, was die Stelle vor jeder beliebigen anderen im Flachland besonders ausgezeichnet hätte. Sie befanden sich neben einer kleinen Baumgruppe, indes waren sie an vielen kleinen Wäldchen vorbeigeritten, und hier sah er nichts, was mehr Sicherheit bot als die anderen. Eigentlich war der Ort seiner Meinung nach überhaupt nicht besonders geeignet – es gab kein Wasser, keinen Schutz vor Wind und schon gar nicht vor Feinden. Aber vielleicht konnten sie auf die Bäume klettern, das wäre am besten. Sehnsüchtig blickte er zu den hochragenden Ästen. Wie riesig ihm diese Bäume erschienen! Er wußte, was es für welche waren, und daß sie nicht höher als sonst waren, doch für ihn reichten ihre Kronen weit nach oben, als seien es echte Baumriesen.

„Ich gehe zuerst“, hörte er Komodoflorensal sagen und wandte sich um, um zu erfahren, was dieser meinte.

Die anderen drei Männer standen vor einem großen Loch und blickten hinein. Tarzan sah sofort, daß es der Zugang zum Bau eines Ratels war, eines Honigdachses, der zur afrikanischen Familie der Dachse gehört, und er fragte sich, warum die drei unbedingt hinein wollten. Tarzan machte sich nichts aus dem Fleisch des Ratels. Er trat zu den anderen und sah, wie Komodoflorensal mit gezücktem Schwert in das Loch kroch.

„Was macht er da?“ fragte er Zoanthrohago.

„Er will das Cambon heraustreiben oder töten, wenn es drin ist“, erwiderte der Prinz, der für den Ratel den minunischen Namen Cambon verwendete.

„Und warum?“ fragte Tarzan. „Ihr eßt dessen Fleisch doch nicht!“

„Nein, aber wir brauchen den Bau für die Nacht“, erwiderte Zoanthrohago. „Ich hatte vergessen, daß du kein Minunier bist. Wir verbringen die Nacht in diesem unterirdischen Bau, da sind wir vor angreifenden Katzen oder Löwen sicher. Es wäre besser, wir wären bereits drin – jetzt ist eine schlechte Tageszeit für Minunier im Flachland oder im Wald, denn zu dieser Stunde pflegt der Löwe zu jagen.“

Einige Minuten später tauchte Komodoflorensal wieder auf. „Das Cambon ist nicht da. Der Bau ist leer“, sagte er. „Ich habe nur eine Schlange gefunden und gleich getötet. Oratharc, du kletterst zuerst hinein, danach Janzara und Talaskar. Habt ihr Kerzen?“

Alle bejahten, und einer nach dem anderen verschwand im Bau, bis Tarzan, der als letzter hineinsteigen sollte, allein in der anbrechenden Nacht dastand und verächtlich lächelnd in den Ratelsbau starrte. Ihm kam es albern vor, daß er, Tarzan von den Affen, sich vor Numa in einem Dachsbau verstecken sollte, oder, was noch schlimmer war, vor Klein Skree, der Wildkatze. Als er so vor sich hin lächelte, tauchte ein riesiger Schatten zwischen den Bäumen auf. Die Diadets, die unangekoppelt in der Nähe grasten, sprangen schnaubend hinweg, und Tarzan fuhr herum, um sich dem größten Löwen gegenüberzusehen, den er jemals getroffen hatte – einem Löwen, der ihn um das Zweifache überragte.

Wie schrecklich, wie furchteinflößend wirkte Numa auf jemanden von der Größe der Minunier!

Der Löwe duckte sich, sein Schwanz streckte sich, die Spitze bewegte sich ruhig, aber der Affenmensch ließ sich nicht täuschen. Er ahnte, was nun kam, und gerade als die große Katze zum Sprung ansetzte, fuhr er herum und schoß kopfüber in den Ratelsbau, und hinter ihm prasselte die Erde in das Loch, die sich löste, als Numa dort aufsetzte, wo Tarzan gestanden hatte.

21

Nachdem die sechs Flüchtlinge drei Tage lang in östliche Richtung geritten waren, bogen sie nach Süden. Am fernen Horizont war ein großer Wald zu sehen, dessen Ausläufer sich bis nach Osten erstreckten. Im Südwesten lag Trohanadalmakus, für die erschöpften Diadets eine Reise von reichlich zwei Tagen. Tarzan fragte sich oft, wie sich die kleinen Tiere ausruhten. In der Nacht wurden sie zum Grasen losgebunden, aber da ihm die Gewohnheiten der Raubtiere geläufig waren, wußte er, daß die winzigen Antilopen den größten Teil der Nacht vor Angst wach blieben oder sich ständig auf der Flucht befanden. Dennoch kehrten sie jeden Morgen zum Lager zurück und erwarteten freudig ihre Herren. Daß sie immer wiederkamen, war zweifellos zwei Tatsachen zu verdanken. Zunächst wurden sie seit Jahrhunderten innerhalb der Wohnstätten der Minunier aufgezogen und kannten kein anderes Leben als in Gesellschaft ihrer Herren, auf die sie wegen des Futters und der Pflege angewiesen waren; zweitens behandelten die Minunier ihre schönen Lasttiere äußerst liebevoll, so daß die Tiere ungemein anhänglich geworden waren, ihnen vertrauten und sich in menschlicher Gesellschaft sehr wohlfühlten.

Es war am Nachmittag des vierten Tages, als Talaskar die anderen plötzlich auf eine kleine Staubwolke weit hinter ihnen aufmerksam machte, die immer größer wurde und näher kam. Lange Zeit blickten alle sechs angestrengt hin.

„Vielleicht sind es die lang erwarteten Verfolger“, sagte Zoanthrohago.

„Oder Leute von uns, aus Trohanadalmakus“, warf Komodoflorensal ein.

„Wer immer es auch ist, sie sind wesentlich zahlreicher als wir, und ich denke, wir sollten uns verbergen, bis wir es genau wissen“, bemerkte Janzara.

„Wir können den Wald erreichen, bevor sie uns einholen, und uns dort, wenn nötig, vor ihnen verstecken“, schlug Oratharc vor.

„Ich fürchte mich im Wald“, sagte Janzara.

„Wir haben keine andere Möglichkeit", meinte Zoanthrohago. „Aber vielleicht schaffen wir es nicht bis in den Wald. Kommt, wir müssen uns beeilen!"

Nie zuvor hatte Tarzan von den Affen auf dem Rücken eines Tieres eine solche Entfernung in derartiger Geschwindigkeit zurückgelegt. Die Diadets sprangen in großen Bögen durch die Luft. Die Staubwolke hinter ihnen hatte sich aufgelöst. Es waren ein Dutzend berittene Krieger, gegen die ihre vier Klingen nicht viel ausrichten würden können. Ihre einzige Hoffnung bestand darin, den Wald vor ihren Verfolgern zu erreichen. Hin und wieder schien es, daß es ihnen glücken würde.

Der zuvor weit entfernte Wald schien auf Tarzan zuzurasen, wenn er zwischen den winzigen Hörnern seines anmutigen Reittieres nach vorn blickte. Aber auch der Feind hinter ihnen holte auf. Es waren Veltopismakusier – sie waren nun nahe genug, daß man die Symbole auf ihren Helmen erkennen konnte –, und auch diese hatten sie erkannt, denn sie befahlen ihnen laut schreiend, anzuhalten, und nannten dabei einige beim Namen.

Einer der Verfolger wagte sich weiter vor als die anderen. Er blieb Zoanthrohago dicht auf den Fersen, der mit Tarzan die Nachhut bildete. Eine halbe Länge vor Zoanthrohago ritt Janzara. Der Mann rief ihr laut zu:

„Prinzessin, der König vergibt Euch alles, wenn Ihr uns die Sklaven zurückbringt. Schließt Euch uns an, und alles ist vergessen."

Tarzan von den Affen hörte es und fragte sich, was die Veltopismakusier wohl tun würden. Er wußte, daß es sehr verlockend sein mußte. Wäre nicht Talaskar gewesen, so hätte er beiden befohlen, sich hinter ihre Freunde zurückfallen zu lassen, aber er wollte die junge Frau nicht opfern. Darum zog er sein Schwert und blieb neben Zoanthrohago zurück, der von seinen Absichten nichts ahnte.

„Lauft über, und alles wird Euch vergeben!" schrie der Verfolger erneut.

„Niemals!" rief Zoanthrohago.

„Niemals!" ließ auch Janzara vernehmen.

„Die Folgen müßt Ihr tragen", rief der Bote, und Verfolgte wie Verfolger stürmten weiter auf den dunklen Waldrand zu, wo einige Gestalten das irrsinnige Rennen mit wilden Augen verfolgten und sich dabei mit roten Zungen begierig und hungrig die Lippen leckten.

Tarzan war froh über Zoanthrohagos und Janzaras Antwort. Er hatte in den beiden angenehme Begleiter und gute Kameraden gefunden. Janzaras gesamte Haltung hatte sich von dem Moment an geändert, als sie sich ihnen zwecks gemeinsamer Flucht angeschlossen hatte. Sie war nicht länger die verzogene Tochter eines Despoten, sondern eine Frau, die ihr Glück in der neu gefundenen Liebe suchte, oder besser gesagt, in der alten Liebe, die sie neu entdeckt hatte, denn sie erzählte Zoanthrohago oft, sie sei sich nun bewußt, ihn schon immer geliebt zu haben. Und dieses Neue in ihrem Leben machte sie rücksichtsvoller und einfühlsamer. Auch schien sie wiedergutmachen zu wollen, daß sie Talaskar zuerst angegriffen hatte. Sie sah ihre blinde Vernarrtheit in Tarzan nun im wahren Licht – aus purem Trotz gegenüber ihrem Vater hatte sie ihn unbedingt haben und zu ihrem Prinzen machen wollen, nachdem er ihr erst verweigert worden war.

Komodoflorensal und Talaskar ritten ständig nebeneinander, aber der Trohanadalmakusier hatte sich der jungen Frau noch immer nicht erklärt. Ein wichtiger Entschluß reifte in ihm, hatte aber bisher keine endgültige Form angenommen. Und Talaskar, die sich anscheinend bereits glücklich schätzte, in seiner Nähe sein zu dürfen, genoß die ersten Tage in der Freiheit, die sie bis dahin nie kennengelernt hatte. All dies war nun jedoch Nebensache, alle dachten nur an die drohende Gefahr, in Gefangenschaft zu geraten, und an die anderen unmittelbaren Folgen – Tod und Sklaverei.

Die sechs trieben ihre abgehetzten Reittiere an. Der Wald war greifbar nahe, ach, wenn sie es nur schafften! Dort wäre ein Krieger so viel wert wie drei, und die Ungleichheit wäre wettgemacht, denn im Wald konnten die zwölf nicht vereint gegen sie vorgehen, und mittels eines klugen Manövers konnte man die Feinde zweifellos zerstreuen.

Sie schafften es ! Als Oratharcs Diadet in den Schatten der ersten Bäume tauchte, stieß er einen lauten Schrei aus, den die anderen einen Augenblick lang aufgriffen. Aber dann erstarb er auf ihren Lippen, als sie eine riesige Hand herunterlangen und Oratharc aus dem Sattel heben sahen. Sie versuchten anzuhalten und ihre Tiere umzulenken, aber es war zu spät. Schon befanden sie sich im Wald, umgeben von einer Horde der schrecklichen Zertalacolols. Einer nach dem anderen wurde vom Diadet gerissen, während ihre Verfolger, die gesehen haben mußten, was im Wald vor sich ging, herumfuhren und wie der Wind davongaloppierten.

Talaskar wand sich im Griff einer Alalusfrau und rief Komodoflorensal zu:

„Lebe wohl! Das ist nun das Ende, aber ich kann in deiner Nähe sterben, und so macht mich mein Tod glücklicher, als mein Leben war, bis ich dich zum ersten Mal sah."

„Lebe wohl, Talaskar!" erwiderte er. „Bisher habe ich nicht gewagt, es dir zu sagen, aber da wir nun sterben, sollst du wissen, daß ich dich liebe. Liebst du mich auch?"

„Von ganzem Herzen, Komodoflorensal!" Sie schienen alle anderen vergessen zu haben, es gab nur sie beide und ihre Liebe.

Tarzan fand sich in der Hand eines Männchens wieder, und sogar im Angesicht des Todes fragte er sich erstaunt, wie es kam, daß diese große Gruppe männlicher und weiblicher Alalus gemeinsam jagte, bis er die Waffen der Männchen entdeckte. Sie trugen nicht die groben Knüppel und Wurfgeschosse von früher bei sich, sondern lange, schmucke Speere sowie Pfeil und Bogen. Nun hielt ihn das Wesen, das ihn hochgehoben hatte, in Augenhöhe und betrachtete ihn, und Tarzan sah, wie Erkennen und Erstaunen in das grobe Gesicht trat, und auch er erkannte, wer ihn gefangen hatte. Es war der Sohn der Ersten Frau. Tarzan nahm sich nicht die Zeit, die Einstellung seines alten Bekannten herauszufinden. Vielleicht hatte sie sich geändert, vielleicht aber auch nicht. Er dachte an die hündische Ergebenheit, die dieses Geschöpf ihm zuletzt entgegengebracht hatte, und er stellte es sofort auf die Probe.

„Setz mich ab!" gab er ihm durch Zeichen zu verstehen. „Und sage deinem Volk, sie sollen alle Angehörigen meines Volkes zu Boden lassen. Tut niemandem etwas!"

Augenblicklich setzte das Ungetüm Tarzan sanft unten ab und gab den anderen zu verstehen, sie sollen mit ihren Gefangenen dasselbe tun. Die Männchen gehorchten augenblicklich und auch die Weibchen, bis auf eine. Der Sohn der Ersten Frau sprang mit erhobenem Speer auf sie zu, als wolle er sie prügeln, das Weibchen zuckte zusammen und setzte Talaskar ab.

Äußerst stolz erklärte der Sohn der Ersten Frau Tarzan so gut es ging, welch große Veränderung mit den Alalus vor sich gegangen war, seit der Affenmensch den Männchen Waffen gegeben und der Sohn der Ersten Frau entdeckt hatte, was sie für die Männchen seines Volkes bedeuteten. Nun besaß jeder Mann eine Frau, die für ihn kochte – mindestens eine, manche von ihnen – die stärkeren – sogar mehrere.

Um Tarzan dies zu demonstrieren und um ihm zu zeigen, welche großen Schritte die Zivilisation im Lande der Zertalacolols gemacht hatte, packte der Sohn der Ersten Frau ein Weibchen am Haar, zog es zu sich und versetzte ihr mit der geballten Faust schwere Schläge auf den Kopf und ins Gesicht, worauf sie auf die Knie fiel, seine Füße küßte und ihn voller Liebe und Bewunderung anschmachtete.

In der folgenden Nacht schliefen die sechs im Freien, umgeben von den großen Zertalacolols, und am nächsten Tag machten sie sich in Richtung Trohanadalmakus ins Flachland auf, wo Tarzan bleiben wollte, bis er seine ursprüngliche Größe wiedererlangt hatte. Dann würde er alles daran setzen, sich durch den Dornenwald in seine Heimat durchzuschlagen.

Die Zertalacolols begleiteten sie kurze Zeit auf ihrem Weg in die Ebene, und sowohl die Männchen als auch die Weibchen bemühten sich in ihrer ungeschliffenen und wilden Art, Tarzan zu zeigen, wie dankbar sie ihm für die Veränderungen waren, die er eingeleitet hatte, und wie glücklich er sie gemacht hatte.

Zwei Tage später näherten sich die Flüchtlinge den Bauten von Trohanadalmakus. Die Wachen hatten sie bereits aus der Ferne gesichtet und ihnen einen Trupp Krieger entgegengesandt, denn in Minunien es ist immer gut, zu wissen, was einen Besucher herführt, bevor er sich dem Zuhause allzu sehr genähert hat.

Als die Krieger erfuhren, daß Komodoflorensal und Tarzan zurückkehrten, jubelten sie vor Freude, und einige von ihnen galoppierten schnell in die Stadt zurück, um die Nachricht zu verbreiten.

Die Flüchtlinge wurden sofort zum Thronsaal von Adendrohahkis geleitet, wo der große Herrscher seinen Sohn in die Arme schloß und vor Freude darüber weinte, ihn unversehrt zurückzuhaben. Auch Tarzan wurde nicht vergessen, obwohl es einige Zeit dauerte, bis der König und die anderen Trohanadalmakusier sich daran gewöhnt hatten, daß dieser Mann, der nicht größer war als sie, jener große Riese war, der vor einigen Monaten bei ihnen gelebt hatte.

Adendrohahkis rief Tarzan zum Fuße des Throns, schlug ihn in Anwesenheit der Edelleute und Krieger von Trohanadalmakus zum Zertol, zum Prinzen, schenkte ihm Diadets und Schätze, wies ihm eine standesgemäße Unterkunft zu und lud ihn ein, für immer bei ihnen zu bleiben.

Janzara, Zoanthrohago und Oratharc schenkte er die Freiheit und erlaubte ihnen, in Trohanadalmakus zu bleiben. Dann führte Komodoflorensal Talaskar vor den Thron.

„Nun habe ich für mich selbst eine Bitte, Adendrohahkis“, begann er. „Als Zertolosto bin ich der Sitte entsprechend daran gebunden, eine Prinzessin zu heiraten, die ich aus einer anderen Stadt geraubt habe, aber ich habe in diesem Sklavenmädchen meine Liebe gefunden. Erlaubt mir, meinen Anspruch auf den Thron zurückzugeben und statt dessen sie zu heiraten.“

Talaskar hob die Hand, als habe sie etwas einzuwenden, aber Komodoflorensal ließ sie nicht zu Wort kommen. Adendrohahkis erhob sich, schritt die Stufen herunter, nahm Talaskar bei der Hand, führte sie zu einem Platz neben dem Thron und sagte:

„Es ist nur ein Brauch, eine Prinzessin zu heiraten, Komodoflorensal. Und ein Brauch ist kein Gesetz. Ein Trohanadalmakusier darf heiraten, wen er will.“

„Selbst wenn der Brauch ihn dazu zwänge, eine Prinzessin zu heiraten, dürfte er mich doch zur Frau nehmen, denn ich bin die Tochter von Talaskhago, dem König von Mandalamakus“, sagte Talaskar. „Meine Mutter wurde von den Veltopismakusiern nur wenige Monate vor meiner Geburt gefangengenommen, sie brachte mich in eben jenem Gewölbe zur Welt, in dem wir uns begegnet sind. Sie schärfte mir ein, mir das Leben zu nehmen, ehe jemand geringeren denn einen Prinzen zu heiraten, aber ich hätte ihre Worte mißachtet, wenn Komodoflorensal nur der Sohn eines Sklaven gewesen wäre. Bis zu dem Abend unserer Flucht aus Veltopismakus hätte ich mir nicht träumen lassen, daß er der Sohn eines Königs ist. Ich hatte ihm schon lange vorher mein Herz geschenkt, ohne daß er es wußte.“

Wochen vergingen, und noch immer kam es bei Tarzan von den Affen zu keiner Veränderung. Er war glücklich bei den Minuniern, aber er hatte Sehnsucht nach seinem Volk und seiner Frau, die sich gewiß um ihn grämte, und so beschloß er, so, wie er war, aufzubrechen, den Dornenwald zu durchqueren und sich auf den Weg nach Hause zu machen, voller Vertrauen, daß er den zahlreichen Gefahren entrinnen würde, die unterwegs auf ihn lauerten, und daß er auf der langen Reise vielleicht irgendwann seine normale Größe wiedererlangen würde.

Seine Freunde versuchten, ihm das Vorhaben auszureden, jedoch vergebens, und schließlich brach er ohne weiteren Aufschub nach Südosten auf, wo er seiner Ansicht nach das Land der Minunier betreten hatte. Ein Kamak, ein Trupp von eintausend Reitern, begleitete ihn zum großen Wald, und nach einigen Tagen Rast stieß dort der Sohn der Ersten Frau zu ihm. Die Minunier sagten ihm Lebewohl, und als er sie auf ihren anmutigen Reittieren fortreiten sah, stieg etwas in ihm auf, was er in seinem Leben nur selten kennengelernt hatte: Heimweh.

Der Sohn der Ersten Frau und seine wilde Horde begleiteten Tarzan zum Rand des Dornenwaldes. Weiter konnten sie nicht gehen. Einen Augenblick später sahen sie ihn nach einem Abschiedswinken im Dornengebüsch verschwinden. Zwei Tage bahnte sich Tarzan, nicht größer als ein Minunier, den Weg durch den Dornenwald. Er begegnete kleinen Tieren, die nun groß genug waren, um ihm gefährlich zu werden, aber es gab niemanden, dem er nicht gewachsen war. Des Nachts schlief er in Behausungen größerer Höhlentiere; als Nahrung dienten ihm Vögel und ihre Eier.

In der zweiten Nacht wurde er durch ein Gefühl der Übelkeit geweckt. Eine düstere Vorahnung überfiel ihn. In dem Bau, den er zur Nacht aufgesucht hatte, war es dunkel wie im Grab. Plötzlich kam ihm der Gedanke, daß vielleicht der Zeitpunkt gekommen war, an dem er seine normale Größe wiedererlangte. Blieb er dabei in diesem winzigen Loch unter der Erde, so bedeutete das den Tod, denn er würde zerdrückt oder ersticken, bevor er das Bewußtsein wiedererlangte.

Schon fühlte er sich ganz benommen, wie kurz vor einer Ohnmacht. Er kniete sich hin und zog sich den steilen Weg hinauf, der nach oben führte. Würde er rechtzeitig hinausgelangen? Er taumelte weiter, bis auf einmal ein frischer Luftzug an seine Nase drang. Schwankend erhob er sich. Er hatte es geschafft, er war frei!

Hinter sich hörte er ein leises Grollen. Er packte sein Schwert und stürzte zwischen den Dornenbäumen weiter. Wie weit er lief oder in welche Richtung, wußte er nicht. Es war noch dunkel, als er stolperte und bewußtlos zu Boden fiel.

22

Ein aus dem Dorf des Kannibalen Obebe zurückkehrender Waziri erblickte neben dem Weg einen Knochen. Das war an sich nichts besonderes, denn viele Gebeine säumen die Wildpfade in Afrika. Bei diesem Knochen stutzte er jedoch, denn es war der Knochen eines Kindes. Aber auch davon läßt sich ein Krieger nicht aufhalten, der durch ein ungastliches Land zu seinen Leuten zurückeilt.

Usula hatte im Dorf des Kannibalen Obebe, wohin er auf der Suche nach seinem geliebten Herren – dem Big Bwana – einem Gerücht folgend geraten war, jedoch seltsame Dinge gehört. Obebe hatte von Tarzan von den Affen weder etwas gesehen noch gehört und ihm viele Male versichert, den weißen Hünen schon seit Jahren nicht mehr zu Gesicht bekommen zu haben. Von anderen Stammesmitgliedern erfuhr der Waziri jedoch, daß ein weißer Mann mindestens ein Jahr lang von Obebe gefangen gehalten worden und vor einiger Zeit geflohen war. Zuerst hatte Usula gedacht, dieser Weiße könne Tarzan gewesen sein, aber als er die zeitlichen Angaben über dessen Gefangenschaft nachprüfte, wurde ihm klar, daß es sich nicht um seinen Herren handeln konnte, und so machte er sich wieder auf den Heimweg. Als er dann einige Tage später das Kinderskelett am Wegrand erblickte, fiel ihm die Geschichte von der vermißten Uhha wieder ein, und er blieb stehen, um sich die Gebeine kurz anzuschauen. Dabei entdeckte er einige Schritte vom Weg entfernt noch etwas – einen kleinen Lederbeutel zwischen weiteren Knochen. Usula bückte sich, hob ihn auf, öffnete ihn und schüttete sich etwas von dem Inhalt auf die Hand. Er wußte, worum es sich handelte, und auch, daß diese Steine seinem Herren gehört hatten, denn Usula war ein Häuptling, dem viele Angelegenheiten seines Herren bekannt waren. Es waren jene Diamanten, die dem Big Bwana viele Monate zuvor von den weißen Männern gestohlen worden waren, die nach Opar gesucht hatten. Er würde sie Big Bwanas Lady mitnehmen.

Als er sich drei Tage später unweit des Großen Dornenwaldes

lautlos den Pfad entlangbewegte, hielt er plötzlich inne und griff wachsam und kampfbereit nach seinem schweren Speer. Auf einer kleinen Lichtung vor sich sah er einen fast nackten Mann auf der Erde liegen. Er lebte – Usula sah, wie er sich bewegte – aber was tat er da? Lautlos kroch Usula näher und machte dabei einen kleinen Bogen, bis er den Mann von der anderen Seite beobachten konnte. Seinen Augen bot sich ein grausiger Anblick. Es war ein Weißer, der sich neben dem Kadaver eines verwesenden Büffels ausgestreckt hatte und gierig die an den ausgeblichenen Knochen festgetrockneten Hautfetzen abnagte.

Der Mann hob ein wenig den Kopf, und Usula, der nun sein Gesicht besser sehen konnte, schrie entsetzt auf. Der Weiße blickte auf und grinste – es war Big Bwana.

Usula rannte zu ihm und zog ihn auf die Knie, aber der Mann lachte nur und lallte wie ein Kind. Neben ihm baumelte an einem der Hörner des Büffels das goldene, mit großen Diamanten verzierte Medaillon von Big Bwana. Usula hängte es ihm wieder um, errichtete in der Nähe eine feste Unterkunft für ihn, erjagte Fleisch und wartete viele Tage, bis der Mann wieder zu Kräften gelangt war. Sein Gedächtnis kehrte jedoch nicht zu ihm zurück. In diesem Zustand führte der treue Usula seinen Herren nach Hause.

Sie entdeckten an seinem Körper und Kopf Wunden und Narben, einige davon auch ernsthafter Natur, und benachrichtigten einen berühmten Chirurgen in England, er möge bitte nach Afrika kommen und versuchen, das arme Wesen wieder zusammenzuflicken, das einst Tarzan von den Affen gewesen war.

Die Hunde, die Lord Greystoke früher geliebt hatten, stahlen sich vor dieser hirnlosen Kreatur davon. Jad-bal-ja, der Goldene Löwe, knurrte, wenn man den Mann im Rollstuhl zu seinem Käfig brachte.

Korak, der Killer, schritt in stummer Verzweiflung den Korridor auf und ab. Seine Mutter befand sich auf dem Weg von England hierher. Wie würde sie wohl diesen schrecklichen Schlag ertragen? Er wagte nicht, es sich auch nur vorzustellen.

Khamis, der Medizinmann, hatte unermüdlich nach seiner Tochter Uhha gesucht, seit der Flußteufel sie aus dem Dorf des Kannibalen Obebes geraubt hatte. Er war in andere Dörfer gepilgert, die weit von seinem eigenen Land entfernt lagen, aber er hatte nicht die geringste Spur von ihr oder ihrem Entführer gefunden.

Auf der Rückkehr von einer weiteren erfolglosen Suche, die ihn bis weit nach Osten geführt hatte, kam er einige Meilen oberhalb des Ugogo am Großen Dornenwald vorbei. Es war früher Morgen, er hatte gerade sein einsames Lager abgebrochen und sich auf den Weg gemacht, um das letzte Stückchen seiner Heimreise hinter sich zu bringen, als seine scharfen Augen einhundert Yards rechts vom Weg am Rande einer kleinen Lichtung etwas entdeckten. Er konnte es nicht genau erkennen, spürte aber, daß es nicht zur Vegetation der Umgebung gehörte. Sein Instinkt hieß ihn es herausfinden. Vorsichtig bewegte er sich darauf zu und identifizierte den Gegenstand sehr bald als menschliches Knie, das knapp über das niedrige Gras der Lichtung ragte. Er kroch näher, und plötzlich verengten sich seine Augen, und vor Überraschung hielt er mit einem seltsamen, kurzen Laut die Luft an, denn vor sich erblickte er den Körper des Flußteufels, der auf dem Rücken lag und ein Bein angewinkelt hatte – das Knie hatte er aus dem Gras ragen sehen.

Mit erhobenem Speer näherte er sich der reglosen Gestalt. War er tot oder schlief er lediglich? Khamis tippte ihm mit dem Speer an die braune Brust. Der Flußteufel wachte nicht auf – dann schlief er also nicht! Aber tot war er anscheinend auch nicht. Der Medizinmann kniete nieder und legte das Ohr an sein Herz. Er lebte!

Khamis' Verstand arbeitete schnell. Zwar glaubte er im Innersten nicht an Geister, jedoch räumte er die Möglichkeit ein, daß es sie wirklich gab. Vielleicht stellte sich der Flußteufel gerade bewußtlos oder hatte den Körper zeitweise verlassen, in den er zur Verkleidung schlüpfte, wenn er sich unerkannt unter die Menschen begeben wollte. Dennoch – er hatte seine Tochter entführt. Dieser Gedanke erfüllte Khamis mit Wut und Entschlossenheit. Er mußte die Wahrheit aus ihm herauspressen, und wenn er ein Teufel war.

Khamis wickelte ein Stück des Grasseiles von der Hüfte, drehte den Mann um, band ihm die Handgelenke auf dem Rücken zusammen, setzte sich neben ihn und wartete. Nach einer Stunde begann der Flußteufel langsam wieder zu sich zu kommen, und schließlich öffnete er die Augen.

„Wo ist Uhha, meine Tochter?“ fragte der Medizinmann.

Der Flußteufel versuchte, seine Arme loszumachen, aber sie waren zu fest verschnürt. Er beantwortete Khamis’ Frage nicht, als habe er sie nicht vernommen. Schließlich gab er seine Bemühungen auf, lag wieder still und ruhte sich aus. Nach einer Weile schlug er erneut die Augen auf und blickte Khamis noch immer schweigend an.

„Steh auf!“ befahl der Medizinmann und versetzte ihm einen Stoß mit dem Speer.

Der Flußteufel rollte auf die Seite, zog das rechte Knie an, stützte sich auf den Ellenbogen und kam schließlich auf die Beine. Khamis stieß ihn Richtung Pfad. Gegen Einbruch der Dunkelheit erreichten sie das Dorf Obebes.

Als die Krieger, Frauen und Kinder sahen, wen Khamis da mitbrachte, gerieten sie in helle Aufregung, und wäre nicht der gefürchtete Medizinmann gewesen, hätten sie den Gefangenen mit Messern bedroht oder gesteinigt, noch bevor er das Dorf betreten hatte. Aber Khamis wollte den Flußteufel nicht töten – noch nicht. Zuerst wollte er die Wahrheit über Uhha erfahren. Bisher war es ihm noch nicht gelungen, seinem Gefangenen auch nur eine Silbe zu entlocken. Unablässige Verhöre, denen er durch Speerstiche Nachdruck verlieh, hatten kein Ergebnis gezeitigt.

Khamis warf seinen Gefangenen in dieselbe Hütte, in der man den Flußteufel gefangen gehalten hatte, fesselte ihn indes sorgfältig und postierte zwei Krieger als Wache vor den Eingang. Er wollte ihn nicht ein zweites Mal entkommen lassen. Obebe erschien ebenfalls, um ihn zu besichtigen, und auch er befragte ihn, aber der Flußteufel blickte den Häuptling ausdruckslos an.

„Ich werde ihn schon zum Sprechen bringen“, sagte Obebe. „Nach dem Essen holen wir ihn heraus und foltern ihn. Ich kenne viele Wege.“

„Du darfst ihn nicht töten“, entgegnete der Medizinmann. „Er weiß, was aus Uhha geworden ist, und bevor er mir das nicht gesagt hat, wird ihn niemand töten.“

„Er wird sprechen, bevor er stirbt“, sagte Obebe.

„Er ist ein Flußteufel und wird niemals sterben“, erwiderte Khamis, der den alten Streit wieder aufwärmte.

„Er ist Tarzan“, schrie Obebe, und beide stritten noch, als der Gefangene in der schmutzigen Hütte sie nicht mehr hören konnte.

Als sie gegessen hatten, beobachtete er, wie sie in einem Feuer neben der Hütte des Medizinmannes Eisenstangen erhitzten, während Khamis vor dem Eingang hockte und geschäftig mit verschiedenen Zauberutensilien wirtschaftete – in Blätter gewickelten Holzstückchen, Steinchen, einigen Kristallen sowie einem Zebraschwanz.

Die Dorfbewohner scharten sich um Khamis, bis der Gefangene ihn bald nicht mehr sehen konnte. Ein wenig später erschien ein schwarzer Junge und sprach mit den Wachen. Man holte ihn aus der Hütte und stieß ihn unsanft zur Behausung des Medizinmannes.

Als die Wachen sich einen Weg durch die Menge gebahnt hatten, und er schließlich in der Mitte des Kreises neben dem Feuer stand, bemerkte er, daß auch Obebe erschienen war. Das Feuer war nicht groß, aber es reichte aus, um darin einige Eisen heiß zu halten.

„Wo ist Uhha, meine Tochter?“ verlangte Khamis zu wissen.

Der Flußteufel schwieg. Er hatte seit seiner Gefangennahme kein einziges Wort gesprochen.

„Brennt ihm ein Auge aus! Dann findet er seine Sprache wieder“, sagte Obebe.

„Schneidet ihm die Zunge heraus!“ schrie eine Frau. „Schneidet ihm die Zunge heraus!“

„Dann kann er überhaupt nicht mehr sprechen, du Närrin!“ rief Khamis.

Der Medizinmann erhob sich, wiederholte seine Frage, erhielt indes keine Antwort. Daraufhin versetzte er dem Flußteufel einen kräftigen Schlag ins Gesicht. Khamis hatte die Geduld verloren und fürchtete auch keinen Flußteufel mehr.

„Du wirst mir jetzt antworten!“ schrie er, bückte sich und packte ein rotglühendes Eisen.

„Zuerst das rechte Auge!“ kreischte Obebe.

Der Doktor traf im Landhaus des Affenmenschen ein – Lady Greystoke brachte ihn mit. Drei übermüdete und staubbedeckte Reisende saßen endlich vor dem rosenumwachsenen Eingang ab – der berühmte Londoner Chirurg, Lady Greystoke und Flora Hawkes, ihr Mädchen. Der Mediziner und Lady Greystoke begaben sich sofort in das Zimmer, in dem Tarzan in einem improvisierten Rollstuhl saß. Mit leerem Gesichtsausdruck blickte er bei ihrem Eintreten auf.

„Erkennst du mich nicht, John?" fragte die Frau.

Sie begann zu weinen. Ihr Sohn faßte sie bei den Schultern und führte sie fort.

„Er erkennt keinen von uns", sagte er. „Warte bis nach der Operation, Mutter, bevor du ihn wiedersiehst. Du kannst ihm nicht helfen, und sein derzeitiger Anblick belastet dich zu sehr."

Der berühmte Chirurg begann mit den Untersuchungen. Der Patient hatte infolge einer kürzlichen Schädelfraktur eine Hirnquetschung erlitten. Durch eine Operation konnte man den Schaden beheben und das Denkvermögen und Gedächtnis des Patienten vielleicht wiederherstellen. Es war einen Versuch wert.

Am Folgetag trafen Krankenschwestern und zwei weitere Ärzte aus Nairobi ein, die von Lady Greystoke und dem Londoner Chirurgen bei ihrer Ankunft engagiert worden waren. Die Operation fand am nächsten Morgen statt.

Lady Greystoke, Korak und Meriem erwarteten im Nebenraum das Urteil des Chirurgen. Würde die Operation gelingen? Stumm saßen sie da und starrten auf die Tür zu dem behelfsmäßigen Operationsraum. Nach einer Stunde, die ihnen wie eine Ewigkeit vorkam, ging schließlich die Tür auf und der Chirurg trat ein. Lady Greystokes Augen flehten ihn wortlos an und stellten ihm die Frage, die ihre Lippen nicht in Worte zu kleiden vermochten.

„Ich kann Ihnen vorerst noch nichts anderes mitteilen, als daß die eigentliche Operation erfolgreich verlief", sagte er. „Mit welchem Ergebnis, das kann nur die Zeit zeigen. Ich habe angeordnet, daß in den nächsten zehn Tagen außer den Krankenschwestern niemand den Raum betritt. Sie haben Anweisung, nicht mit ihm zu sprechen und ihn auch nicht sprechen zu lassen, aber er wird das ohnedies nicht wollen, denn ich werde ihn durch Medikamente zehn Tage lang in einen Halbschlaf versetzen. Bis dahin können wir nur das beste hoffen, Lady Greystoke. Aber ich kann Ihnen versichern, daß Ihr Gatte sehr gute Chancen hat, wieder vollkommen gesund zu werden. Ich denke, das sollte Ihnen ein Trost sein."

Der Medizinmann legte dem Flußteufel die linke Hand auf die Schulter, in der rechten hielt er das rotglühende Eisen.

„Zuerst das rechte Auge“, kreischte Obebe erneut.

Plötzlich begannen die Muskeln des Gefangenen unter der braunen Haut der Schultern und des Rückens zu arbeiten und zu pulsieren. Einen Augenblick lang schien er sich maßlos anzustrengen, dann ertönte auf seinem Rücken ein Krachen, als die Stricke an seinen Händen rissen, und einen Augenblick später packten stählerne Finger den Medizinmann am rechten Handgelenk. Ein sengender Blick durchbohrte ihn. Khamis ließ das rotglühende Eisen fallen, da seine Finger von dem Druck wie gelähmt waren, und schrie auf, denn in dem zornigen Antlitz des Gottes sah er den Tod.

Obebe sprang auf. Krieger stürmten vor, trauten sich aber nicht in die Nähe des Flußteufels. Sie waren keineswegs überzeugt gewesen, daß es angeraten war, das Schicksal in solcher Weise herauszufordern, wie Khamis und Obebe es taten. Das hier war das Ergebnis! Der Zorn des Flußteufels würde sie alle treffen. Einige von ihnen scheuten zurück, und das war das Zeichen für die anderen, ebenfalls zurückzuweichen. Alle beherrschte nur ein Gedanke: Wenn meine Hände nicht mit im Spiel sind, wird dieser Flußteufel mir nicht grollen. Dann wandten sie sich um und flohen in ihre Hütten, Frauen und Kinder niederrennend, die versuchten, ihren Herren und Gebietern vorauszueilen.

Obebe wandte sich ebenfalls um und floh, aber der Flußteufel packte Khamis, hob ihn mit beiden Händen hoch über den Kopf und rannte dem Häuptling hinterher. Dieser verschwand in seiner Hütte. Er war kaum darin, als auf dem dünnen Strohdach etwas schrecklich krachte und es unter einer schweren Last nachgab. Eine Gestalt kam über ihn – den Häuptling packte die Angst. Der Flußteufel war durchs Dach in die Hütte gesprungen, um ihn zu vernichten! Mit einemmal wurde der Selbsterhaltungstrieb in Obebe stärker als die Angst vor dem Übernatürlichen, denn nun war er überzeugt, daß Khamis recht hatte und daß derjenige, den sie so lange gefangen gehalten hatten, wirklich der Flußteufel war. Obebe zog das Messer aus dem Gürtel und stieß damit immer wieder auf seinen Angreifer ein, und als er wußte, daß das Leben in ihm erloschen war, erhob er sich und schleifte den Leichnam hinter sich her aus der Hütte in das Licht des Mondes und des Feuers.

„Komm herbei, mein Volk", schrie er. „Ihr habt nichts mehr zu befürchten, denn ich, Obebe, der Häuptling, habe den Flußteufel mit eigenen Händen vernichtet." Dann blickte er auf den leblosen Körper, den er hinter sich her zog, stöhnte auf und saß plötzlich im Staub der Dorfstraße, denn der Leichnam zu seinen Füßen war der von Khamis, dem Medizinmann.

Seine Leute kamen herbei, und als sie sahen, was vorgefallen war, schwiegen sie entsetzt. Obebe untersuchte die Hütte und den Boden, nahm sich einige Krieger und ging mit ihnen durchs Dorf. Der Fremde war verschwunden. Er lief zum Tor – es war verschlossen, aber im Staub davor fanden sie Spuren – Abdrücke von den nackten Füßen eines weißen Mannes. Nun kehrte Obebe zu seiner Hütte zurück, wo ihn seine verängstigten Leute erwarteten.

„Ich hatte recht", erklärte er. „Das war nicht der Flußteufel, sondern Tarzan von den Affen, denn nur er vermochte Khamis so weit hoch zu schleudern, daß er durch ein Hüttendach fallen konnte, und nur er konnte unser Dorftor ohne Hilfe überwinden."

Der zehnte Tag war gekommen. Der berühmte Chirurg befand sich noch auf dem Greystokeschen Anwesen und wartete auf das Ergebnis der Operation. Die Wirkung der letzten Medikamente, die dem Patienten in der Nacht verabreicht worden waren, verflog allmählich, aber er erlangte das Bewußtsein langsamer wieder, als der Chirurg gehofft hatte. Die Stunden schleppten sich dahin, es wurde Nachmittag und Abend, und noch immer herrschte Stille im Krankenzimmer.

Es wurde dunkel, und man schaltete das Licht ein. Die Familie hatte sich im großen Wohnzimmer versammelt. Plötzlich wurde die Tür geöffnet, und eine Krankenschwester trat ein, gefolgt von dem Patienten. Sein Miene spiegelte Verwirrung, aber die Krankenschwester strahlte über das ganze Gesicht. Der Chirurg kam als letzter, er stützte den Mann, der vom langen Liegen noch ganz schwach war.

„Ich denke, Lord Greystoke wird sich nun schnell erholen", sagte er. „Viele Dinge werden Sie ihm mitteilen müssen. Als er zu Bewußtsein kam, wußte er nicht, wer er war, aber das ist in solchen Fällen nicht ungewöhnlich."

Der Patient tat einige Schritte ins Zimmer und blickte fragend um sich.

„Dort ist Ihre Frau, Greystoke", sagte der Chirurg sanft.

Lady Greystoke erhob sich und ging mit ausgestreckten Armen auf ihren Gatten zu. Ein Lächeln trat in das Gesicht des Invaliden, als er ihr entgegentrat, um sie in die Arme zu nehmen. Aber plötzlich stand jemand zwischen ihnen und hielt sie auseinander. Es war Flora Hawkes.

„Mein Gott, Lady Greystoke!", schrie sie. „Das is nich Ihr Mann. Das is Miranda, Esteban Miranda! Glaub'n Se denn, ich würd' ihn nich unter tausend Leuten erkenn'n? Ich hab' ihn noch nich geseh'n, seit wir zurück sind, war nie im Krankenzimmer, awer ich hatte gleich meine Zweifel, wie er 'reinkam, und wie er dann lächelte, war ich mir ganz sicher!"

„Flora!" rief die leidgeprüfte Frau. „Bist du dir sicher? Nein! Nein! Du mußt dich irren! Gott hat mir meinen Mann nicht zurückgegeben, um ihn mir wieder zu nehmen. John! Sag mir, bist du es? Du lügst mich doch nicht an?"

Einen Augenblick schwieg der Mann vor ihnen und schwankte, als sei er zu schwach. Der Chirurg trat zu ihm und stützte ihn.

„Ich war sehr krank. Vielleicht habe ich mich verändert, aber ich bin Lord Greystoke. Ich kenne diese Frau nicht", sagte er und zeigte auf Flora Hawkes.

„Er lügt!" rief das Mädchen.

„Stimmt", ertönte eine leise Stimme hinter ihnen, und alle wandten sich um und erblickten einen weißen Hünen, der im geöffneten französischen Fenster zur Veranda stand.

„John!" rief Lady Greystoke und rannte zu ihm. „Wie konnte ich mich nur irren? Ich –." Aber der Rest des Satzes ging unter, da Tarzan von den Affen ins Zimmer sprang, seine Frau in die Arme schloß und ihre Lippen mit Küssen bedeckte.

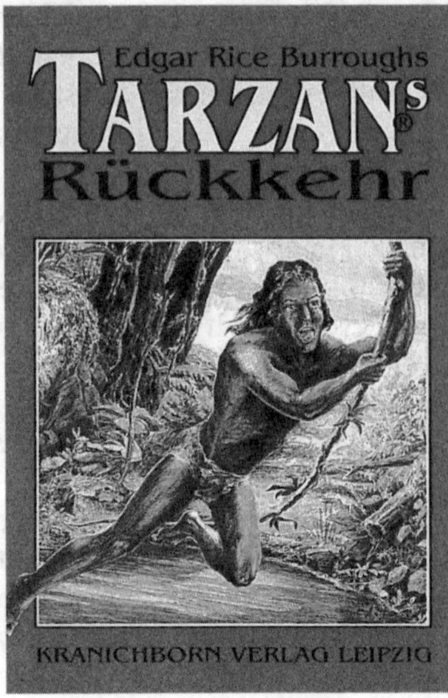

Wer es liebt, zu sehen, wie ein Abenteuer das andere ablöst, zu fühlen, wie sich die Spannung immer mehr und mehr steigert, der lese diese Romane!
Er kommt immer auf seine Kosten!

(aus einer Düsseldorfer Zeitung aus den 20er Jahren)

Edgar Rice Burroughs
TARZANs®
Tiere
KRANICHBORN VERLAG LEIPZIG

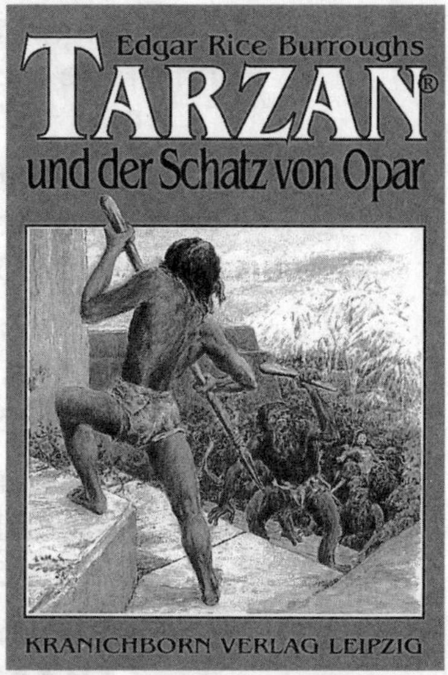
Edgar Rice Burroughs
TARZAN®
und der Schatz von Opar
KRANICHBORN VERLAG LEIPZIG

Edgar Rice Burroughs
TARZAN®
und der goldene Löwe
KRANICHBORN VERLAG LEIPZIG

Edgar Rice Burroughs
TARZAN®
und die Ameisenmenschen
KRANICHBORN VERLAG LEIPZIG

Die Reihe der TARZAN-Geschichten
wird mit folgenden Bänden
fortgeführt:

TARZAN der Schreckliche
ISBN 3-930040-21-2

Deutsche Erstveröffentlichung
TARZAN, Herr des Dschungels
ISBN 3-930040-22-0

Deutsche Erstveröffentlichung
TARZAN und das verschollene Reich
ISBN 3-930040-23-9

TARZAN der Unbesiegbare
ISBN 3-930040-24-7

KVL

KRANICHBORN VERLAG LEIPZIG

Die TARZAN--Romane von Edgar Rice Burroughs

TARZAN bei den Affen
TARZANs Rückkehr
TARZANs Tiere
TARZANs Sohn
TARZAN und der Schatz von Opar
TARZANs Dschungelgeschichten *(Kurzgeschichten)*
TARZAN der Ungezähmte *(Kurzgeschichten)*
TARZAN der Schreckliche
TARZAN und der goldene Löwe
TARZAN und die Ameisenmenschen
TARZAN, Herr des Dschungels*
TARZAN und das verschollene Reich*
TARZAN am Mittelpunkt der Erde*
TARZAN der Unbesiegbare
TARZAN triumphiert*
TARZAN und die goldene Stadt
TARZAN und der Löwenmensch
TARZAN und die Leopardenmenschen
TARZANs Suche
TARZAN und die verbotene Stadt*
TARZAN der Prächtige *(Kurzgeschichten)*
TARZAN und die Fremdenlegion*
TARZAN und der Irre*
TARZAN und die Schiffbrüchigen* *(Kurzgeschichten)*

* Deutsche Erstveröffentlichungen

(Alle Bände neu übersetzt, wobei die einzig autorisierte Ausgabe – komplett und ungekürzt – von Ballantine Books New York zugrunde gelegt wurde.)

KRANICHBORN VERLAG LEIPZIG